U0096317

人民共和國文化與文學叢書

五　編

李　怡　主編

第11冊

新世紀文學論稿
——文學現場（上）

孟繁華 著

花木蘭文化事業有限公司

國家圖書館出版品預行編目資料

新世紀文學論稿——文學現場（上）／孟繁華 著 — 初版 — 新北市：花木蘭文化事業有限公司，2017〔民106〕
目 2+200 面；19×26 公分
（人民共和國文化與文學叢書 五編；第11冊）
ISBN 978-986-485-082-2（精裝）
1. 中國文學 2. 中國小說 3. 文學評論
820.8　　106013285

人民共和國文化與文學叢書
五 編 第十一冊　　ISBN：978-986-485-082-2

新世紀文學論稿——文學現場（上）

作 者 孟繁華
主 編 李 怡
企 劃 北京師範大學民國歷史文化與文學研究中心
四川大學現代中國文化與文學研究中心
總 編 輯 杜潔祥
副總編輯 楊嘉樂
編 輯 許郁翎、王 筑 美術編輯 陳逸婷
印 刷 普羅文化出版廣告事業
出 版 花木蘭文化事業有限公司
社 長 高小娟
聯絡地址 235 新北市中和區中安街七二號十三樓
電話：02-2923-1455／傳眞：02-2923-1452
網 址 http://www.huamulan.tw 信箱 hml 810518@gmail.com
初 版 2017年9月
全書字數 300551字
定 價 五編30冊（精裝）台幣56,000元

新世紀文學論稿
——文學現場（上）

孟繁華 著

作者簡介

孟繁華：祖籍山東，1951 年 9 月生於吉林省敦化市。現爲瀋陽師範大學特聘教授、中國文化與文學研究所所長；中國人民大學、吉林大學博士生導師，中國當代文學研究會副會長，北京文藝批評家協會副主席，遼寧作協副主席、《文學評論》編委等。曾任中國社會科學院文學研究所研究員、博士生導師，當代文學研究室主任。

著有《眾神狂歡》、《1978：激情歲月》、《夢幻與宿命》、《中國 20 世紀文藝學學術史》（第三卷）、《傳媒與文化領導權》、《中國當代文學發展史》（與人合著）、《想像的盛宴》、《游牧的文學時代》、《堅韌的敘事》、《文化批評與知識左翼》、《文學革命終結之後》等 20 餘部。主編文學書籍 80 餘種，在《中國社會科學》、《文學評論》、《文藝研究》等國內外重要刊物發表論文 400 餘篇，部分著作譯爲英文、日文、韓國文等，百餘篇文章被《新華文摘》等轉載、選編、收錄；2014 年獲第六屆魯迅文學獎文學理論評論獎、2012 年獲華語文學傳媒大獎・年度批評家獎，多次獲中國社會科學院優秀理論成果獎、中國文聯優秀理論批評獎等。

提　　要

「新世紀文學」在不同的議論中悠然走過了十多年的歷史，十多年的歷史發生了什麼會有不同的敘述。但在作者看來，更重要的是「新世紀文學」十多年的時間之光，照亮了此前未曾發現或意識到的許多問題，當然也逐漸地照亮了「新世紀文學」自身。從最初的對「新世紀文學」這個概念的質疑，逐漸轉化爲對當下文學、也可以理解爲對近些年來文學價值認知的討論，這是時間之光照亮的一部分問題。無論持有怎樣的觀點，有一點可以肯定的是：「新世紀文學」需要做出價值認知的判斷。但目前討論因各種因素的制約，所達到的水準還有限，還僅僅限於情感態度和立場方面。但是，透過這些表面或感性的表達，其背後隱含的根本性問題，應該是我們對「回到確切位置」的文學現實如何認識、對文學的未來是否還懷有期待。本書耐心地觀望考察了十多年來文學的發展變化：作者一直站在文學批評最前線，在「文學現場」，以年代爲線索，具體考察了新世紀文學取得的成就以及存在的問題；「作家作品」，是對新世紀有影響的作家作品的具體分析和評價；「文學思潮」，是對新世紀具有趨向性的文學現象的分解與評價。煌煌三大卷，是作者在「第一現場」做出的關於大陸文學發展狀況的「報告」，是專業文學研究者和文學愛好者瞭解新世紀文學現狀的「文學地圖」。

當代的意識與現代的質地——《人民共和國文化與文學叢書》第五編引言

李　怡

我們對當代批評有一個理所當然的期待：當代意識。甚至這個需要已經流行開來，成爲其他時期文學研究的一個追求目標：民國時期的文學乃至古代文學都不斷聲稱要體現「當代意識」。

這沒有問題。但是當代意識究竟是什麼？有時候卻含混不清。比如，當代意識是對當代特徵的維護和強調嗎？是不是應該體現出對當代歷史與當代生存方式本身的反省和批判？前些年德國漢學家顧彬對中國當代文學的批評引發了中國批評家的不滿——中國當代文學怎麼能夠被稱作「垃圾」呢？怎麼能夠用作家是否熟悉外語作爲文學才能的衡量標準呢？

顧彬的論證似乎有它不夠周全之處，尤其經過媒體的渲染與刻意擴大之後，本來的意義不大能夠看清楚了。但是，批評家們的自我辯護卻有更多值得懷疑之處——顧彬說現代文學是五糧液，當代文學是二鍋頭，我們的當代學者不以爲然，竭力證明當代文學已經發酵成爲五糧液了！其實，引起顧彬批評的重要緣由他說得很清楚：一大批當代作家「爲錢寫作」，利欲薰心。有時候，爭奪名分比創作更重要，有時候，在沒有任何作品的時候已經構思如何進入文學史了！我們不妨想一想，顧彬所論是不是大家心知肚明的事實呢？

不僅當代創作界存在嚴重的問題，我們當代評論界的「紅包批評」也已然是公開的事實。當代文學創作已經被各級組織納入到行政目標之中，以雄厚的資本保駕護航，向魯迅文學獎、茅盾文學獎發起一輪又一輪的衝鋒，各級組織攜帶大筆資金到北京、上海，與中國作協、中國文聯合辦「作品研討會」，批評家魚貫入場，首先簽到，領取數量可觀的車馬費，忙碌不堪的批評家甚至已經來不及看完作品，聲稱太忙，在出租車上翻了翻書，然後盛讚封面設計就很好，作品的取名也相當棒！

當代造成這樣的局面都與我們的怯弱和欲望有關，有很多的禁忌我們不敢觸碰，我們是一個意識形態規則嚴厲的社會，也是一個人情網絡嚴密的社會，我們都在爲此設立充足的理由：我本人無所謂，但是我還有老婆孩子呀！此理開路，還有什麼是不可以理解的呢！一切的讓步、妥協，一切的怯弱和圓滑，都有了「正常展開」的程序，最後，種種原本用來批評他人的墮落故事其實每個人都有份了。當然，我這裡並不是批評他人，同樣是在反省自己，更重要的是提醒一個不能忽略的事實：

> 中國當代文學技巧上的發達了，成熟了，據説現代漢語到這個時代已經前所未有的成型，但這樣的「發達」也伴隨著作家精神世界的模糊與自我僞飾。而且這種模糊、虛僞不是個別的、少數的，而是有相當面積的。所謂「當代意識」的批評不能不正視這一點，甚至我覺得承認這個基本現實應當是當代文學批評的首要前提。

因爲當代文學藝術的這種「成熟」，我們往往會看輕民國時期現代作家的粗糙和蹣跚，其實要從當代詩歌語言藝術的角度取笑胡適的放腳詩是容易的，批評現代小說的文白夾雜也不難，甚至發現魯迅式的外文翻譯完全已經被今天的翻譯文學界所超越也有充足的理由。但是，平心而論，所有現代作家的這些缺陷和遺憾都不能掩飾他們精神世界的光彩——他們遠比當代作家更尊重自己的精神理想，也更敢於維護自己的信仰，體驗穿梭於人情世故之間，他們更習慣於堅守自己倔強的個性，總之，現代是質樸的，有時候也是簡單的，但是質樸與簡單的背後卻有著某種可以更多信賴的精神，這才是中國知識分子進入現代世界之後的更爲健康的精神形式，我將之稱作「現代質地」，當代生活在現代漢語「前所未有」的成熟之外，更有「前所未有」的歷史境遇——包括思想改造、文攻武衛、市場經濟，我們似乎已經承受不起如此駁雜的歷史變遷，猶如賈平凹《廢都》中的莊之蝶，早已經離棄了「知識分子」的靈魂，換上了遊刃有餘的「文人」的外套，顧炎武引前人語：「一爲文人，便不足觀」，林語堂也說：「做文可，做人亦可，做文人不可。」但問題是，我們都不得不身陷這麼一個「莊之蝶時代」，在這裡，從「知識分子」

演變爲「文人」恰恰是可能順理成章的。

在這個意義上，今天談論所謂「當代性」，這不能不引起更深一層的複雜思考，特別是反省；同樣，以逝去了的民國爲典型的「現代」，也並非離我們「當代」如此遙遠，與大家無關，至少還能夠提供某種自我精神的借鏡。在今天，所謂的批評的「當代意識」，就是應該理直氣壯地增加對當代的反思和批判，同時，也需要認同、銜接、和再造「現代的質地」。回到「現代」，才可能有眞正健康的「當代」。

人民共和國文學研究，我以爲這應當是一個思想的基礎。

目次

上冊

簡短的前記

《新世紀文學論稿——文學現場》，是我研究、評論 21 世紀中國文學創作現場的部分文章。作爲一個文學批評家，多年來，我一直關注、追蹤中國當代文學的發展，並盡可能比較快地寫出評論文章表達我的看法。21 世紀的中國文學處在一個充滿悖論的文化背景上：一方面，百年來的現代白話文學爲新世紀的文學創作提供了豐富的經驗，使這個時段的文學一開始就處在相當高的水準上，複雜而豐富；一方面，由於來自多種文化、特別是大眾文化的衝擊，百年來成熟的現代白話文學也必然在絢麗的時刻開始凋零。這個凋零與文學創作眞實的狀況沒有關係。與之相關的是，任何一種成熟的文學形式必然要爲新的形式所取代。也正因爲如此，在中國對新世紀文學的評價毀譽參半。

這種情況，讓我想起了日本著名批評家柄谷行人在《日本現代文學起源》中文版序言中說的話：「我寫作此書是在 1970 年代後期，後來才注意到那個時候日本的『現代文學』正在走向末路，換句話說，賦予文學以深刻意義的時代就要過去了。……因爲人們幾乎不再對文學抱以特別的關切。這種情況並非日本所特有，我想中國也是一樣吧：文學似乎已經失去了昔日那種特權地位。不過，我們也不必爲此而擔憂，我覺得正是在這樣的時刻，文學的存在根據將受到質疑，同時文學也會展示出其固有的力量。」也正因爲如此，我認爲文學在中國回到了它確切的位置。

關於「新世紀文學」的研究，與我現在所在的瀋陽師範大學中國文化與文學研究所和《文藝爭鳴》雜誌社有關。2005 年我們在瀋陽師範大學聯合召開了「新世紀文學與文學的新世紀」學術研討會，「新世紀文學」被正式命名，近年來這一研究已成「顯學」或熱點。當我們對一個時代的文學難以命名的時候，時間的概念也許是最好的選擇。此前，我曾陸續出版過《文化批評與知識左翼》、《堅韌的敘事》、《文學革命終結之後》等論文集。這次，我將自己多年研究、評論新世紀文學的文章系統地整理出來，使其分別集中在「文學現場」、「文學思潮」和「作家作品」三個主題上已先後出版。這樣會更便於讀者以及同行瞭解我對新世紀文學的基本看法。對新世紀文學的認識和心情，正如我在一篇文章中說的那樣：「新世紀文學」在不同的議論中悠然走過了十多年的歷史，十多年的歷史發生了什麼會有不同的敘述。但在我看來，更重要的是「新世紀文學」十多年的時間之光，照亮了我們此前未曾發現或意識到的許多問題，當然也逐漸地照亮了「新世紀文學」自身。從最初的對「新世紀文學」這個概念的質疑，逐漸轉化爲對當下文學、也可以理解爲對近些年來文學價值認知的討論，這是時間之光照亮的一部分問題。無論持有怎樣的觀點，有一點可以肯定的是：「新世紀文學」需要做出價值認知的判斷。但目前討論因各種因素的制約，所達到的水準還不高，還僅僅限於情感態度和立場方面。但是，透過這些表面或感性的表達，其背後隱含的根本性問題，應該是我們對「回到確切位置」的文學現實如何認識、對文學的未來是否還懷有期待？我耐心地觀望考察這個時代文學的發展變化，作爲一介書生，這大概是我唯一能做的事情。

對當下文學的疑慮或焦慮，隱含了對文學「轟動」或「突變」還懷有期待，換句話說，就是對那種石破天驚式的文學革命的震撼性還懷有期待。每次文學革命都引發了審美地震，也一次次地將文學推向了社會歷史的前臺。但是，在 20 世紀 80 年代末期，文學的「轟動效應」已被宣布失去，當後現代主義的「文學革命」業已完成之後，文學革命的道路基本終結。文學未來的路開始處於不明或徹底的開放，這種景況也從一個方面表達了「現代性是一項未竟的事業」的判斷。當然，這只是事情的一個方面，另一方面，中國社會並沒有完成「最後的定型」，一切還處於「不確定性」之中。文學是這個時代和社會的表意形式，不同的文學觀念和聲音，一定會有助於或影響它的最後定型。

我感謝《文藝報》《文藝研究》《文藝爭鳴》《當代作家評論》《南方文壇》《小說評論》《當代文壇》以及其他專業學術刊物多年來對我的友情和支持，這些文章大多是通過這些刊物發表的；感謝陳曉明、程光煒、陳福民、賀紹俊、張清華等身處學院的朋友；感謝李敬澤、閻晶明、吳義勤、施戰軍、何向陽等批評界的朋友。多年的交流和友誼，使我在這個紅塵滾滾的時代倍感溫暖。

2015 年 6 月於北京

長篇小說閱讀筆記
——2001 年的長篇小說

近年來，傳媒的發達和各種驅動力量，使長篇小說獲得了前所未有的生產機會與可能。浩如煙海的長篇小說不要說全部閱讀，就是閱讀其中的一部分都是一件困難的事情。這對於我說來，「奉命閱讀」就成了瞭解長篇小說的重要方式之一。我不得不承認，從總體狀況而言，長篇小說在普遍寫作和競爭的環境中，它的發展是驚人的，這不止是指數量，同時也是指它的質量和可讀性。但我又不得不承認，在我閱讀的這些長篇小說中，尚未發現內心期待的、具有大氣象或撼動人心的大作品。但在魚龍混雜的文學時代，能夠讀到這樣一些作品，已經是一件快樂的事情了。

一、魔幻都市與病中情人

現代都市是現代化的表意符號，或者說，現代化的過程從某種意義上說，也就是都市化的過程。但是，現代都市從來就是一個充滿矛盾的巨大悖論：一方面，都市文明爲我們提供了種種方便，明確的地理交通圖、無所不有的超級商場、隨心所欲的高級超市、銀行、酒店、咖啡館、影院劇場，象徵全球化的麥當勞、肯德基，以及處理公共事物的政府部門等等，對知識分子來說，還有許多他們熱愛的言辭的傾聽者，這些場所吞吐著巨大的人流，彷彿在向每一個人發出邀請和暗示；一方面，都市的這些符號又是一種冷漠的拒絕，不僅「城市的他者」——那些成千上萬涌向城市的「外省人」，幻滅了他們試圖在城市兌現想像中的萬花筒般的生活，就是生活了幾代的城裏人，他們自以爲熟悉了自己的城市，事實上，那僅僅是小市民的一種徒有其表的虛假炫耀。其實，現代都市已經用自己的隱形之手，將其塑造成了一個曖昧的、所指不明又不在把握之中的龐然大物。

趙凝的小說，雖然我們還很難將其明確地指認爲「都市文學」，但就目前我所感到的她的作品而言，基本是以都市生活爲背景的。在她的這些小說中，她構造了一個我們隱約感覺到了、但又幾乎是完全陌生的城市的某些方面：城市就像是一個魔幻世界，隨時會出現一個不可思議的人物，那是可以半夜三點突發奇想地從北京到天津去看朋友，然後死於非命的瘋狂女孩；那是老來不和出走不能，然後只有他一個人坐在電影院裏的孤獨父親；或者是結婚離婚，離婚再結婚無所適從的體制外女人；或者是久駐於虛擬的電子世界然後喪失了現實感覺的「發燒者」或「電腦寡婦」……在趙凝的小說中，似乎每個人都喪失了心理地圖，他們茫然無措又瘋狂奔走，沒有方位更無目標。因此，趙凝的小說所書寫的是魔幻城市裏患了心理疾病的「病中情人」。

長篇小說《一個分成兩瓣的女孩》，集中書寫了一個被命名爲「莫銘」的女大學生隱秘危機的心理路程。對於這個人物來說，她的危機和焦慮不是來自身份或生存，也不是來自金錢或權力的欲望。對於莫銘來說，她是一個在校的熱門專業的大學生，是一個被家庭殷切關注又寄予厚望的寵兒，是純情男子或已婚男人追逐的目標……但莫銘優越的外部環境並沒有爲她的生活帶來快樂。莫銘幾乎永遠處在一種不安和動蕩之中。一種莫名的躁動像血液一樣攪亂了她內在和外在的生活。她曾和幾個男人談情做愛，做愛是她唯一的激情來源，也是獲得自我確證的唯一方式，因此做愛超越了其本身的訴求。她既需要她的情人又時常感到厭倦。需要時她可以不向學校請假然後借錢乘車去情人出差的城市；厭倦他們時，就像厭倦她的專業和家庭無聊的氣氛。最終莫銘仍然是一個城市生活的失敗者或者失意者。

事實上，圍繞在莫銘身邊的男人女人，他們共同的命運和莫銘相差無幾。大學生張氬、留守男士老普、母親看好的「準出國女婿」肖曉、以及離職的胡言、來路不明的東哲以及莫銘的同學林隱、小史、姐姐，這些生活在魔幻般城市的人們，幾乎都在病中。他們因不同的原因或者抑鬱、放蕩、說謊、神經質等等。不正常成了他們生活的常態。這就是趙凝爲我們揭開的城市最隱秘的角落。

從現代文學發生的時代起，對於城市的批判就沒有終止。那時，是一些自稱「鄉下人」的作家，因對城市的冷漠而有意想像誇大了鄉村的詩意，一種懷舊的情緒是他們城市批判的出發點和落腳點。但對於趙凝或莫銘而言，他們無舊可懷。因此，在趙凝小說中所隱含的城市批判就比現代文學史上批判城市的作品要複雜得多。在我看來，趙凝是否用語言的方式放大了她痛苦的城市生活體驗已經不重要，重要的是，在全球化的生活處境中，一方面是彷彿空氣中都充滿了欲望，每個人似乎獲得了空前的自由；一方面，東方第三世界原有的歷史和意識形態又無處不在。交織在一起的矛盾使每一個都進入了一種無物之陣，想決鬥都找不到對手。這是今天城市生活無可超越的宿命，莫銘的絕望也正是由這種特殊的歷史處境決定的。

我還注意到，在《一個分成兩瓣的女孩》中，有大量的幻覺描寫。這些幻覺與我們常見的傳說、迷信無關。這些幻覺在莫銘的神經系統裏已經成了現實生活的一部分，這種現實／虛幻彼此不分的情景，眞實地揭示了現代城市生活虛妄的一面，它無情地粉碎了關於「現代」的種種神話。或者說，呈現在我的面前的城市生活既有福音又有「妖魔」。妖艷無比的城市由突發事件構成的戲劇化場景，無言地告知我們，生活中的一切都不在我們的把握之中，我們總是被一隻看不見的隱形之手控制著，然而我們無能爲力。

但是，讀完這部小說之後，我又深深陷入一種矛盾之中：一方面，我爲趙凝的想像力和出色的語言能力所吸引，她的小說每個句子都如盛開的花朵，燦爛而逼人。她所揭示的當代城市生活場景讓我們感到熟悉而又陌生，這是小說的力量；與此相關的是，語言的力量深入人心，那麼，趙凝所描述的一切，是否也放大了我們城市生活絕望的體驗呢？當現代主義的反抗已被證明爲虛妄，先鋒的「實驗」已經「過氣」之後，那麼，「新生代」所能提供給我們的，難道僅僅是無望、無奈的隨波逐流和比比皆是的城市病人嗎？顯然，我們對這一代才華橫溢的作家所期待的，遠遠要多。

二、矛盾的閱讀

留學生文學給我以深刻印象的，大概有臺灣作家於梨華的《又見棕櫚，又見棕櫚》，80 年代去美國留學的查建英的《叢林下的冰河》，以及 20 世紀 90 年代初期的《北京人在紐約》《曼哈頓的中國女人》《我的財富在澳洲》等。這些不同時期的作品，極其鮮明地呈現出了留學生文學的「代際」距離。他們表現出的不同體驗和情感，我們幾乎很難尋找出其間的承傳關係。在這個意義上，我不能不認同關於現代性的「斷裂」解釋。

在於梨華那裏，那種「無根」感幾乎是切入骨髓的，更重要的是，作者可以提煉出一代人共同的情感體驗：「書中牟天磊的經驗，也是我的，也是其他許許多多年輕人。他的『無根』的感覺，更是他那個時代的年輕人共同感受的」。到了查建英那裏，留美學生「我」開始產生了矛盾，她彷彿處於兩個世界的邊緣：美國不屬於她，儘管她生日那天她可以得到一輛白色的汽車，而在國內，過生日時父親只是揪了揪她的小辮子。但她仍然有一種放不下又說不清的，不能釋懷的東西纏繞著她。她沒有目的的回來尋找她想要的那個東西，結果還是大失所望。於是她不知道是應該留在美國還是應該留在中國。也正是這一矛盾心態的表達，使查建英的小說在那一時代的留學生文學中格外引人矚目。但是，到了 20 世紀 90 年代，對「洋插隊」進行瘋狂敘事的留學生「文學」，則完全是另外一種面孔，它以誇張，張揚的方式所表達的弱勢文化心態，以及在遲到的中國市場上捷足先登式的趁火打劫，使這些文本永遠地休止於文學的門欄之外。那是特殊時期產生的扭曲了的所謂的「留學生文學」。

現在我們所要談論的《太陽鳥》，並不是一部特別令人感到興奮的作品。這部作品的問題是它的平面化，這可能也是作者的有意追求。她說「表現這一代留學生真實的心路歷程和精神風貌，除了大刀闊斧的筆法，應該還有曲徑通幽可尋。我力求用真切的心，風趣的筆，描述那些平凡真實的故事。我拋開許多大場景和一些莊嚴的話題，只想從情感的角度加以挖掘。我想在任何時候，任何地方，人們對美好情感的追求總是一致的，而這種美好的情感不僅維繫著一個家庭，一個群體，也維繫著一個民族。」但這種宣言並沒有很好地貫徹到作品的具體寫作中。在她的表述中顯然也有「大敘事」的願望，並試圖通過「平凡真實的故事」得以實現。然而讀過作品之後，我覺得除了陳天舒和她的朋友們關乎個人的情感憂傷或滿足之外，留下來的就沒有什麼印象了。而這一感受同閱讀於梨華、查建英的作品是非常不同的。我並不是說這兩個作家就是評價留學生文學的一個尺度，而是說，讀過她們的作品之後，心靈總會受到某種震動，那裏總有一些令人感動的東西。它觸動的是心靈深處的只可意會而又難以名狀的東西。這就是作家的過人之處。《太陽鳥》可能缺乏這種有力量的東西，也就是撼動人心的東西。但有趣的是，從於梨華到查建英再到郁秀，留學生文學恰好走過了「痛苦—矛盾—解脫」的全過程。但是，這一敘事真的是留學生文學的福音嗎？

《太陽鳥》這個作品命名就透露了它可能流淌在作品中的調子，它輕快，流暢，沒有負擔，這一方面傳達了這代留學生的心態，同時也可以看作是「全球化」文化意識形態的後果。在作品中有一個令人不安的細節，那個名叫林希的青年，曾有過痛苦的情感記憶，她在國內與男友的同居，遭到了長輩的痛恨和詛咒。這一挫折是林希難以走出的心理泥沼，甚至最眞摯的愛情也不能將她拯救。但是，是美國的觀念拯救了她，是美國的觀念使她擁有了「另一種活法」。「全球化」從本質上說就是「美國化」，而林希恰恰是在美國觀念那裏得到自我救贖的。這一看似不經意的一個細節，卻從一個方面表達了文化意識形態霸權不規則滲透的形狀。因此，對《太陽鳥》的閱讀我似乎有一種矛盾的感受，一方面我希望留學生能夠寫出超越意識形態、民族國家等「大敘事」的作品，而能寫出獨特的個人化的眞實體會；另一方面，我又對純粹的個人情感體驗，對缺乏震撼力的作品有一種排斥的心態。這是批評家的問題，也就是作品中越是缺乏的，也正是他們越加挑剔的。批評家作爲一個「特殊」的讀者，他的看法僅僅是一家之言，在這個意義上就不是陳詞濫調。但這部作品很可能會受到在平面文化氛圍中成長起來的一代讀者的喜歡，這不僅在於作者是《花季・雨季》的作者，更重要的是，《太陽鳥》提供了一種他們熟悉並樂於接受的敘事範型，這就是——生命不能承受之重。

三、并未終結的現代烏托邦

初讀《生爲女人》，我們可能會誤認爲它是又一部「女性主義」的本文，是用另一種體驗建立起的性別控訴的起點：市報爲女同胞的節日舉辦了一個聚餐會，宴會激情蕩漾充滿了「親如一家」的氣氛，這是這個時代司空見慣的經典場景，也是普及最爲廣泛、深受精英和民眾喜聞樂見雅俗共賞的生活敘事。但敘事者卻對這一場景發出了如下憤怒的議論：「酒桌上的女人，是風景，也是點綴和陪襯；即使女人在數量上佔著優勢，只要酒桌上有了男人，她們就成了背景。再無能的男人沾了酒後都想充當主角。」如果沿著這一思路閱讀這部小說，幾乎沒有人會懷疑它的「女權」視角。而且事實上，馬枋作爲一個女性作家，確實也對這一弱勢群體在不經意間表達了她可以理解的深切同情。比如就在杯觥交錯虛假的融洽中，卻遮蔽了女記者冬子不爲人知的委屈和幽怨。在接下來的故事中，另兩個女主角幾乎也遭遇了大致相同的命運。而且她們活動的場所，幾乎都與今天消費主義時代的時尚相關。於是，在閱讀中將女性與這個時代的消費聯繫在一起，是完全合乎情理的，將三個女人的不幸集中表達於一個本文中，然後概括出一個弱勢群體深受傷害和歧視的性別話語，也是大體不謬的。

但是，在我看來，這部小說所要表達的內容顯然要大於它的表意符號。或者說，這三個女性所受到的不同傷害，事實上不止是性別的問題。比如，當如歌們以同樣的方式訴諸於男性時，當她們以「以惡報惡」的方式懲罰男性並從中獲得快感時，我們還會對這些曾經受到傷害的女性懷有同情或憐憫嗎？女性的「惡」難道僅僅是性別的逆向仿製嗎？或者說，是男人教會了女性如何以怨報怨的嗎？所以，這部小說與其說是一部女性主義的作品，不如說一部反省今日中國現代性的作品。在以往的歷史敘事中，「現代」就是一個不戰自勝的神話，誰對它提出質疑，誰就要遭致滅頂之災，誰就是阻擋歷史步伐的遺老或遺少。但時至今日我們都會發現，「現代」的承諾在兌現了「福音」的同時，也兌現了我們不曾預料的「妖魔」。如歌、冬子、晚晴們的遭遇和性格的變異，並不是性別歧視導致的，起碼不是全部。「現代」的觀念不止爲男性欲望的釋放提供了條件，同時也膨脹了女性躍躍欲試、背離傳統「尋歡作樂」的勃勃野心。指出這一點，並不是要女性堅持傳統的操守，事實上這不僅不必要，而且也不可能。但也並不因此就肯定女性這一「解放」的激進訴求。作爲作家的馬枋，她所虛構的人物只是限定在了她所熟悉並有能力把握的範疇之內，而所要講述的話語卻未必是與女性相關的。因此，《生爲女人》的全部複雜性我們可能還沒有來得及接觸。

我想藉此談論的另一個問題，是有關長篇小說文體的。長篇小說應該是敘事文學最重要的文體形式，也是標示一個時代文學成就的文體形式。20 世紀 90 年代以來，這一文體形式的發展是文學界最爲體面的事情，在市場經濟面前，其他文體形式幾乎舉步維艱，但長篇小說卻可以在市場上風采依然地與其他商品一決高下。這一文體與時代同步發展的偶然性，促進了它的發展的同時也無限地膨脹了它的商業化訴求。長篇越寫越長已經成爲共識，這一狀況雖然加快了貨幣流通速度，可以幫助拉動內需，但它對閱讀忍受極限的挑戰，可能是更須認眞對待的問題。小說作爲精神產品，長度不應成爲評價尺度，經典作品《約翰・克里斯朵夫》《戰爭與和平》《追憶逝水年華》《紅樓夢》，一部比一部長，但沒有人拒絕承認其經典地位；同樣，《少年維特之煩惱》《紅字》《呼蘭河傳》《生命中不能承受之輕》，也沒有因爲短而被拒絕承認爲經典。因此長度在經典作品那裏從來沒有構成問題。但今天問題有所不同。這是一個浮躁之風無處不在的時代，可以想像的是，能夠像托爾斯泰那樣端坐於莊園不急不躁的作家，已經很少存在；能夠像曹雪芹那樣每天喝粥堅持「批閱十載」的作家，恐怕更是鳳毛麟角。在這個意義上我們不得不沮喪地說，經典的時代已經成爲過去。這是從小說生產角度獲得的印象。從小說接受的角度看，在這個文化減法盛行的時代，在聲光色大行其道和無奇不有的網絡神話的籠罩下，接受者也越發失去了閱讀文字的耐心，能夠認眞讀完今天出版的上百萬字小說的讀者，可能已經屈指可數。這種情況用極端的情緒作出指責或自我辯護都是無濟於事的。這裡已不止是讀者耐心的問題，更有小說藝術質量的問題。

提出這個問題，並不是說馬枋的這部長篇寫得短小就一定是傑作。我想說的是，起碼作家有了這樣的意願和自我要求。事實上，馬枋對小說有著自己獨到的理解。她的理解並不體現於氣概不凡的宣言和激進觀念的表達上。她也很少用小說之外的形式「說話」。但是就在馬枋平實、堅韌的小說敘事中，我們卻分明感到了她那不露聲色的挑戰，感到了她對小說這一「困難的形式」試圖突圍的勇氣和鄭重。特別是她對女性題材極富想像力的結構和處理，爲當下陷於困境的這一題材提供了新的生機和可能。

這部《生爲女人》，讓女性小說重新回到了人物和故事，這是小說最基本的要素。當形式的意識形態終結之後，小說「回歸」人物和故事的傾向已經成爲值得注意的潮流。事實上，這一傾向不僅沒有妨礙作家的想像力和創造力，而是爲作家提供了充分施展感覺和才能的空間。三個不同女人不同的痛苦經歷，使她們異想天開地試圖合爲一體，共同與異性的圍追佔有搏鬥。因此，這也是一部關乎這個時代個性的小說，也是一部揭示「現代烏托邦」和女性心靈秘史的小說。但是她們能夠實現弱勢群體自我捍衛的最低期許嗎？她們的痛苦或經歷究竟是一種宿命還是人物特有的生命形式，亦或是作家敘事的凸現？此時我們可能難以說出內心全部的複雜感受，但可以肯定的是，在現代性的語境中，包括馬枋想像的烏托邦並未終結，它爲人們提供了一種假象形式，而它的不眞實性卻恰恰是它的魅力所在。

四、生活政治與歷史敘事

自上個世紀末以來，都市白領和都市情愛是長篇小說創作的主調，都市生活中最適於煽情和調動讀者欲望的題材，被無數年輕乃至不年輕的作家瘋狂地生產出來。徒有其表的現代都市彷彿到處充滿了欲望的尖叫。也就是十年的光景，敘事中的都市生活於我們說來幾近恍如隔世。即便是主旋律的作品，在義正詞嚴的反貪風暴中，其背景也是燈紅酒綠、紅男綠女的糜爛城市。這些場景使我們彷彿又置身於三十年代的十里洋場，又置身於「新感覺」或「鴛鴦蝴蝶」派的迷亂想像中。這兩種不同訴求的小說創作，一個共同的特徵，就是它們都著眼於當下的都市生活，都以誇張的修辭放大了都市的欲望。這一不經意揭示的背後，卻隱含著一個致命的虛假敘事，這就是，中國的城市化進程彷彿已經完成，中國所有的快樂和痛苦彷彿都包藏在城市的鋼筋水泥中，然後再暴露於光怪陸離的霓虹燈下或某個賓館的神秘房間裏。

這一新的創作潮流所隱含的問題將會越來越充分地暴露出來，那些語言的才情或對感覺精到的描述，是不能將作品的「氣象」、「韻味」置換掉的，單一的都市生活題材也將會使我們千呼萬喚無比熱愛的多元化、多樣性流於空談，困難的爭取將會用另外一種形式輕易的放棄。面對這一創作狀況我常常十分不解，就當代中國的小說創作傳統來說，最富於經驗和成就的小說應該是農村題材和民俗風情題材的小說。但九十年代以後，這一傳統已鮮有接續者。正是在這種情況下，我讀到了陳士濂的長篇小說《樟樹王遺事》。這是一部遠離當下時尚的小說，也是一部與傳統的小說結構和敘述方式相去甚遠的小說。它沒有與宏大敘事相關的齊家治國英雄，也沒有追求史詩品格的高遠抱負。但是，就在作家從容節制的敘述中，在作家多少有些眷戀而又迷朦的想像中，我們不僅遭遇了許多有趣或陌生的人物，感受了上個世紀中葉中國江南農村社會的風情風貌，重要的是，在作家結構的故事和虛構的人物關係中，我們認識了另外一種歷史。

小說將樟樹王家族的興旺與衰敗的過程，設定於解放前後的轉折時代。轉折的時代是不安定的時代，普通人雖然不參與國家權力的爭奪，但社會生活的變化總會與家族、家庭生活發生直接或間接的關係。這種轉折在小說中構成了一個不可忽視的背景，這個家族的興旺與衰敗，都與這個背景相關。但值得注意的是，作家在反映樟樹王家族變化的時候，沒有把興衰過程全部歸結於時代的變動。事實上，就在這個變動到來之前，家族內部的分化就已經預示了衰敗的無可避免。這些分化，是通過小說的細部傳達出來的。比如丫鬟桂花與父親的關係、由這一關係所影響的夫妻關係，五哥曖昧的身份焦慮以及家族內部不能言說、但又無時不在的兄弟們混亂和複雜的身份關係，晚來的新潮對家族內部的衝擊等等，都預示了危機的存在。只有細部才能進入歷史，這些細部事實上就是支配中國民間生活的政治。按照吉登斯的解釋，「生活政治便是生活方式的政治。」傳統中國的家族有自己的生活方式，這種方式我們在《紅樓夢》《家》《白鹿原》等不同時代的家族小說中可以找到一脈相承的文化線索。這種生活方式或生活政治就是家族的權力關係或等級關係，在這個霸權的統治下，表面的平靜總是不能掩蓋隨時出現的危機，對名分、財產、尊卑的爭奪，成爲生活政治鬥爭的基本內容。在大變動到來之前，家族的問題和分化事實上已經完成了。

在這個意義上，《樟樹王遺事》爲我們提供了解讀歷史的另外一種參照。但是，「樟樹王」家族的最後衰敗，畢竟是通過時代的大變動實現的。小說在後半部對「土改」和工作組的描寫，雖然並不精彩，它甚至還沒有超出四、五十年代之交的「土改小說」所能達到的程度。但是，問題在今天提出，顯然具有了不同的意義。或者說，歷史曾經要求打倒富人，他們的財產無論是通過什麼方式聚斂起來的，都要平均地分配給每一個人；但今天的口號則是「讓一部分人先富起來」。歷史言說的合理性總會找到無可辯駁的依據，無論它是多麼的不同。但有一點使我感興趣的是，那個被命名爲金秋月的「童養媳」，在工作組的誘導下，並沒有聲淚俱下地控訴她的主人，她只提出了和她身份相符的陪嫁條件。階級的陣線在條件的滿足中隱去了。階級關係的普遍適用在金秋月這裡被終結了，我們熟悉的歷史敘事在這樣的生活細部中得以瓦解。因此，這又是一篇重新解讀歷史的長篇小說。

《樟樹王遺事》還可以肯定的，是對眾多人物的刻畫。比如伯父的剛愎自用、父親的唯唯諾諾、五哥的自暴自棄、桂花的質樸善良等，都給人以深刻的印象。作家在塑造他的這些人物時，並沒有預設具有判斷性的價值尺度，每一個人都有他們的複雜性或多面性。那個威嚴甚至有些殘酷的伯父，當他最後與樟樹王同時毀滅的時候，雖然我們被告知一個時代已經結束，但他對土地發自內心的熱愛和堅韌的性格，以及試圖重振家業的幻想，仍然給我們以極大的震動。在他的身上幾乎蘊涵了中國傳統農民的全部複雜性。在當下的文學生產環境中，《樟樹王遺事》可能因其題材的古舊反而別具一格，即便是在文學消費的意義上討論，這部小說也是值得一讀的。

五、重返傳統的寫作

90 年代之末，中國文學出現了兩種寫作時間：一種是受全球化語境的影響，著意書寫都市的生活時尚，書寫青春的快意和體驗。當下生活的浮華和想像，在她們的筆下得到了淋漓盡致和無所顧忌的表達。她們在「時尚」的時間維度中，也引領了另一種寫作風潮。這種寫作在走向市場的同時也引起了廣泛的爭議。另一種寫作，可稱為「本土化」的寫作，在這樣的寫作中，可以明顯地感覺到傳統仍在緩慢的流淌，他們的感受方式，敘事方式以及人物和故事，都是人們所熟悉並可以親近的。經歷了漫長的追新逐潮之後，閱讀的疲憊希望心理能獲得稍許鬆弛或平緩，把閱讀當作一種享受或消遣，而不必再為緩讀絞盡腦汁。因此，我在祝福新潮寫作一帆風順的同時，對本土化的寫作充滿了更多的期待和熱情。

現在我讀到了青年作家鮑十的長篇小說《痴迷》。此前這位青年作家的中篇小說《念》曾被電影導演張藝謀改編為電影《我的父親母親》，鮑十也因此一舉成名。現在看來，這位青年作家並未因「知名」而不知所措莫衷一是。他仍然堅持著他選擇的寫作道路。這是一條重返傳統的寫作道路，也是不斷融會吸納新質的寫作道路。《痴迷》講述的是我們不斷遭遇的愛情故事，但這個故事動人心魄並充滿了傳奇性。鄉村醫生華宗德終生愛戀著一個名叫二丫的姑娘，但他卻沒能夠娶到她。原因是二丫被人強暴後自盡身亡。此後華醫生只能在想像中，在夜深人靜的時候同二丫相聚。華醫生也曾同其他人發生過關係，並有私生的兒，但這些都不能割捨他與二丫的生死之戀。華醫生只能在死後將墳墓與二丫埋葬在一起。這似乎是一個老而又老的愛情悲劇，無論是二丫還是華醫生，他們都生活在傳統中國古舊的情感方式中，都有一種「從一而終」的道德倫理規約。在當下的人們看來，這一情男痴女也許過於誇大了他們的情感關係，他們的生死之戀似乎也缺乏依據和合理性。但是值得我們注意的是，作家在刻畫渲染華醫生對二丫一往情深的思念時，敘事中時時涌動的動人之處，作家對人們內心準確的體悟和把握。這是一種樸實無華的情愛故事，是只有傳統中國文化才可能培育發生的情愛故事。

作為一個從事文學批評工作的人，經常處於矛盾的狀態，也就是說，當文學創作受到外來迫力壓制時，當文學創作甘願受制於這種壓制時，批評將會鼓動新潮的崛起，鼓動那些敢於突圍的違時與叛逆。這種鼓動當然是為了張揚被壓抑了的人性。這時，批評甚至不惜以激進的姿態去引領風潮。但是，當創作一味地強調「個性」，甚至不惜以犧牲普遍的閱讀作爲代價時，批評又會懷念那些不在的昔日風光。這種懷念與那些對現實格格不入的懷舊病不同。也就是說，當個性的生長有了可能的空間，當各式新潮已經成爲時尚的時候，就已經必須批評再爲它錦上添花。批評這時應該張揚那些書寫普遍性的，公共性的東西。在這個意義上，《痴迷》顯然屬於後者。特別是 20 世紀 90 年代後期以來，開放的公共生活，使文學創作也鮮有表達傳統意義上的愛情故事，美麗的愛情被視爲膚淺，被視爲過於古典或守舊。開放的性愛替代了情愛，人類生活不再有隱秘可言。於是，哪怕是專事愛情寫作的小說，浪漫或感動也幾近奢侈。這可以說是當下文學創作的嚴重病患。指出這一點，是希望小說創作在表達新的情感的同時，也有可能對傳統的情感方式給予重新認識，用添加新質的方式予以激活。

《痴迷》在表達形式上，顯然有新質的添加。華醫生在幻覺中與二丫一次次相聚，已不止是生者與死者的對話，它所要張揚的更多的是作者對傳統情愛的理解和意屬。華醫生和二丫青梅竹馬，這是他們生死之戀的全部理由。這種情愛有時超越了男女之愛。特別是華醫生進入老年之後，那種情感似乎更近似於親情。二丫是這位老人全部的寄託所在。而這一閱讀效果的實現，與作者使用的亦眞亦幻的「人鬼情未了」的虛構大有關係。而這一虛構有又有民間傳奇的內在依據。它不屬於「魔幻」或「荒誕」，而是傳統中國文化的一種美麗詮釋。也正是在這個意義上，我認爲《痴迷》是當下語境中的一部有趣的好小說。

原文刊於《理論與創作》，2001 年第 3 期

2003年長篇小說閱讀筆記

一、一個沒落群體的最後輓歌

在商品社會裏，作家的光環正漸次褪去。這一現象的出現，不止源於社會價值觀念的深刻變化，同時也與歷史賦予作家的某種神秘和榮譽有關。但當價值觀念發生變化和作家的「解密」過程業已實現之後，作家便不再是原來想像的作家。王家達的《所謂作家》也正是在這樣的背景下產生的一部奇異的小說。應該說這是一部非常好看的小說，圍繞作家胡然產生的一系列悲喜劇，不僅生動地描述了作家群體在這個時代尷尬的命運，塑造了性格迥異的作家形象，而且以蒼涼、悲惋的基調爲這個群體撰寫了一曲最後的輓歌。胡然、野風等短暫的生涯，以及他們或與風塵女子爲伍、或用「文學權力」獲得生命歡樂的滿足與失意，事實上都還沒有超出當下世風或消費主義的深刻影響。作家光環的褪落或者將作家還原爲世俗世界的普通人，以及他們在「高雅」面紗掩蓋下的心靈世界，徹底摧毀了作家現實生活與精神世界的最後一道防線。而圍繞一篇文章構成的古城事件和作家們的最後命運和歸宿，也似乎成了這個時代沒落知識分子的群體縮影。

小說在結構和敘述上是特別值得關注的。雖然作家試圖在探討和叩問這個群體的命運和問題，它的莊重性是不容置疑的，但在篇章結構上又襲用了傳統的章回體形式，以一種亦莊亦諧的輕鬆筆觸生動地敘述了人物和故事，故事情節的絲絲入扣和人物命運的跌宕起伏，使我們明確感知到作家對中國傳統小說技巧的吸納和繼承。這一現象在當代小說創作中已是鳳毛麟角。在

《所謂作家》這裡不僅看到了王家達對傳統小說技法的尊重和繼承，而且感到了一種久違的新奇和親切。這時我才敢於放言：傳統並沒有死亡，而且也不會死亡。它總會以我們可以感知的方式默默但又頑強地流淌。

但小說有太多的《廢都》的印痕，比如胡然和田珍、章桂英、楊小霞、沈萍四個女人的關係，比如古城藝術界的「四大名旦」以及滲透於古城每一個角落的文化和生活氣息，都使人如再次重臨「廢都」一樣。另一方面，小說也有概念化的問題，比如對見利忘義、水性楊花的女性的刻畫，無論是性愛場面還是移情別戀，還只限於社會對類型化女性的一般理解，都還沒有上升到人物性格的層面，而對農村婦女田珍的始亂終棄和最後重修舊好，也預示了一個知識分子與人民和土地的寓言，在這一點上，作家仍沒有超越20世紀以來激進主義的思想潮流，但我仍然覺得這是我近期讀到的最有文學性的一部長篇小說，是一部值得批評並會因此引發對當下文學創作和批評重大問題討論的一部作品。

二、漕運文化與古通州風情

明、清兩代的帝王小說或影視作品，是近年來文化市場戰無不勝的「拳頭產品」，這些作品爲什麼會在大眾文化市場上受到歡迎？是民族性、是戲說、是窺視帝王生活的欲望，還是純粹的娛樂，大概至今還沒有被說清楚，可能也沒有必要說清楚。大眾文化作爲消費文化，沒有也不必要負載更多的意識形態內容。但這一現象卻引發了「歷史文化」消費的熱潮，正史野史想像虛構布滿了熒屛和書攤。在這種情況下，王梓夫的《漕運碼頭》大概有些「生不逢時」，或者說，如果不認眞閱讀，這部小說很可能混雜在明清消費文化的汪洋大海之中。但《漕運碼頭》確實是一部嚴肅的、有追求的、有文學價値的小說。

小說從道光皇帝整頓漕運流弊、愛新覺羅・鐵麟臨危授命接任倉場總督寫起，寫他置身於另一個權力漩渦之後，引發出了無數個驚心動魄的故事情節和各色人物。這是一部寫人物和故事的小說。鐵麟是宗室貴族，權高位重，但他也是一位勵精圖治忠於朝廷的命臣。他到了漕運碼頭通州之後，才體悟到漕運流弊之嚴重。於是圍繞整頓漕運展開了一場在陰謀密佈中的複雜鬥爭。漕運流弊營造已久，牽扯到的人物無一不與利益相關，甚至不惜爲利益引發命案，官場腐敗可見一斑。鐵麟雖然小心謹愼一身正氣，但在地方勢力與朝廷大員勾結的情況下，漕運流弊並未因鐵麟的存在而革除。最後在鐵麟進退維谷、身處兩難的時候，卻意外地得到了升遷，但就革除漕運流弊的這場鬥爭中，他顯然是個失敗者。這個有趣的結局沒有遮蔽大清帝國由盛而衰的歷史趨勢，而是在不作宣告中預示和隱含了帝國時代的終結。

與坊間流行的明、清小說或影視作品不同的是，《漕運碼頭》沒有集中虛構和想像宮廷奇觀，而是將筆墨投向人物的塑造上。鐵麟是個清官，但他 50 多歲仍不能「斷奶」，他有過無數的奶媽，從幼時起的孫嬤嬤一直到樊小籬、韓小月，他對乳汁和乳房的興趣，可以有許多闡釋。但有一點可以肯定的是，王孫貴族與平民百姓終歸是不同的，儘管他是一位有抱負的命臣。此外，控制漕運碼頭通州各方勢力的人物韓克鏞、夏雨軒、陳天倫、許良年、金汝林、金簡以及煙花女子，百姓下人如唐大姑、妞妞、冬梅、林滿帆、馮寡婦等的塑造，都躍然紙上充滿個性。小說對 160 多年前通州風土人情、勾欄瓦舍的生動描繪，對底層百姓生活和內心世界的準確把握和悲憫情懷，都顯示了作家非凡的藝術功力。其間穿插的林則徐先禁煙後遭貶，革職發配途中治黃，龔自珍厭倦官場通州辭行等，都有效地增強了小說的歷史真實感。由於作家是著名的話劇編劇，因此小說中也不免有一些戲劇性的因素和情節，這從另一個方面增強了小說的可讀性和懸念感。因此，《漕運碼頭》可以說是近年來出版的最優秀的歷史小說之一。

三、「下野地」的權力、暴力和悲劇

《白豆》的人物和故事，重新激活了發生在「下野地」那段已經終結的歷史。但是，作家董立勃復活白豆和它周邊的人物，顯然不是出於懷舊的訴求，或者說，任何歷史的書寫都直接或間接地與現實有關。「下野地」這個虛構的邊陲故地和它發生的一切，並沒有從歷史的記憶中抹去，當它被重新書寫之後，起碼有兩方面的意義值得我們注意：一是對當下時尚化寫作的某種反撥；一是對人的欲望、暴力、權力的揭露與申控。因此，《白豆》是在都市白領文化覆蓋文化市場，成功人士招搖過市的時代的一曲邊塞悲歌，是維護弱勢群體尊嚴和正當人性要求的悲涼證詞，是重新張揚人本主義的當代絕唱。

《白豆》的場景是在空曠貧瘠的「下野地」，那裏遠離都市，沒有燈紅酒綠甚至沒有任何消費場所：人物是農工和被幹部挑了幾遍剩下的年輕女人。男人粗陋女人平常，精神和物質一無所有是「下野地」人物的普遍特徵。無論在任何時代，他們都是地道的邊緣和弱勢的人群。主人公白豆因爲不出眾、不漂亮，便宿命般地被安排在這個群體中。男女比例失調，不出眾的白豆也有追逐者。白豆的命運就在追逐者的搏鬥中一波三折。值得注意的是，白豆在個人婚戀過程中，始終是個被動者，一方面與她的經歷、出身、文化背景有關，一方面與男性強勢力量的控制有關。白豆有了自主要求，是在她經歷了幾個不同的男人之後才覺醒的。但是，白豆的婚戀和戀人胡鐵的悲劇，始終處在一種權力關係之中。在《白豆》裏，權力／支配關係是決定人的命運的本質關係。小說揭示的這種關係，在現實社會中並沒有消逝或者緩解。

但是，如果把白豆、胡鐵的悲劇僅僅理解爲權力／支配關係是不夠的。事實上，民間暴力是權力的合謀者。如果沒有楊來順圖謀已久的「匿名」強姦，如果沒有楊來順欲擒故縱富於心計的陰謀，白豆和胡鐵的悲劇同樣不能發生，或者不至於這樣慘烈。因此，在《白豆》的故事裏，無論權力還是暴力，都是人性「惡」的表現形式。權力、暴力如果連結著人的欲望，它就會以支配和毀滅的形式訴諸於同樣的目的：爲了滿足個體「惡」的欲望，就會製造善和美的悲劇。

《白豆》的寫作，使我們重新想起了 18、19 世紀批判現實主義的文學傳統，想起了文學是人學的古老命題。無論社會、時代發生怎樣的變化，人性的本質是不會變化的。在反對本質主義判斷的同時，對人性不能沒有價值判斷。《白豆》在延續了關懷人性這一傳統的同時，也對文學的悲劇力量給予了新的肯定。在很長一段時間裏文學總是感到缺乏力量，這與悲劇文學的缺失是有關的。作家董立勃在這一方面的努力，將會喚起文學對悲劇新的理解和認識，舊的美學原則仍然會煥發出新的活力。

四、「知識者」的人生風景

近年來，以「知識分子」爲題材的長篇小說雖然還難以主打文化市場，但在文學讀者和批評界那裏還是分外搶眼。這種文學現象的出現不僅與作家對這一群體的熟悉相關，同時在新的文化語境中也與這個群體的心理環境和生存處境的巨大變動有關。現代中國以知識分子爲題材的長篇小說，大概有兩種不同的表現方式：一種是錢鍾書「調侃戲說」式的《圍城》，一種是路翎「靈魂拷問」式的《財主的兒女們》。進入當代中國之後，《圍城》的傳統不復存在，路翎的傳統也不復存在。偶然出現的知識分子題材，也是歌頌追隨的「青春之歌」，身份的置換遠比知識分子的精神矛盾和心理苦痛更值得關注。80 年代，知識分子題材小說遍地開花，但離開了具體的語境之後，更多看到的可能還是自戀或自虐，那種雷同的精神和價值取向，本身就與知識分子的獨立精神不沾邊。有趣的是 90 年代以後同類題材的小說，大概自《廢都》始，這一群體對時代環境的變化表現出的驚恐或慌亂，鎮定或狂歡，魂不守舍或恰逢其時，六神無主或得過且過，各色人等輪番粉墨登場。這時我們可能突然發現，知識分子之死的時代眞的不期而遇了。

薛燕平的長篇小說《我的柔情你不懂》，似乎是以「知識分子」爲題材的長篇小說。她寫了一個出版社的知識群體，以及這個群體同社會各色人等的關係，寫了上級表面的跋扈和私下的卑微，也寫了下級表面的謙卑和私下的怨恨；這裡存在的等級關係和每個人具體的生存和心理景況，以及隨處可見的家庭婚姻危機，已經與紅塵滾滾的世俗世界沒有區別。因此，《我的柔情你不懂》所敘述的群體，已經不是修齊治平、心懷天下或者創造精神財富和探求眞理的知識分子。這個群體最多是一個「知識者」群體，或者用時髦的話說叫做「知道分子」群體。所以小說呈現的是「知識者」在當下社會生活切近的人生風景。

日本大批評家柄谷行人發現了日本現代文學的「風景」，他通過「風景」考察了日本現代文學的構建過程。他在這種通常認爲的景物、景致描寫中發現了其間隱含的與日本現代性相關的問題。《我的柔情你不懂》中的風景，不是名勝和自然，而是一種人生「風景」。作家薛燕平描述或呈現的這個「風景」，事實上同樣觸及了中國現代性的問題。或者說，20 世紀以來以啓蒙爲己任的知識分子，一直在呼喚中國的現代化，一直在呼喚國富民強，建設一個強大的現代民族國家是一個世紀綿延不絕的夢想。但是，有趣的是，現代化並沒有以想像的方式出現，當它部分地來臨的時候，首先感到困惑的是這個呼喚現代化的群體：與物質世界變得豐饒相伴相隨的，還有欲望世界迅猛的崛起，他們不得不與魔共舞，不得不「半魔半佛」地混跡於世俗社會。但是，歷史的合目的性發展就是這樣不以知識分子的想像爲轉移，歷史的進步總是和代價共生。

在《我的柔情你不懂》這裡，劉敬哈們的處境從一個方面表達了這個「知識者」群體的尷尬：於生活來說，他們人到中年一無所成，不僅受制於上級和書商，甚至家庭關係都難以維繫；於人生來說，他們遠無方位近無目標。

莫衷一是手足無措的處境，就是他們人生的眞實風景。

當然，《我的柔情你不懂》的價值，不止限於對知識群體內心關懷或思想遷動的認識層面，同時更在於小說的想像力和語言的魅力。考察近年來知識分子題材的小說，對人物處理的模式化和公式化傾向正嚴重蔓延，知識分子出身的主人公被「放逐」的命運，幾乎是一個未被言說而又難以修正的公開秘密。從 20 世紀起，知識分子的「出走」幾乎是解決他們歸宿的唯一出路。新世紀以來，知識分子的出走至今仍沒有終結，他們的失敗、出走、然後憤世嫉俗地踏上不知所終的不歸路，幾乎就是宿命式的。因此，如何處理「知識分子人物」的命運，對作家來說構成了嚴峻的考驗。薛燕平沒有放逐劉敬哈們，他們在生活面前可能是失敗者，但對他們來說，生活還要繼續，他們爲出版社、爲兒子小虎、爲父親母親還要生活下去，而不是斷然地拒絕社會拒絕現實的一切去「出走」。那些出走的「知識分子」們能走到哪裏呢？這個簡便易行的處理方式，恰恰反映了作家想像力出了問題。在語言上，薛燕平的幽默是一種智慧，她不是「耍貧嘴」式的幽默，那種幽默事實上是油滑。薛燕平的幽默是冷色調的，她的幽默裏有一種切入骨髓的悲涼感，就像春寒料峭時節的風。因此，《我的柔情你不懂》在同類題材的小說中爲我們提供了另外一種參照，它某些方面的突破，或許預示了這類題材小說創作的重要消息。

五、誰是疾病的拯救者

《拯救乳房》大概是國內第一部標示爲心理治療的小說作品，也是第一部標示心理學家寫作的長篇小說。在小說的前面，已經有三位著名的心理學家對作品作出了評價，既然是心理治療小說，又有心理學家的評價，批評家對它的評價就顯得微不足道。但是這畢竟是一部文學作品，而不是心理治療的專著。從這個意義上說，批評家似乎還存有話語空間，特別是經歷了「非典」之後，乳房的疾病與心理恐懼的疾病也有相似之處。因此，談論《拯救乳房》不僅是文學批評活動，同時也與現實有關。

人類對死亡的恐懼，是因爲死亡的不可避免和無力改變，不可避免的事物恰恰是人們有意識迴避的事物。癌症被認爲是人類的不治之症，這個令人類絕望的病症在某種意義上就成爲一種「禁忌」，不敢面對它是許多人內心的一個「死結」。程遠青博士招募的乳癌患者，無論有怎樣的經歷、教育背景，開始時幾乎沒有人坦然地承認自己患了癌症。而不敢面對的背後恰恰是心照不宣的心理負擔。這種負擔強化和加重了病情的發展。程博士的工作就是療治這一「心理疾病」，他要讓所有患病者敢於面對病魔，在減輕心理負荷的情況下，最大限度過上「正常的」病人生活。事實上，任何一個患病的人，其心理疾病遠不止是不敢於承認意味著「死刑」的癌症診斷，每個人的背後還隱藏著更多的鮮爲人知的私秘的「心理故事」。

文學是關乎人類精神和心理的領域，人性不止和外部的物質世界發生關聯，它更和人的內心世界有關。《拯救乳房》不同的是，它不是我們慣常見到的心理小說，它是以「心理療治」爲題材的小說。這一題材在我的閱讀經驗中還是第一次讀到，它給人以強烈的新鮮感。但作品不是在展示一個鮮爲人知的奇觀，而是在一個特殊的題材中揭示了癌症與心理、與社會問題的關係。小說中的癌病患者幾乎都與心理問題相關，這些心理問題無一不關係著社會問題。心理治療在這個意義上就不僅僅是針對癌症患者的，小說隱含的深廣內容顯然更在於人與人之間的善待和關愛。善待和關愛才是解除人心理疾患的一劑良藥和最後拯救者。

小說有一種隱隱的不滿足感。這一不滿足顯然來自「心理治療小說」的概念，這個概念像一個隱形之手無處不在地控制著作家的寫作，似乎心理問題是解決疾病的主要矛盾，這一矛盾的化解其他問題便指日可待，我對這一處理的合理性感到懷疑。另一方面，社會問題作爲心理問題的延伸，在小說中也多感牽強。這可能是《拯救乳房》文學性尚有欠缺的原因之一。

六、飛翔的林白

從《說吧，房間》到《玻璃蟲》再到《萬物花開》，林白似乎是在飛翔中寫作，她獨行俠般地天馬行空如影隨形，帶給我們的卻是意想不到的閱讀效果。《萬物花開》和她此前的作品相比變化極大。這裡沒有了《說吧，房間》的現實主義風格，也沒有了《玻璃蟲》亦眞亦幻的寫實加虛構。這部小說的主體是一部怪異甚至是荒誕、完全虛構的作品。小說的人物也由過去我們熟悉的「古怪、神秘、歇斯底里、自怨自艾，也性感，也優雅，也魅惑」的女人變成了一個腦袋裏長著五個瘤子的古怪男孩。窗簾掩映的女性故事或只在私秘領域上映的風花雪月，在這裡置換爲一個愚頑、奇觀似的生活片段，像碎片一樣拼貼成一幅古怪的畫圖。瘤子大頭既是一個被述對象，也是一個奇觀的當事人和窺視者。王榨這個地方似乎是一個地老天荒的處所，在瘤子大頭不連貫的敘述中勉強模糊地呈現出來。這個類似飛翔的寫作，沒有爲我們提供一個完整的故事，也沒有一條清晰可辨的情節線索，它留給我們的恰似散落一地不能收復的石玉相間的珠串。

有趣的是，小說附錄有「婦女閒聊錄」及「補遺」。這個「閒聊錄」以「仿眞」的形式記錄了王榨發生的眞實事件。所謂事件同樣是一些瑣屑得不能再瑣屑的生活片段，同樣是細微得不能再細微的日常符號。但在小說中卻有了「互文」的作用：正文發生的一切，在「閒聊」中獲得了印證，王榨的人原本就是這樣生活的。在我看來，這是林白一次有意的藝術實驗和冒險。她與眾不同的藝術追求需要走出常規，需要再次挑戰人們的想像力和藝術感受力。在這種挑戰中她獲得的是飛翔和獨來獨往的快感，是觀賞萬物花開的虛擬實踐。但我坦率地說，就我個人的趣味而言，我還是欣賞林白前期的作品，那裏的尖銳、勇敢地面對現實而不是天空的藝術想像，可能更需要藝術勇氣和膽識。飛翔是自由的，但它是否也意味著對現實的某種迴避或逃離呢？

七、迷狂的欲望和作家的溫暖

這不是一部揚善懲惡的小說，也不是一部表達因果報應的小說。這是一部解讀人的心靈秘史的小說，是寫人的風流史和懺悔錄的小說，是寫人的原始欲望被壓抑和無限膨脹過程的小說，當然也是一部欲望和愛意相互糾纏彼此消長的小說。葉兆言以他對人性的深刻理解，從一個側面揭示了生命內在的支配力量，在彰顯自然人本主義，在暴力、性的背後，隱含了他對世道人心、人情冷暖變化的細微體察。他在書寫日常生活的微妙以及放縱、寬容的同時，也表達了他對人的情感、精神等形而上領域的某種深刻思考和詩意眷戀。

這也可以稱作是一部書寫知青這一代人歷史的小說。不同的是，知青這一代人的生活在想像中獲得了眞實性的重構。此前的知青小說，大多與「宏大敘事」相關，似乎知青這一代生來就是造就和承擔歷史的。當然這一歷史幻覺和知青一代生活的具體情境有關，如果還原於那個時代的具體情境，它們當然有時代的合理性。然而，在葉兆言這裡，他改寫了有關知青生活的歷史敘事。他將知青生活以及他們的歷史，在日常生活中展開，他有意迴避或者說有意剝離了漂浮於生活表面的意識形態，而是深入到生活的細部，探究支配人的內在力量究竟是什麼。

小說的主角蔡學民——也就是老四或後來的四爺，在知青歲月幾乎無所作爲，他對異性的盤然興致也與我們慣常見到的知青形象相去甚遠。他從下鄉的路上開始，在朦朧的潛意識的支配下，眼光就興奮快樂地落在異性的身上，他沒有離開城市的沮喪和痛苦。他和情人——後來的妻子薛麗妍或者阿妍，從一開始的相互吸引，就建立在情慾的基礎上，他們的生活歷程中的歡樂痛苦，也無不與人的情慾緊密地聯繫在一起。這個情慾似乎和不斷書寫的至死不渝的愛情和忠誠無關，有關的是人對欲望的無限要求和肆意的放縱。即便在知青時代，放縱的條件極端有限的情況下，情慾之花仍舊悄然開放。老四和謝靜文的第一次偷情，以及謝靜文拒絕與老四建立愛情和婚姻關係，從一個方面透露了人的情慾的旺盛和蓬勃。禁忌只是表達了那個時代的道德意識形態，但對具體的人來說，情慾的要求不可能得到眞正的平息。無論是宗教還是革命，在壓抑情慾的同時，也從一個方面膨脹和激勵了情慾的冒險想像。

阿妍在小說中幾乎被塑造成一個東方聖母，她愛老四，甚至親自去醫院幫助丁香處理了懷孕的胎兒。但老四不思悔改，就在老四肆無忌憚地與他的女打工者快意恩仇的時候，阿妍無聲地消失了。我們曾爲她憂心忡忡深懷不平。然而，這時卻意想不到地出現了一個乾兒子余宇強。阿妍和乾兒子的這份「孽緣」是否合理已經不重要，重要的是，當妻子紅杏出墻遭遇了老四的肆意放縱將會怎樣。我覺得這是小說最重要的一個關節，因爲小說在這裡才顯示了它的極端化。這個極端化的遭遇，不僅要表達作家和小說的觀念，同時也是作家如何處理化險爲夷的緊要處。這時敘事者和阿妍發出了如下議論：

人都想放縱一下，放縱是人的一種本能，放縱會有很多意想不到的樂趣。阿妍顯然嘗到了放縱的甜頭，但是她似乎更知道剋制的重要。阿妍說，是人就必須有所剋制，是人就必須剋制自己的欲望，她覺得我們的問題是不知道如何剋制，我們都出了軌，都放縱了自己的欲望。人的心永遠是頑固的，放縱固然讓人心曠神怡，甚至會產生巨大的快樂，但是，放縱同樣也會產生很嚴重的後果。

這段議論緩解了小說的內在緊張，開始變得舒緩起來。這種緩解爲後來的詩意抒發構造了合理性的基礎。人的行爲還是要和道德建立聯繫，還是要原諒、寬容、善意地處理哪怕是最親密的關係。我驚異葉兆言從容的敘述，在這個紅塵滾滾的時代，這個故事很容易滑向始亂終棄的原型，但在葉兆言這裡，卻出現了一個詩意盎然又不乏感傷的結局：老四和阿妍盡釋前嫌和好如初依然相依爲命。這個結局表達了作家更爲人性的處理方式，人有人的弱點，但人不能以惡報惡以怨報怨。他在揭示人性弱點的同時，也揭示了人性的包容性和懺悔性。在這點上，顯示了作爲作家的葉兆言，在揭示人的迷狂欲望的同時，內心所擁有的溫暖、愛意和誠摯的悲憫：他與眾不同。

然而，讀罷這部小說，心還是頓時緊縮起來：知青一代就像一個遠去的蒼涼的手勢，就這麼過來也就將要這麼過去了。

八、這矛盾和宿命的漩渦

海男的小說創作，在當代中國已經成爲一個不可忽視的存在。從某種意義上說，她的小說因其尖銳、大膽、直逼人性的最隱秘處而使她處於文壇的波峰浪谷之中。她曾遭受非議，同時也受到一些重要批評家、作家的鼓勵和支持。這截然相反的態度本身，不作宣告地證實了海男的價值。

《花紋》的寫作延續了海男一貫關注的主題。女性與男性的關係以及女性爲身體花朵的開放而投向男性懷抱、或被男性始亂終棄或對男性深懷絕望，形成了海男主人公的永久焦慮。這一焦慮不止是對精神、價值、男／女關係等形上領域的焦慮，同時也是對女性自身的關注、迷戀、困惑、質疑等等，在彰顯自然人本主義的同時，也超越了自然人本主義。這一女性永恒的困惑，甚至也超越了性別的困惑而成爲人性共同的難解之謎。不同的是，由於女性的性別特徵，她們曾經是花蕾、花紋，然後是盛開或衰落的花朵。

《花紋》書寫了「三個女孩」到「三個女人」的身體成長史，當然也是精神成長史。小說將三個女性的成長環境設置於校園／社會的邊緣地帶，這一邊緣處也正是理想／世俗、浪漫／現實的交疊處。它具有其他任何一個時代都不能置換的時代性：校園的理想主義仍然在生長，女大學生宿舍還有剩餘的浪漫氣質，開放、自由的時代環境打破了長久封閉的校園院墻，世俗現實主義乘虛而入，不戰自勝。女性在這樣的環境中成長了，但對成長的代價我們卻喜憂參半：女性介入社會是成長的開始，但女性認識社會卻必須是「身體」力行。

《花紋》作爲虛構的小說，最爲驚心動魄之處，是蕭雨和母親共同擁有的一個情人，這個亂倫的故事以極端化的方式道出了女性悲哀的宿命：男性的權利和金錢的支配，使女性難以自拔地陷入了自身那個矛盾而又欲望無邊的漩渦，這就是女性的身體。這不止是對故事的處理方式，同時它也是女性對自身疑竇叢生又不能自已的起點和歸宿。這時，我們情不自禁地想起了近年來自異邦日本的小說家渡邊淳一的作品。除了渡邊淳一是個男性的老年作家、除了他的男性視角之外，《花紋》對情感的質疑和不信任，和渡邊淳一對婚姻的不信任幾乎異曲同工。不同的是，渡邊淳一以櫻花般的絢麗使美麗的婚外情慘烈地凋謝。而《花紋》則以中國的認知方式，無言地承受現實提供的一切，她們成長了，但這又能怎麼樣呢？這就是海男的方式，她以殘酷的述說從一個方面表達了她對女性命運的關注，儘管那裏不乏今天大眾文化市場需要的消費性因素。

九、歷史是一個女人的身體

張煒是書寫大地的當代聖手，也是這個時代最後的理想主義作家。在他以往的作品中，鄉村烏托邦一直是他揮之不去的精神宿地，對鄉村的詩意想像一直是他持久固守的文學觀念。這一「張煒的方式」一方面延續了20世紀中國文學的民粹主義傳統，一方面也可理解爲他對現代性的某種警覺和誇張的抵抗。但是，從《能不憶蜀葵》開始，張煒似乎離開了過去城市／鄉村、理想／世俗僵硬的對立立場，而回到了文學的人本主義。

現在我們要談論的《醜行與浪漫》，是一部典型的人本主義的本文：一個鄉村美麗豐饒的女子劉蜜蠟，經歷重重磨難，浪跡天涯，最終與青年時代的情人不期而遇。但這不是一個大團圓的故事。在劉蜜蠟漫長苦難的經歷中，在她以身體推動情節發展的過程中，我們發現了「歷史是一個女人的身體」。劉蜜蠟以自己的身體揭開了「隱藏的歷史」。

《醜行與浪漫》對張煒來說是一次空前的超越。儘管此前已有許多作品質疑或顛覆了民粹主義的立場，但張煒的貢獻在於：他不是從一個既定的理念出發，不是決意反駁或背離過去的鄉村烏托邦，而是著意於文學本體，使文學在最大的可能性上展示與人相關的性與情。於是，小說就有了劉蜜蠟、雷丁、銅娃和老劉懵；就有了伍爺大河馬、老獾和小油矬父子、「高幹女」等人。這些人物用「人民」、「農民」、「群眾」等複數概念已經難以概括，這些複數概念對這不同的人物已經失去了闡釋效率。他們同爲農民，但在和劉蜜蠟的關係上，特別是在與劉蜜蠟的「身體」關係上，產生了本質性的差異。

因此，小說超越了階級和身份的劃分方式，而是在對女性「身體」欲望的差異上，區分了人性的善與惡。在這個意義上，歷史是一個女人的身體。在小說的內部結構上，它是以劉蜜蠟的身體敘事推動情節發展、并敞開了隱秘的歷史。

值得注意的是，張煒在這裡並沒有將劉蜜蠟塑造成一個東方聖母的形象，她不再是一個大地和母親的載意符號。她只是一個東方善良、多情、美麗的鄉村女人。她可以愛兩個男人，也可用施與的方式委身一個破落的光棍漢。這時的張煒自然還是一個理想主義者，但他已不再是一個烏托邦式的理想主義者。他在堅持文學批判性的同時，不止是對城市和現代性的批判，而首先批判的是農民階級自身存在並難以超越的劣根性和因愚昧而與生俱來的人性「惡」。對人性內在問題的關注，對性與情連根拔起式的挖掘，顯示了張煒理解和創造文學的無限潛力。在 2003 年的長篇小說創作中，或者說在張煒自己的創作生涯中，將因他的《醜行與浪漫》而寫下燦爛輝煌的一筆。

原文刊於《粵海風》，2003 年第 6 期

猶疑不決的批評
——2003 年中篇小說片段

進入 20 世紀 90 年代以後，當下文學創作的選本逐漸多了起來。但背後隱含的訴求遠比過去複雜得多。這裡當然還存有「經典化」的意願，還存有將文學作爲「文學」來選擇評價的「純粹」想法。但是，除此之外，由於文學生產方式和接受方式的變化和制約，由於時代風尚和文學功能的變化，由於市場、消費意識形態的全面控制，對於包括小說在內的文學的理解，和過去已經有了極大的不同。這時，我們選擇哪些作品作爲對象來批評，就不僅僅是批評家面臨的困惑，同時它也是所有研究、講授、評論文學的人共同的困惑。

這個困惑，表面上似乎是由市場經濟、商業化、大眾文化等問題帶來的。或者說由於社會轉型或「歷史斷裂」使一些人感到了深刻的不適。但是，問題可能遠遠沒有這樣簡單。如果沒有市場經濟，沒有商業化，沒有大眾文化等，我們所期待的「多元文化」如何實現？我們所期待的創作、批評的自由，其空間將設定在哪裏或怎樣條件的基礎上？需要承認的是，我們對當下的文化生產和文學實踐條件還缺乏闡釋的能力。我們可能只看到了社會的紅塵滾滾，欲望橫流，以及精神生活的迷亂或一團糟，並且以簡單的批判和不斷重複的方式誇張地放大了它。而忽略了變革時期文化生產、傳播方式變化的歷史合目的性的一面。這樣表達，並不意味著我對當下文學的實踐條件是完全認同的，我想說的是，把文學批評的全部困惑僅僅歸咎於商業化或大眾文化，是相當表面的。一方面，義憤填膺的批判特別容易獲得喝彩和掌聲，它是「批評家」獲得報償最簡易的方式；另一方面，這裡以過去作爲參照所隱含的懷舊情緒也遮蔽了當下生活的全部複雜性。證明過去相對容易些，解釋當下卻要困難得多。而對當下生活失去解釋能力的時候，最簡單的莫過於以想像的方式回到過去。事實上，歷史是只可想像而不可重臨的。

於是，我們看到的更多是悖論的現象：對於文學創作而言，我們內心眞實的感受很難找到對應性表達的作品，很難看到引起震撼和感動的作品，文學的力量正在喪失。於是，對文學整體性的不滿甚至不屑的議論幾乎充斥於耳。但對具體作家作品的普遍贊揚和捧場，卻又讓人誤以爲欣逢文學盛世；在和一些朋友談話時我曾說過，80 年代批評界談論的是啓蒙、人道主義、文學的獨立以及藝術問題。現在見面談論的是買車、買房、爭取博士點、學科基地以及各種基金。在現實生活裏，大家對時尚生活興致盎然並多有誇耀，但在文學趣味上，卻又表現出極端的貴族化和理想化。我們曾迫切地要求和爭取過文學的多樣化，希望文學能夠多少輕鬆一些而少肩負更多的社會政治使命，但當文學眞的實現或接近了這一想像時，有人又要求「純文學性」。這個提法的背後隱含的是當下的文學還不夠「文學性」。這一立於不敗之地的要求，是不作宣告地強調文學還有一個普遍性的標準。這種一會兒一個主意的想法，究竟是眞實的還是一種知識分子譁眾取寵式的「時尚」？他們對自己的這些言說認眞考慮過嗎？對這種居高臨下式的要求的合理性有過認眞的追問和檢討嗎？類似的悖論還有許多。

事實上，無論對於創作還是批評而言，我覺得遠沒有我們想像的那樣糟糕。傳媒的發達和市場化的運營，必然要出現大量的一次性消費的「亞文學」。社會整體的審美趣味或閱讀興趣就處在這樣的層面上。過去我們想像的被賦予了崇高意義的「人民」、「大眾」等群體概念在今天的文化市場上已經不存在，每個人都是個體的消費者，消費者有自己選擇文化消費的自由。官場小說、言情小說、「小資」趣味、白領生活、武俠小說的風靡或長盛不衰，正是滿足這種需要的市場行爲。但是，我們過去所說的「嚴肅寫作」或「經典化」寫作，不僅仍然存在，而且就其藝術水準而言，已經超過了 80 年代是沒有問題的。不僅在 80 年代成名的作家在藝術上更加成熟，而且超越了 80 年代因策略性考慮對文學極端化和「革命化」的理解。比如文學與政治的關係，比如對語言、形式的片面強調，比如對先鋒、實驗的不正常的熱衷等。而 90 年代開始寫作的作家，他們的起點普遍要高得多。80 年代哪怕是中學生作文似的小說，只要它切中了社會時弊，就可以一夜間爆得大名。這種情況在今天已經沒有可能。我們之所以對當下的創作深懷不滿，一方面是只看到了市場行為的文學，一方面是以理想化的方式要求文學。只看到市場化文學，是由於對「嚴肅寫作」或「經典化」寫作缺乏瞭解甚至是願望，特別是缺乏對具體作品閱讀的耐心；以理想化的方式要求文學創作，就永遠不會有滿意的文學存在。眞正有效的批評不是抽象的、沒有對象的，它應該是具體的，建立在對大量文學現象、特別是具體的作家作品瞭解基礎上的。

在市場化的時代，由於市場利益的支配和其他原因，長篇小說一直受到出版社的寵愛，這個文體的優先地位日見其隆。而中篇小說則是一個慘淡經營、相對邊緣的文體。這個文體的性質決定了它在藝術上摻不了太多的假，它的容量或篇幅也決定作家必須認眞對待它的結構和敘事。否則小說尚未開始就要結束了。因此，藝術性在中篇小說中相對來說是較為持久的。這一點在 2003 年中篇小說創作中同樣可以得到證實。但要準確地概括出 2003 年中篇小說的特徵仍然是困難的，這裡只能撥草尋蛇或勉強地談出以下幾點印象：

一、邊緣生活的頑強表達

在過去相當長的一段時間裏，中國農村生活被展示得最為充分。這一現象不僅與中國是個農業大國有關，與傳統的農業文化作為強勢文化的地位有關，同時也與中國現代革命的特殊境遇有關。中國革命的勝利與農村或農民的支持有密切關係。於是對農村或農民的詩意、神聖想像就成為 20 世紀以來最為流行的思想方式。但是，90 年代以後，農村或農民的烏托邦想像被放棄之後，這一領域作為文學的表達對象也日益邊緣化。在市場隱形之手的控制下，流行的時尚遮蔽的恰恰是這個最為眞實的存在。但是，在 2003 年的中篇小說中，對包括農村生活在內的邊緣生活的表達，成為最引人矚目的現象之一。北北的《尋找妻子古菜花》、劉慶邦的《到城裏去》、李洱的《龍鳳呈祥》、熊正良的《我們卑微的靈魂》、遲子建的《零作坊》、陳應松的《望糧山》、楊争光的《符馱村的故事》、張繼的《告狀》、何玉茹的《胡家姐妹小亂子》、胡學文的《走西口》等一大批中篇小說，所表現的是最普通的底層生活。作品的人物和生存環境是今日中國的另一種寫照。他們或者是窮苦的農民，工人，或者是生活在城鄉交界處的淘金夢幻者。他們有的對現代生活連起碼的想像都沒有，有的出於對城市現代生活的追求，在城鄉交界處奮力掙扎。這些作品從不同的方面傳達了鄉土中國或者是前現代剩餘的淳樸和眞情、苦澀和溫馨，或者是在「現代生活」的誘惑中本能地暴露出農民文化的劣根性。但這些作品書寫的對象，從一個方面表達了這些作家關注的對象。對於發展極度不平衡的中國來說，物資和文化生活歷來存在兩種時間：當都市已經接近發達國家的時候，更廣闊的邊遠地區和農村，其實還處於落後的 17 世紀。在這些小說中，作家一方面表達了底層階級對現代性的嚮往、對現代生活的從眾心理；一方面也表達了現代生活爲他們帶來的意想不到的複雜後果。底層生活被作家所關注並進入文學敘事，不僅傳達了中國作家本土生活的經驗，而且這一經驗也必然從一個方面表現了他們的價值觀和文學觀。在全球化的語境中，在強勢文化以轟炸的方式向弱勢文化地區強侵入的時候，這一努力和消息尤其給人以鼓舞。

二、歷史故事的重新書寫

歷史永遠是小說家感興趣的領域。歷史不能重現，但小說家對歷史敘述的好奇心理以及想像歷史的冒險願望，決定了他們一次次地重返過去。這些重寫也好、戲仿也好，都是一個解構或重構歷史的過程。在中國，歷史敘事是相當重要的。小說的「史傳傳統」即便在今天也深入人心。就像人們寧願相信《三國演義》是歷史而《三國志》不是歷史一樣。在當代中國歷史敘事、特別是大眾文化中的歷史敘事，是建立社會主義文化領導權的重要策略。正是在大眾文化的歷史敘述中，民族國家和社會主義的形象才得以呈現並確立。但歷史本來就是敘事的一種，敘事就難免有虛構的成分。也正因爲如此，對歷史的再敘事才成爲可能。葉廣芩的《廣島故事》、凡一平的《投降》、陳昌平的《漢奸》、董立勃的《風吹草低》、朱秀海的《出征夜》、劉連樞的《半個月亮掉下來》、嚴歌苓的《拖鞋大隊》、麥家的《刀尖行走道》等，從慈禧太后到抗日戰爭，從軍墾兵團到文化大革命，從異國他鄉到軍機解密，作家對歷史的藝術想像力在這裡得到有力的確證。當然這是虛構的歷史故事，這些故事，有的是作家的個人記憶，有的僅僅是一道歷史的風景。但値得注意的是，這些作品並不是將塵封的過去作爲奇觀來重新展示，也不是懷有倒置歷史的勃勃野心和價値判斷，而在虛構的歷史中著意挖掘和表現歷史的劫難、人在歷史過程中的無力無助、身不由己以及人性的複雜性和多樣性。歷史在這裡只是一個背景，在特殊的歷史場景中，人性出其不意或偶然的舉措和選擇，體現出的恰是人性的無限可能性和豐富性。這種敘述，和過去我們一再放大的歷史敘述已經完全不同了。

三、現實狀態的從容呈現

儘管在知識界一再討論社會形態的轉變或斷裂，討論精神處境的惡化或危機，但這些不免誇大其辭的描述表面上在平民百姓的日常生活中似乎並未兌現，人們對生活仍然興致盎然樂此不疲。但這種已經沒有詩意和浪漫的生活，已經沒有成群結隊既定目標的精神處境，恰如千座高原上離散的羊群，雖然前景廣闊但卻方位迷茫。每個人內心的波動和不安，是可以意會的。因此，探尋個人在社會變動中存在的價值和理由，仍然是一個持久的當代性主題。生老病死、男婚女嫁、聚散離合、情男痴女等，日常生活作爲我們面對的生活常態已經不能超越。如何處理看似波瀾不驚的情感和事件，構成了對作家藝術想像力的眞正挑戰。轟轟烈烈的事件容易得心應手，平淡生活中的心理演變卻難以藝術化。但在這方面作家卻表現出了頑強的努力。方方的《水隨天去》、須一瓜的《淡綠色的月亮》、徐坤的《年輕的朋友來相會》、吳玄的《同居》、楊少衡的《秘書長》、葉舟的《渾身都是DNA》、張殿全的《青春散場》、呂不的《如廁記》、周卉的《好好活著》、陳家橋的《人妖記》、程青的《十周歲》、李鐵的《花朵一樣的女人》、易中天的《高高的樹上》等大量作品，表達了作家對日常生活的敏銳發現。這些作品更多處理的是人在變動時代心靈的動蕩和不安，每一個人似乎都是生活中出演的「他者」，都是行爲藝術的參與者，自己既是看客又身置其間，既想轉身離去又欲罷不能。這矛盾重重的心理處境在整體上傳達了價值失範和狂歡之後的迷茫。這是藝術大顯身手的廣闊領域。而這些作品表達的從容，顯示了當今小說處亂不驚的成熟。

當然，這樣簡單的概括難免捉襟見肘。這一年中篇小說創作的整體性面貌是不可能在這樣的概括中得到全面的揭示。一方面這與文學生產的規模空前有關，一個人不可能閱讀所有的作品；一方面也與個人閱讀作品的眼光、角度有關，這一局限性是宿命的。需要說明的是，在我提到上述作品的時候，心態是不安和「猶疑不決」的。我得承認，這些作家作品是我喜歡的作家作品，平時對他們的關注也就相對多些。比如劉慶邦、葉兆言、方方、陳應松、熊正良，他們長期從事中篇小說的寫作，他們對這種文體的把握是我素來敬佩的，他們關注的對象和在作品中傾注的那份情感，也是令人感動的。殘雪曾是 80 年代最爲引人矚目的作家之一，也是中國 80 年代「荒誕派」文學的代表性人物之一。但在《男孩小正》中，她的視角、敘事語調和情感方式都發生了極大的變化，她的柔和、平靜和溫暖，充斥著另一種感人的力量。北北、麥家、須一瓜、荊永鳴、吳玄等，是近年來風頭正健的作家，他們的起點很高，熟悉的領域各有所長。在新的文化語境中，他們吸納了不同的藝術營養，整合起自己不露痕跡又獨具一格的表現方法，顯示了他們的衝擊力和不可限量的文學未來。編選或閱讀他們的作品是一件愉快的事情。

但是，在肯定了這些作家作品的同時，我又不免躊躇。選擇他們自有道理。但是，更多沒有提到的作品，不僅僅是一個取捨的問題，它還隱含著我們對文學的判斷、評價標準上的迷惑，還隱含著我們因受各種因素制約而缺乏應有的坦誠等諸多問題。批評難以窮盡好作品已經不能掩蓋批評家內心的不自信。我對那些現在仍然自信的批評家非常欽佩，但我個人卻只有猶疑不決了。

原文刊於《中華讀書報》，2003 年 11 日 26 日

這個時代的文學景觀
——2004年中篇小說現場片段

關於當下小說問題和評價的討論，有過各種相左的意見。但事實上，這些意見都沒有進入當下小說創作的內部，因此，這些討論既沒有接觸小說創作的眞正問題，也不可能對小說創作構成傷害。我的意見略有不同，對目前小說創作的整體狀況，我深懷樂觀。

當然，文學的確在我們的時代受到了相當程度的挑戰。包括小說在內的文學藝術被接受的熱情下跌和優秀小說的流通受阻，其原因是多方面的。在消費主義的影響下，在消費者有了選擇自由的時代，影像工業和其他娛樂產業的發達，改變了社會審美和消費趣味，快感替代美感的現象便出現了。包括小說在內的文學在成熟的時代卻因接受和流通而走向衰落，是大可理解的。文學史的發展也從一個方面證實了這一現象的不可逆轉。比如宋詩，在有些專家看來它的成就可能並不遜於唐詩，但由於「詞」的興起，詩的地位被取代就無可避免，儘管它成熟得登峰造極。當代小說的命運和這個道理沒有區別。但這並不說明小說在這個時代沒有取得偉大成就。中篇小說是這個時代文學成就的一部分，從某種意義上說，它甚至更本質地表達了這個時代作家對文學藝術性的理解和維護。一般說來，優秀的長篇小說更有可能代表一個時代的文學成就，這與文學史的敘述和文學觀念的播散大有關係。但就目前的文學實踐條件而言，由於市場意識形態的控制，長篇小說除了少數優秀之作外，大部分還很難在藝術的範疇內談論，它們的市場意義要遠遠大於文學意義。當然，對這一現象我們大可不必過多指責，它的存在自有其道理。

中篇小說的情況就非常不同，它和市場的關係遠非那麼密切，這與這一文體的生產方式有關。一般來說，發表中篇小說的主要媒體，還是嚴肅的文學刊物，這些刊物雖然也面臨市場、生存、轉制的壓力，但就目前的情況而言，一方面有大批從事中篇小說創作的作家，還執意堅守文學的最高正義，對文學是處理人類精神事務的理解沒有發生動搖或改變；一方面，這些刊物的文學操守也促使了中篇小說的健康發展，在媒體帝國主義的時代，媒體的文學品格從某種意義說具有決定性的意義。

中篇小說創作的興盛和對文學性的維護，也促進了對這一文體出版的發展。有眼光的出版家爭相將視野投向這一領域，中篇小說的選本一年多於一年。這對中篇小說的發展大有好處，但對於選家來說卻越來越困難。在編選 2003 年中篇小說的時候，我曾表達了一個看法：「猶豫不決的批評」。一年過去之後，我的這個看法不僅沒有改變，反而更加強烈。我曾見過幾個編選中篇年選的批評家，當我們交流編選篇目時，居然沒有一篇是交叉和重複的。這一方面讓我釋然——每個選家的眼光、選擇標準、閱讀範圍等，都存在先在的局限。多樣的編選使讀者的選擇有了可能；一方面，不同的選本也加劇了競爭的激烈。那麼，在 2004 年中篇小說選本的問題上，在眾多的選本中是否會得到作家和讀者的更廣大範圍的認同，仍然是讓人疑慮。

創作中堅，如劉慶邦、陳應松、蔣韻；也有比較年輕的北北、須一瓜、荊歌、葛水平和葉彌；同時還有生於上個世紀 70 年代的曉航和映川；從性別來說，兩性基本持平，女性略多並不出乎意料。這種情況並不是出於某種所謂「平衡」的考慮，而純粹是一種無意中呈現出的客觀性。劉慶邦多年專治中、短篇小說，他成熟的技法和從容的敘述我歷來喜歡；陳應松多年來厚積薄發，近年來聲名鵲起好評如潮，他凝重的敘述大智若愚；蔣韻不溫不火一如既往，她的文字勝似閒庭信步；北北對底層生活的關注由來已久，她的作品體現了新的人民性；荊歌是一個年輕的「老作家」，他每年都有大量作品問世，大量作品都在很高的水平線上實屬不易；葛水平異軍突起出手不凡，幾篇作品就令世人矚目，前景不可限量；葉彌是江南才女，她的中、短篇小說一直受到圈內人士的讚譽，她營造的小說氛圍彌漫四方；須一瓜是近年來備受關注的作家，她對當代新生活和文學性的理解別具一格；曉航和映川是英姿勃發的新生代，他們小說的修辭和情趣新鮮而陌生，他們的經驗已經逐漸被接受，而他們對文學的熱情，更表明了文學遠非末日，而是預示了後繼有人的樂觀未來。

中篇小說已經成爲這個時代的文學景觀，它顯示了時代文學的較高水準，它的文學性無可置疑。它動人、浪漫、凝重、自然。在藝術上，它更加成熟，在總體形態上，它鮮明地區別於其他歷史時期。在這一領域，它的發展和進步，都給我們曾經低迷和暗淡的心緒，帶來了前所未有的好心情。

原文刊於《人民日報》，2005年7月1日

經典終結時代的成熟文學
——2005 年中篇小說閱讀印象

當文學被無數次宣布死亡之後，再討論文學經典的終結，似乎就不再危言聳聽。事實的確如此，在通俗文化成爲當下主要的文化表達方式，所有的人都被其圍困和滲透的時候，這一文化形式似乎也就成了提供意義與快樂的惟一源泉或取之不盡的天然寶庫。另一方面，發達國家從 20 世紀 70 年代、中國大陸從 90 年代開始，包括文學在內的高雅文化與通俗文化的界限日益淡化，相互兼容或相互妥協的趨勢形成了無言的默契或契約，從相互敵對、戒備到相互模仿和借鑒已人所共知。特別是一些高雅文化的創作者，也因各種能夠理解的因素投身參與通俗文化的生產，他們的雙重身份以極端和典型的方式證實了兩種文化兼容和妥協的存在。文化精英決絕的面孔正爲謙和所替代；而一些通俗文化的生產者，在民間聚斂了文化資本之後，也轉向了文化精英身份的塑造。身份的轉換和不確定性，是這個時代文化／文學生產的重要特徵之一。但文化絕對主義者依然按照二元對立的方式，堅持他們非此即彼的立場，或是堅決捍衛經典文化的地位，堅決排斥通俗文化；或是極力鼓吹通俗文化而詆毀精英文化。任何問題，表達立場是容易的，但僅有立場是不夠的。當更爲複雜多樣的文化格局成爲事實的時候，文化絕對主義者作出結論的地方，恰恰是我們應該開始的地方。

於是，我們需要討論的問題是：當社會生活發生了重大變化之後，對文學藝術功能的理解是否也應該做出調整？文學經典經歷了風雨飄搖並最後終結，但文學經典作爲文化遺產是否應該拋棄，經典過後，是否今天的「經典」

寫作也最後終結了？對第一個問題的理解顯然是肯定的。或者說進入消費社會之後，「消費」是拉動社會經濟發展的重要槓杆，於是，不僅出現了與商業利益相關的各種文化產業的形成和發展，而且它也適應了消費者對「輕鬆」、「撫慰」文化需要的訴求。不僅圖像帝國飛速發展，而且選美大賽、模特大賽、影樓、美容院、專賣店、健身房、咖啡屋、小酒吧以及中產階級雜誌等更是將日常生活審美化展現得日新月異。那些非商業化的嘉年華、大眾體育等幾乎伴隨著年輕和不年輕的人們度過每一個白天和夜晚。對 2005 年的中國文化生活來說，沒有人會忘記中央電視臺的「夢想中國」和網絡控制的「超女」運動，當然也沒有人會不清楚它背後的商業動機，但它精心的策劃幾乎使成千上萬的人們爲之瘋狂或身陷其間。當木子美以肉體炸彈的方式摧毀了男性建構的道德底線之後，「帶菌的文化」逐漸爲集體狂歡所取代。你方唱罷我登場的文化場景，就是當下大眾文化最鮮明的特徵：沒有長久的文藝沙皇，沒有恒久不變的文化消費的宰制者。那些聰明的大眾文化製作者，早已將眼光投向正統或主流小說家，他們發現了正是在那裏蘊涵了消費文化最豐富、最有商業價值或最值得改造的作品，而且屢屢得手。「先鋒文學」的衰落和文學「形式的意識形態」的終結，先鋒小說家重新回到「故事」等趨向，也都證實了精英意識的收縮和通俗／高雅界限的淡化。

這是一個不能改寫的文化背景，文學經典的終結在這樣的文化背景下不期而遇。因此，文學經典的終結並不是發生在文學內部。或者說，就當下文學創作的整體而言，它恰恰達到了百年白話文學最成熟的時期。這種成熟不止是說它在技巧、技法的層面更爲圓熟和得心應手，同時更在於文學對自身的認識和理解。自梁啓超時代開始，小說被賦予了前所未有的極高地位，百年中國特殊的歷史處境也賦予了小說不能迴避的責任和義務。因此，宏大的敘事形態不僅是小說自身的選擇，同時它也處在被歷史選擇的位置。另一方面，西方世界建構的歷史哲學和本土文學的「史傳傳統」，也在內部規約了小說的話語方式。國族關懷成爲小說主要或基本的關懷對象，應該在歷史的範疇內來討論。當社會生活發生變化之後，小說的關懷對象或敘事對象也理所當然地要發生變化。這種變化的終極原因也是歷史的選擇和被選擇的結果，而不是後來的研究者或批評家「解構」或「顛覆」的結果。當然，對適應了歷史發展潮流或構成對應關係的文學批評來說，它起到了推波助瀾或加快實現的作用也是事實。但與經濟生活和社會接受心理比較起來，批評家的話語力量實在是有限的。小說完成了歷史的期待和過高的自我想像並不堪重負之後，回到了它原來的起點，成爲眞正的「小說」而不再是「大說」。這是小說眞正的成熟。

因此，「小敘事」、私人經驗或個人關懷是當下小說創作最常見的敘事方式。但必須指出的是，這種「小敘事」或個人關懷，仍然不同於通俗文學或暢銷小說，後者延續的是「鴛鴦蝴蝶」、「禮拜六」、「紅玫瑰」、「黑幕小說」、「譴責小說」等傳統，是風花雪月、都市風情、官場奇觀以及「小資情調」或煽情的悲歡聚散，是市民趣味甚至是還童術。而我們談論的這種小說，雖然回到了「小說」的起點，但值得注意的是，百年來形成的文學傳統仍然在潛隱地承傳。在注重藝術「意味」的同時，對社會生活和精神世界、心靈世界的關懷，仍然是區別於通俗文學的基本特徵。2005 年的中篇小說，很多是現實題材的作品。每個作家的經驗不同，題材或敘述對象不同，但可以肯定的是，這些作品都通過生活的表象並洞穿表象試圖揭示出隱含於生活背後的眞相。表象不僅僅是一種只可感知和可見的存在，同時它也是一種精神事件和現象，它是有「意味」的。這種動機和努力，使 2005 年的中篇小說不僅氣象萬千，而且堅持或強化了它的藝術力量。在這一點上，我們通過中篇小說似乎又看到了嚴肅藝術對歷史的延續和聯繫，經典遺產的繼承者還大有人在，經典的時代終結了，但經典的寫作方式並沒有、也不可能到了最後的時刻。它們是個人的經驗，同時也是全球化語境中的中國經驗。

這一年有許多作品給我留下了難忘的印象。韓少功的《報告政府》無論對 2005 年的文壇還是對他個人來說，都是一部重要的作品。對文壇來說，這部小說所涉及的領域鮮爲人知。一墻之隔劃分了兩個世界，生與死、善與惡、正與邪等，是我們基本的認知或瞭解，那是一個神秘和令人難以想像的所在。但韓少功所書寫的監獄景觀遠遠超出了我們的想像。那裏的殘酷、丑惡甚至血腥不僅仍在暗中上演，而且也有超級智慧、絕頂聰明在極限的環境裏表現得淋漓盡致。更重要的是，即便是十惡不赦罪大惡極的人，其內心深處仍有人性乃至良心的複雜存在。對韓少功個人而言，自「尋根文學」開始，他對文學可能性的探索深懷迷戀，但略有誇張的「先鋒」和前衛姿態曲高和寡。《報告政府》大概是他爲數不多的從「正面」挑戰小說的創作。在這個把握難度極大的小說中，在對分寸、火候和節奏的掌控中，韓少功再次證實了他鋒芒銳利的小說天才。遲子建的《世界上所有的夜晚》，虛構了一個魔術師意外死亡的故事，死亡就是止步。世界上沒有比死亡更令人恐懼和不可接受的了，但死亡又是不可拒絕的。遲子建沒有渲染死亡的神秘及其細節，死亡對死去的人已經沒有意義，所有的傷痛和壓力是需要向死而生的人面對的。女主人公——魔術師的妻子的哀痛可想而知，但暗夜並不止籠罩在女主人公一個人的心頭。於是，死亡幻化爲一個凄美的想像，堅忍而決絕。葛水平異軍突起，她的作品大都是中篇小說。她對底層生活的熟悉，對普通人生存或心靈苦難的體察感同身受。《浮生》即「活人」，現代或後現代的時間遠沒有流淌到西白兔村。「天下原本是一片太平」的呼喊，卻不能改變一個青年被炸得天女散花般的命運。楊少衡的《該你的時候》的魅力，不僅是作家對官場生活、規則的熟悉，重要的是他提供的新的寫作經驗。官場奇觀曾被反覆書寫，新的模式化人所共知。但楊少衡卻在表象背後波瀾不驚地發現了官場更爲複雜的矛盾和機制，它更令人驚心動魄。

刁斗的《哥倆好》、曉航的《努力忘記的日落時分》、孫春平的《怕羞的木頭》、徐則臣的《西夏》、鍾晶晶的《我的左手》、荊永鳴的《白水羊頭葫蘆絲》等，雖然題材不同，對當下生活切入的角度和感受方式不同，卻從不同的側面表達了當下中國現實生活和精神生活的豐富性和複雜性，表達了當代中篇小說創作的整體水平。這的確是一個文學成熟的時代。類似上述水準的中篇小說還有許多。值得注意的是，恰恰是堅持發表這些有藝術水準作品的雜誌，遭遇了前所未有的生存危機。載體的危機是經典文學終結的另一種表徵。但這一藝術形式還沒有到壽終正寢的地步，它就像一種終生難忘的口味，藝術趣味也是如此。今天我們不必以等級或階級的方式去談論它，因爲已沒有任何一種具有支配性的趣味可以橫行天下君臨一切。當嚴肅或高雅的藝術願意以一種趣味的方式存在的時候，它也就獲得了平常心而不再焦慮或怨恨。

原文刊於《中國圖書評論》，2006 年 4 月 10 日

文化消費時代的鏡中之像
——2005年的長篇小說

一、面對「現代」的叩問或困惑

賈平凹是這個時代最重要的作家之一，他已經完成的創作無可質疑地成爲這個時代重要的文學經驗的一部分。他倍受爭議毀譽參半恰恰證實了賈平凹的重要：他是一個值得爭議和批評的作家。在我看來，無論對賈平凹的看法有多麼不同或差異，有一點可以肯定的是，賈平凹幾乎所有的長篇創作，都是與現實相關的題材。二十多年來，賈平凹用文學作品的方式，密切地關注著他視野所及的變化著的生活和世道人心，並以他的方式對這一變化的現代生活、特別是農村生活和人的生存、心理狀態表達著他的猶疑和困惑。《浮躁》《土門》《高老莊》《懷念狼》等，都可以看作是這樣的作品。

現在我們讀到的《秦腔》，應該是賈平凹對他一以貫之關注的問題的某種延續。不同的是，在他以往的作品中都可以讀到相對完整的故事情節，都有貫穿始終的主要人物推動故事或情節的發展。或者說，在賈平凹看來，以往的鄉村生活雖然有變化甚至震蕩，但還可以整合出相對完整的故事，那裏還有能夠完整敘事的歷史存在，歷史的整體性還沒有完全破解。這樣的敘事或理解，潛含了賈平凹對鄉村中國生活變化的樂觀態度甚至對未來的允諾性的期許。但是，到了《秦腔》這裡，小說發生了重大的變化：這裡已經沒有完整的故事，沒有令人震驚的情節，也沒有所謂形象極端個性化的人物。清風街上只剩下了瑣屑無聊的生活碎片和日復一日的平常日子。再也沒有大悲痛和大歡樂，一切都變得平淡無奇。「秦腔」在這裡是一個象徵和隱喻，它是傳統鄉村中國的象徵，它證實著鄉村中國曾經的歷史和存在。在小說中，這一古老的民間藝術正在漸漸流失，它片段地出現在小說中，恰好印證了它艱難的殘存。瘋人引生是小說的敘述者，但他在小說中最大的作爲就是痴心不改地愛著白雪，不僅因爲白雪漂亮，重要的還有白雪會唱秦腔。因此引生對白雪的愛也不是簡單的男女之愛，而是對某種文化或某種文化承傳者的一往情深。對於引生或賈平凹而言，白雪是清風街東方文化最後的女神：她漂亮、賢惠、忍辱負重又善解人意。但白雪的命運卻不能不是宿命性的，她最終還是一個被拋棄的對象，而引生並沒有能力拯救她。這個故事其實就是清風街或傳統的鄉村中國文化的故事：白雪、秦腔以及「仁義禮智」等鄉村中國最後神話即將成爲過去，清風街再也不是過去的清風街，世風改變了一切。

《秦腔》並沒有寫什麼悲痛的故事，但讀過之後卻讓人很感傷。這時候，我們不得不對「現代」這個神話產生質疑。事實上我們在按照西方的「現代」在改變或塑造我們的「現代」，全球一體化的趨勢已經衝破了我們傳統的堤壩，民族國家的特性和邊界正在消失。一方面它打破了許多界限，比如城鄉、工農以及傳統的身份界限；一方面我們賴以認同的文化身份也越來越模糊。如果說「現代」的就是好的，那我們還是停留在進化論的理論。《秦腔》的感傷是正對傳統文化越來越遙遠的憑弔，它是一曲關於傳統文化的輓歌，也是對「現代」的叩問和疑惑。這樣的思想賈平凹在《土門》《懷念狼》等作品中也表達過。如果是這樣的話，我同時也不免躊躇：《秦腔》站在過去的立場，或懷舊的立場面對今日的生活，它對敦厚、仁義、淳樸等鄉村中國倫理文化的認同，是否也影響或阻礙了他對「現代」生活的理解和認識，因爲對任何一種生活的理解和描述，都不免片面甚至誇張。《秦腔》的「反現代」的現代性，在這個意義上也是值得討論的。因此，面對「現代」的叩問或困惑，就不止是《秦腔》及作者的問題，對我們而言同時也是關己的問題。

二、小說是作家的一個夢

煌煌百萬言的《聖天門口》的出版，是對讀者和作者自己的雙重挑戰：它考驗讀者的閱讀耐心，讀者是否還有閱讀耐心我們難以預料；可以肯定的是，作家劉醒龍有持久的寫作耐心。在這個狂躁的寫作年代，他潛心六年以求一逞，足以表達了他對文學的勃勃野心。僅這一點也足以讓我們對劉醒龍表達文學的敬意。他是一個眞正的作家，眞正的作家都有一個夢想。

《聖天門口》是劉醒龍的一個夢：他要通過《聖天門口》打撈出歷史新的秘密，要通過新的編碼和解碼建構起百年中國的新史詩，要通過小說內部全部的複雜性表達關於小說的意識形態等等。在過去與歷史有關的小說創作中，最常見的一是「史詩」，二是「家族小說」。但是，《聖天門口》既不是傳統的「史詩」，也不是傳統的「家族小說」。

革命文學的史詩在建構革命歷史合理性的同時，也將歷史的敘事呈現爲唯一的形式，這樣就遮蔽了歷史的全部複雜性和闡釋歷史、敘述歷史多樣性的可能。《聖天門口》在某種意義上改變了這兩個傳統。故事集中在大別山區一個命名爲「天門口」小鎮上展開。從時間上來說，它從上世紀的民主革命一直講述到文革，其間有軍閥混戰、國共戰爭、抗日戰爭、解放戰爭、土地改革乃至文革內戰。但這些宏大的歷史事件僅僅是天門口小鎮風雲際會社會變遷愛恨情仇的一個布景，重大的歷史事件並不是主要的被述對象；從故事結構和人物設計來說，它主要圍繞雪、杭兩個家族的相互爭鬥恩怨情仇和彼此消長來展開的。因此它又不是一個純粹的家族故事。將國家與家族的歷史命運交織整合於一部作品中，在當代小說創作中還不多見。値得我們注意的是，已經被清晰敘述的百年歷史，在劉醒龍的敘事中遭到了質疑。這就是在清晰的歷史敘述下還掩蓋了更多的、沒有呈現出來的秘密。

在三十年代，或者說在本雅明的年代，就已經對小說的「忠告」性提出了質疑，經驗的凋零也使其可傳達性不再有可能；在七、八十年代，或者說是在羅蘭·巴特或米蘭·昆德拉的年代，他們已經明確表達了小說的非指導性和暖昧性，認爲小說要專注的是人類行爲和動機的複雜性。這是一個「秘密」，這個秘密就像品欽在《萬有引力之虹》的回憶所描述的一樣：「如果說，爲了避免毀於歷史的離心力，有些秘密交給了吉普賽人，有些交給了猶太教神秘哲學論者、聖殿武士、薔薇十字會員，那麼，這個可怕聚會的秘密和其他秘密，就已經在各個種族的笑話中找到了安身之地。」但是，邁克爾·伍德認爲：「秘密是從歷史中拯救出來的，或者是四散在歷史各個不起眼的角落中。」如果我們認同這個說法的話，那麼我們也可以說，在天門口這個不起眼的小鎮上，劉醒龍打撈出了百年歷史中我們不曾瞭解和注意的歷史的秘密。

雪、杭兩家的恩怨情仇是小說的基本情節。杭家的杭大爹、杭天甲、杭九楓等起家於劫匪，他們剛烈又率眞、暴虐又狹隘。他們既是中國民間革命力量的象徵，同時也是暴力美學的體現者，與《水滸傳》以來的草莽英雄有一脈相承的血緣關係；雪家的雪大爹、雪大奶、梅外公、梅外婆、雪茄、雪檸、雪藍、雪葒、柳子墨等，都有一種類宗教的家族情懷，他們寬容、隱忍一心向善。本來構成勢不兩立的情仇關係，完全可以演繹出各種暴力和血腥的故事。但雪家「善」的倫理觀念避免了刀光劍影血流成河。天門口多次歷史劫難也因雪家的這一觀念而得以避過。這是小說要彰顯的基本價值，也是對關於歷史敘述中暴力美學的一次檢討和反省。歷史敘事是一種編碼過程，讀者的接受和理解是解碼過程，在解碼過程中完成了意識形態的接受。那麼，《聖天門口》對歷史的重新編碼，使我們有機會瞭解了還有另外的歷史敘述存在的可能。

三、當代的文人小說

李師江是這個時代的小說奇才。最初讀到李師江的小說是《比愛情更假》和《愛你就是害你》。當時的直覺是李師江是這個時代最大的文學「異數」之一。他的小說和我們曾經習慣了的閱讀經驗相去甚遠。這兩部長篇小說，就其題材和敘述方法上有某些相似性，但這些作品都是非常好看的小說，他的題材幾乎都與當下特別是他那代人獨特的生活方式和處境相關，與他觀察世界的方式和話語方式相關，在社會與學院的交結地帶。過去被認爲最純粹的群體所隱含的或與生俱來的問題，被他無情地撕破。知識分子群體，無論是青年還是老年。

他們中某些人的瑣屑、無聊、空洞和脆弱，都被他暴露得體無完膚。他的殘忍正是來自於他對這個群體切身的認識和感知。在只有兩個人存在的時候，生活尚未展示在公共領域的時候，人沒有遮掩和表演意識的時候，本來的面目才有可能被認識。李師江處理的生活場景，有大量的兩個人私密交往，這時，他就爲自己創造了充分的剝離人性虛假外衣的可能和機會。在他的作品中我們不僅看到了不曾被揭示的靈魂世界，而且看到了更年輕一代自由、鬆馳和處亂不驚的處世態度。因此在今日複雜多變的生活中，他們才是遊刃有餘的生活的主人和青春的表達者和解釋者。

最近，李師江出版了他新的長篇小說《逍遙遊》。這部作品延續了他一貫的語言風格：行雲流水旁若無人，出人意料又在情理之中，幽默智慧又奔涌無礙。我認爲這是一部當代的「文人小說」。「文人」是一個本土的說法，它既不是古代「爲萬世開太平」的官僚階層，也不是「以天下爲己任」的現代知識分子，他們不名道救世，不啓蒙救亡。他們只是社會中的一個邊緣群體，既生活於黎民百姓之中，又有自己的趣味和交往群體。他們落拓但不卑微，我行我素但有氣節，明清之際的文人群體是最具代表性的。《逍遙遊》中的李師江、吳茂盛等就有「文人氣」。他們有各種讓人不能接受的習氣和生活習慣，無組織無紀律，言而無信不拘小節。但他們又都多情重義、熱愛生活和女人。他們沒有穩定的生活，似乎也不渴望更不羨慕「成功人士」。他們更像是生活的旁觀者，一切都可遇不可求，雖然漂泊動蕩爲生存掙扎，但也隨遇而安得過且過。他們經常上當受騙但決不悲天憫人自艾自憐。生活彷彿就在他們放肆的話語中成爲過去。李師江、吳茂盛們沒有宏大抱負，大處不談國家社稷小處不談愛情。這些事情在他們看來既奢侈又矯情。因此李師江筆下的人物都很放達，很有些胸懷。這就是小說的「文人」的氣質，評論李師江小說的文字，都注意到了他很「現代」的一面，這是對的，但他對傳統文化的接續和繼承似乎還沒有被注意。

在李師江這裡，小說又重新回到了「小說」，現代小說建立的「大敘事」的傳統被他重新糾正，個人生活、私密生活和文人趣味等，被他重新鑲嵌於小說之中。

四、知識分子、作家和體制

90年代以來，知識分子題材的小說創作又繁榮起來。但這個時段知識分子題材的小說與此前的同類題材發生了極大的變化。在現代文學史中，魯迅、茅盾、巴金、郁達夫、張天翼、丁玲、路翎等，都創作或塑造了不同的知識分子形象，這些形象，或是張顯個人主義，倡導民主自由，意在開啓民智；或是表達在大變革時期知識分子的苦悶徬徨，揭示這個階層的軟弱矛盾；或是書寫知識分子在歷史緊要關頭作出選擇時的猶疑不決……，知識分子的形象在中國現代文學史上眞是萬花紛呈豐富又生動。這與那個時期知識分子的自由和獨立性相關。進入共和國之後，知識分子作爲工人階級的一部分獲得了存在的合法性，但這個階層的不潔、可疑和問題，彷彿是與生俱來的。於是，對他們的整肅、改造就成爲一個「長期的任務」被堅持下來。知識分子們努力地檢討、懺悔、自我改造，努力接近新的文化和文學的實踐條件。進入80年代，這個階層從煉獄中再生，痛述苦難和表達忠貞是這個題材寫作的基本訴求。我們在大墻內外、曠野邊地，看到的到處都是「忠亦誠」堅貞的身影。事過境遷之後，這些「忠誠」的「知識分子」們似乎已被徹底忘記。

上個世紀末，準確地說是自《廢都》始，知識分子題材的小說又一次被改寫：在市場經濟或商業霸權主義的支配下，知識分子優越的精神地位開始塌陷，他們明顯地感到了不適。莊之蝶的精神破產，形象地闡釋了知識分子在這個時代的精神地位和心理狀態。此後，關於知識分子題材小說的繁榮則是不爭的事實：《高老莊》《滄浪之水》《經典關係》《作女》《我的生活質量》《桃李》《所謂作家》《所謂教授》等等，都從不同的方面反映了這個時代知識分子的生存或精神狀態。它的豐富性和生動性大概也只有五四時代可以比較。在這些作品中我們發現，喪失了啓蒙話語之後的知識分子，認同了各種文化或世風。作官和經商是他們普遍的選擇，即便生活在院校做了教授的知識分子們，也試圖最大限度獲取現實利益。他們曾經熱衷的啓蒙、人道主義、國家民族等大敘事已經為購車、購房、博士點、一級學科、學科基地、科研經費等小敘事所置換。因此，誰是今天的知識分子從來也沒有像當下這樣被嚴峻地提出。

現在，我們又看到了一部以知識分子為題材的長篇小說，這就是劉兆林先生的《不悔錄》。

《不悔錄》以「自敘傳」的形式，生動地敘述了「作協」主要領導和與「作協」相關的人與事。它的主要人物是「作協」的黨組書記盛委、作協主席鐵樹和副主席柳直。但這些主要領導們、特別是書記和主席，每天做的和想的基本是權力鬥爭，副主席柳直也是忙於毫不重要的瑣屑事物和在書記、主席間的平衡術。這些主要領導只對權術之爭感興趣，他們最不關心的大概就是文學創作了。這些人無論在「作協」內外，基本不談文學。書記和主席間是互相詆毀甚至公開表示不睦；副主席柳直也不是有正義感和立場的作家。在「開舞會」、「發稿件」、「選作協新大樓地址」、「換屆」等所謂的「主要工作」中，他們各懷心腹事，勾心鬥角、恩恩怨怨。「作協」的日常生活和沒落狀態被刻畫的躍然紙上淋漓盡致。作家們也不是懷有責任感、使命意識和旺盛創作力的群體。在《不悔錄》中，竟沒有看到一個作家發表作品或「作協」討論一部作品。因此，這部長篇小說的主要價值或意義，就是在日常生活中揭示了作家或知識分子，在權力體制中逐漸暴露出或被誘發出的醜陋和虛僞。他們不僅喪失了文學的想像力和創造力，而且膨脹了比普通人還要醜惡的利欲薰心。但它卻不是以喜劇或漫畫的方式表達的，它是傳統的現實主義方法。

作品客觀地呈現了幾個典型人物，敘述者雖然沒有對「作協現象」直接地作出批判，但他對「作協」的日常狀態的表達，已經隱含了他批判的立場。他雖然在最後一語雙關地看到了「曙光」，但他的差強人意也是無須辨別的。因此，《不悔錄》以小說的方式再次提出了體制以及知識分子在這個時代的眞問題，它的敘述貌似平和，但卻有綿裏藏針、震懾人心的藝術力量。我可以肯定的是，這是當下關於知識分子題材以及體制問題最重要的小說之一。

五、對生命與人性的追問

《塵埃落定》的出版，使阿來一夜成名。讀過《塵埃落定》之後，再讀《空山》會覺得這是一部很奇怪的小說：《塵埃落定》是一部英雄傳奇，是叱吒風雲的土司和他們子孫的英雄史詩，他們在壯麗廣袤的古老空間上演了一部雄赳赳的男性故事。而《空山》幾乎沒有値得講述的故事，拼接和連綴起的生活碎片充斥全篇，在結構上也是由兩個不連貫的篇章組成。它與《塵埃落定》是如此的不同。如果這一點可以指認的話，那麼，《空山》的「後現代」性就完全能夠成立了。但事情似乎又沒這麼簡單。

《隨風飄散》是《空山》的第一卷。這一卷只講述了私生子格拉和母親相依爲命毫無意義的日常生活，他們屈辱而沒有尊嚴，甚至冤屈地死亡還渾然不知。如果只讀《隨風飄散》我們會以爲這是一部支離破碎很不完整的小片段；但是，當讀完卷二《天火》之後，那場沒有盡期的大火不僅照亮了自身，同時也照亮了《隨風飄散》中格拉冤屈的靈魂。格拉的悲劇是在日常生活中釀成的，格拉和他母親的尊嚴是被機村普通人給剝奪的，無論成人還是孩子，他們隨意欺辱這僅僅是活著的母子。原始的愚昧在機村彌漫四方，於是，對人性的追問就成爲《隨風飄散》揮之不去一以貫之的主題。

《空山》的寫作在當下的「純文學」的創作中是一個奇跡。這部小說需要慢慢閱讀。它不是消費性的文字，它不那麼令人賞心悅目一目十行，但它確實是一篇多年潛心營造的作品，它將一個時代的苦難和荒謬，就蘊涵於一對母子的日常生活裏，蘊涵於一場精心構劃卻又含而不露的「天火」中。這時我們發現，任何一場運動，一場災難過後，它留下的是永駐人心的創傷而不僅僅是自然環境的傷痕。生活中原始的愚昧，一旦遭遇適合生長的環境，就會以百倍的瘋狂千倍的仇恨揮發出來，那個時候，災難就到來了。《空山》講述的故事就這樣意味深長。

六、民間傳奇與文化矛盾

關於現代中國的戰爭小說，一個有趣的現象是，八年的抗日戰爭遠不如三年的解放戰爭。中國當代文學史上的經典作品「三紅一創，保山青林」，起碼有四部是寫解放戰爭的，而且都可以稱爲「史詩」性的作品。但寫抗日戰爭的如《鐵道游擊隊》《敵後武工隊》《烈火金剛》等，雖然有鮮明的傳統特色，但其影響和地位遠不如反映解放戰爭的作品。問題到此好像還沒有結束，改革開放以後，電影界還拍攝過反映解放戰爭的全景式巨片《大決戰》，但抗日戰爭作爲一個重要的創作資源和題材，並沒有在文藝領域得到持續的開掘。

在抗日戰爭和全世界反法西斯戰爭勝利 60 週年的時候，年輕的張者出版了抗戰題材的長篇小說《零炮樓》。小說並沒有在正面戰場展開，沒有常見的血肉橫飛血流成河的血腥場景，也沒有或少有日本侵略者被魔鬼化的猙獰面孔。它圍繞著「零炮樓」的修建和漫長的抗日戰爭，更多呈現的是兩種文化的鬥爭和中原的民間傳奇。與日本侵略者的民族矛盾和民間內部的矛盾爭鬥，交替往復。從某種意義上說，支撐小說的骨幹情節還是民間內部的民族性格的爭鬥。這種情況的出現，我們不能理解爲是張者對抗戰生活的缺失而有意的迴避，而恰恰是張者對抗戰時期複雜、矛盾生活的獨特理解。作爲非常時期的戰爭，不僅引發了民族矛盾，使救亡成爲民族的普遍共識。同時，突發事件也可以改變民族內部的關係和結構。日本人意外地要在賈寨或張寨修炮樓，賈、張兩寨人都不願意修炮樓是眞的，但都不願意修到自己的寨上也是眞的。面對一個炮樓先是民族矛盾，接著就是民間內部矛盾。而賈二爺將炮樓地點選在「死穴」上，同樣是兩個民族、兩種文化的對抗。中原的神秘文化表達的是一種情感願望，它被後來的歷史證實並不意味著它是先知般的「箴言」，也不意味著是這種文化的勝利，但作爲一種文化信念對民間來說，卻是一種強大的精神力量。它的神秘色彩和傳奇性質，不僅使小說充滿了趣味和可讀性，而且也顯示了年輕的張者對民族戰爭和民族文化關係思考所能達到的深刻程度。

戰爭是對人性最嚴峻的叩問。我們在許多西方關於戰爭題材的作品中，明顯感受到的是因戰爭而引發的人性的問題，它們對人性和靈魂的追問至今沒有成爲過去。《零炮樓》在這一點上所做的努力應該是一個重要的突破。侵略者的喪失人性我們在許多作品中都耳熟能詳，但民族或家族內部的人性問題在《零炮樓》中的揭示同樣令人觸目驚心。「大娘」玉仙被送給了龜田做夫人，只因爲她不是賈家的人，丈夫在外她就成了「外姓人」；爲救全村人玉仙無奈前往，但當龜田被消滅後，賈家人又不兌現有過的承諾；楊翠花爲救全村人性命分了墻壁中的麥子，卻被自己的小叔活埋了。女性在傳統文化中的低下地位，在戰爭時期尤爲突出地表現出來。他們不僅是民族戰爭的犧牲品，同時也是自己民族文化的犧牲品。

因此，《零炮樓》的意義不僅在於它是一部反映抗日戰爭題材的作品，反映了民間社會在抗日戰爭時期的生存、精神狀態，同時也在於它對非常時期民族文化的複雜和問題，這一檢討和反省的態度，可能比簡單地歌頌勝利還要有意義得多深刻得多。它使這一題材的小說向更深刻的方向發展提供了新的可能。

七、和平時期的軍旅文學

戰爭文學、或中國現代革命歷史，是當代中國文學最重要的創作資源之一，當代文學的經典作品，有相當一部分是和革命戰爭有關的。但我們也必須承認，對戰爭文學或我們稱爲「軍旅文學」的創作，需要探索的道路仍然還很漫長。說得極端一點的話，這一領域的創作對作家構成的挑戰仍然是相當尖銳的。特別是在和平時期，如何書寫軍隊生活，離開戰爭後的軍人該怎樣表現，應該是所有軍隊作家共同面對的問題。石鍾山的出現並不是說他找到了解決這一問題最有效或最好的途徑，但他的探索於軍旅文學來說，具有文學史的意義是沒有問題的。他的《男人沒有故鄉》《向北，向北》《遍地鬼子》《紅土黑血》《玫瑰綻放的年代》《激情燃燒的歲月》《軍歌嘹亮》《母親》《幸福像花樣燦爛》等作品的出版或播映，不僅使石鍾山炙手可熱名重一時，而且，和平時期的軍旅文學也在他這裡發生了某些重要的變化和轉向，作爲一種文學現象，石鍾山的意義便不同凡響。

《天下兄弟》是石鍾山新近出版的一部長篇小說。這部作品不是通過戰爭／和平的對比尋找差異性，也不是在退伍／退休離開部隊或崗位的落差中突顯人物性格。這樣展開故事的方式石鍾山已經嘗試過。因此，《天下兄弟》如何突破過去的軍旅文學並且超越自己的創作，對石鍾山來說是首先面對的困難。在我看來,《天下兄弟》最大的特徵就是它的戲劇性因素:無力撫養一對雙胞胎兄弟的母親,將其中一個孩子送給了不能生育的團長田遼瀋夫婦,取名田村的孩子高中畢業後被父母送進部隊;爲了改變家庭和個人命運,留下來的孩子劉棟,也以姐姐犧牲婚姻幸福爲代價走進了軍營。兄弟兩個被分配到同一個部隊。這樣戲劇性的情節設置,自然會有既出人意料又在意料之中的故事發生。他們既是競爭對手,同時又在關鍵時刻相互幫助甚至拯救對方的生命。最後謎底托出,倆兄弟身世被告知,田村與蘇小小終結良緣,又生出一對雙胞胎。小說以大團圓結束故事。

在以往的軍旅文學中,國家敘事是不能改寫的主旋律,個人命運或人性的因素一直受到壓抑。這是這一題材的小說難以突破的主要原因。石鍾山在《天下兄弟》中雖然設置了戲劇化的情節主線,但在這個框架中他力求表現的還是普通人性的問題。生母王桂香的忍辱負重牽腸掛肚,幾乎寫盡了天下母親的骨肉親情;養母楊佩佩意外得子的歡欣和怕失去的心神不寧;大哥劉樹的一再犧牲直至捐給弟弟眼角膜;姐姐劉草爲弟弟參軍而寧願嫁給自己不喜歡的人;農村姑娘蘇小小對愛情的美麗想像和堅韌的等待等,都寫得極爲令人感動。這些動人的因素就是因爲那是普通的人性,是任何人面對或遭遇了這些問題時都會產生的情感和行爲。因此,小說就超越了「軍民魚水情」模型,而昇華爲對人性探討的深度。另一方面,小說對農村特殊年代苦難的書寫,對普通農民對苦難忍受力的書寫,都因其眞實性而給人以極大的震撼。

需要指出的是,《天下兄弟》因其戲劇性而具有可讀性,它奇異的故事以及圍繞故事的節外生枝,都誘惑或吸引著讀者。但誇張的戲劇性和密集的故事更像是一部長篇電視連續劇,這樣又壓抑或制約了小說文學性的生成。直白的語言和過多的交代敘述,使這部小說幾乎一覽無餘,小說的「意味」所剩無幾。這是對大眾文學因素接受或吸收過多所導致的。此前他的小說也程度不同地存在這樣的問題。這個問題對石鍾山來說,可能是今後需要超越的最大的問題。「石鍾山現象」是一個值得研究的現象,同樣「石鍾山模式」也是一個值得警惕的模式。

原文刊於《小說評論》,2006 年第 2 期

紅塵不能淹沒的文學
——2006 年上半年的長篇小說

一、國族歷史背景下的民間傳奇

在中國百年文學史上，鄉村中國一直是最重要的敘述對象。在現代文學起始時代，鄉村敘事是分裂的：一方面，窮苦的農民因愚昧、麻木被當作啓蒙的對象，一方面，平靜的田園又是一個詩意的所在。因此，那個時代對鄉村的想像是矛盾的。鄉村敘事整體性的出現，與中國共產黨建立現代民族國家的目標密切相關。農民占中國人口的絕大多數，動員這個階級參與建立現代民族國家的進程，是被後來歷史證明的必由之路。於是，自延安時代起，特別是反映或表達土改運動的長篇小說《太陽照在桑乾河上》《暴風驟雨》等的發表，中國鄉村生活的整體性敘事與社會歷史發展進程的緊密縫合，被完整地創造出來。此後，當代文學關於鄉村中國的整體性敘事幾乎都是按照這一模式書寫的，「史詩性」是這些作品基本的、也是最後的追求。《創業史》《山鄉巨變》《三里灣》《紅旗譜》《艷陽天》《金光大道》《黃河東流去》等概莫能外。「整體性」和「史詩性」的創作來自兩個依據和傳統：一是西方自黑格爾以來建構的歷史哲學，它爲「史詩」的創作提供了哲學依據；一是中國文學的「史傳傳統」，它爲「史詩」的寫作提供了基本範型。於是，史詩便在相當長的一個歷史時段甚至成爲評價文藝的一個尺度，也是評價革命文學的尺度和最高追求。

但是，這個整體性的敘事很快就遇到了問題，不僅柳青的《創業史》難以續寫，而且 80 年代以後，周克芹的《許茂和他的女兒們》以「生活眞實」的方式，率先對這個整體性提出了質疑。陳忠實的《白鹿原》對鄉村生活「超穩定結構」的呈現以及對社會變革關係的處理，使他因遠離了整體性而使這部作品具有了某種「疏異性」。在張煒的《醜行與浪漫》中，歷史僅存於一個女人的身體中。這種變化首先是歷史發展與「合目的性」假想的疏離，或者說，當設定的歷史發展路線出現問題之後，眞實的鄉村中國並沒有完全沿著歷史發展的「路線圖」前行，因爲在這條「路線」上並沒有找到鄉村中國所需要的東西。這種變化反映在文學作品中，就出現了難以整合的歷史。整體性的瓦解或碎裂，是當前表現鄉村中國長篇小說最重要的特徵之一。

鐵凝新近出版的《笨花》，也是一部書寫鄉村歷史的小說。小說敘述了笨花村從清末民初一直到 20 世紀 40 年代中期抗戰結束的歷史演變。但是，値得注意的是，國族的歷史演變更像是一個虛擬的背景，而笨花村的歷史則是具體可感、鮮活生動的。因此可以說，《笨花》是回望歷史的一部小說，但它是在國族歷史背景下講述的民間故事，是一部「大敘事」和「小敘事」相互交織融會的小說。它既沒有正統小說的慷慨悲壯，也沒有民間稗史的恣意橫流。「向家」的命運是鑲嵌在國族命運之中的，向中和和他的兒女向文成、取燈以及向文成的兩個兒子，都與這一時段的歷史有關係。但是，他們並沒有、也不可能建構甚至成爲這段歷史的縮影，儘管在向中和和取燈的身上體現了民族的英雄主義。但小說眞正給人深刻印象的，還是笨花村的日常生活，是向中和的三次婚姻以及笨花村窩棚裏的故事。因此，《笨花》在這個意義上也可以看作是一部對「整體性」的逆向寫作。

笨花村棉花地裏的窩棚，是小說中的一個經典場景。它像一個暗夜籠罩的舞臺：既有心神不定看花的男人，也有心情像棉花一樣盛開的拾花的女人；既有遊走的「糖擔兒」，也有喑啞的糖鑼。無數個窩棚既撲朔迷離又充滿誘惑，它是笨花村一道獨特又曖昧的景觀。它是笨花村的風俗，也是笨花村的風情。在這個場景裏出入了與笨花村相關的各種人等，在笨花村，它是人所共知的公開的秘密。它像一個男女之事的「飛地」，也是一個誘惑無邊的肉體與棉花的民間「交易所」。但笨花村似乎習以爲常並沒有從道德的意義上評價或議論它，除非在矛盾極端的時候，偶而罵一句「鑽窩棚的貨」。但是，窩棚裏的交易卻在最本質的意義上表現著人的性格、稟性和善與惡。西貝牛、小治、時令、「糖擔兒」、向桂、大花瓣、小襖子等，都與窩棚有不同的關係，甚至取燈最後也被日本鬼子糟蹋、殺害在窩棚裏。

窩棚僅僅是小說大舞臺中的一個角落，與窩棚有關的人物也不是小說中的主要人物。但在這個暗夜籠罩的角落裏，小說以從容不迫的敘述，通過小人物照亮了過去許多抽象或不證自明的觀念。比如「人民」、「民眾」、「群眾」等，他們被指認爲與革命有天然的聯繫，而且神聖不容侵犯，他們是不能超越和質疑的。但在《笨花》中，他們既可以鑽窩棚，也可以上學堂，既可以不自覺地參與抗日，也可以輕易地變節通敵。那個被命名爲小襖子的年輕女孩就是一個典型。她不同於她的前輩向喜向中和，也不同於她的同代人取燈。她既沒有舊式人物的民族氣節，也沒有新式人物的革命理想。她只是一個普通人，她在動蕩年代只希望能夠求得生存，但最後她還是被處決了。但這樣的人物也被動地參與了笨花村歷史的書寫。

《笨花》是一部既表達了家國之戀也表達了鄉村自由的小說。家國之戀是通過向喜和他的兒女並不張揚、但卻極其悲壯的方式展現的；鄉村自由是通過笨花村那種「超穩定」的鄉風鄉俗表現的。因此，這是一部國族歷史背景下的民間傳奇，是一部在宏大敘事的框架內鑲嵌的民間故事。可以肯定的是，鐵凝這一探索的有效性，爲中國鄉村的歷史敘事帶來了新的經驗。

二、鄉村中國的艱難蛻變

如何表達變革時期鄉村中國的社會生活和世道人心，如何展現一個眞實的鄉村中國的存在，如何使自己對鄉村中國的書寫成爲一部人所未道的文學作品等問題，可能是在這個範疇內展開文學想像的所有作家面對的共同困惑。這確實是一個問題。當全球化、現代性、後現代性等問題在都市文學中幾近爆裂的時候，我們會發現，眞正具有巨大衝擊力的小說，可能還是存在於對鄉土中國的書寫和表達中。究其原因並不複雜：一是當下中國最廣大的地區仍然是沒有發生本質變化的農村，這個本質性的變化，不是說鄉村的物質生活仍處在原始狀態，仍是老死不相往來的封閉或自足，而是說在觀念層面，即便在表面上有了「現代」的震蕩或介入，「鄉村」對「現代」的既嚮往又抗拒、既接受又破壞的矛盾，仍然是一個普遍的存在。二是在現代中國，對鄉村的敘事幾乎是「追蹤式」的，農村生活的任何細微變化，都會引起作家強烈的興趣和表達的熱情。這就爲中國的農村題材文學積累了豐富的經驗，也正是這一極端本土化的文學形態，建構了一種隱約可見的「文學的政治」。

現在，我們讀到的周大新的長篇新作《湖光山色》，就是對中國農村生活變革的續寫。改革開放二十多年的歷史，也是中國鄉村生活被不斷書寫的歷史。在這個不斷書寫的歷史中，我們既看到了最廣大農村逐漸被放大了的微茫的曙光，也看到了矛盾、焦慮甚至絕望中的艱難掙扎。這是一個和「新新中國」截然不同的承諾和描述。《湖光山色》的故事也許並不複雜：它講述的是改革大潮中發生在一個被稱爲「楚王莊」裏的故事。主人公暖暖是一個「公主」式的鄉村姑娘，她幾乎是楚王莊所有男性青年的共同夢想。村主任詹石磴的弟弟詹石梯甚至自認爲暖暖非他莫屬。但暖暖卻以決絕的方式嫁給了貧窮的青年曠開田，並因此與橫行鄉里的村主任詹石磴結下仇怨。從此，這個見過世面性格倔強心氣甚高的女性，開始了她漫長艱辛的人生道路。但這不是一部興致盎然虛構當代鄉村愛恨情仇的暢銷小說，不是一個偏遠鄉村走向溫飽的致富史，也不是簡單的揚善懲惡因果報應的通俗故事；在這個結構嚴密充滿悲情和暖意的小說中，周大新以他對中國鄉村生活的獨特理解，既書寫了鄉村表層生活的巨大變遷和當代氣息，同時也發現了鄉村中國深層結構的堅固和蛻變的艱難。因此，這是一個平民作家對中原鄉村如歸故里般的一次親近和擁抱，是一個理想主義者對鄉村變革發自內心的渴望和期待，是一個有識見的作家洞穿歷史後對今天詩意的祈禱和願望。

主人公暖暖無疑是一個理想的人物，也是我們在理想主義作品中經常看到的大地聖母般的人物：她美麗善良、多情重義，樸素而智慧，自尊並心存高遠。楚王莊的文化傳統養育了這個正面而理想的女性。暖暖給人印象最爲深刻的，不是她決然地嫁給曠開田，不是她靠商業的敏感爲家庭帶來最初的物質積累，不是她像秋菊一樣堅忍地爲開田上告打官司，也不是她像當年毅然嫁給開田一樣又毅然和開田離婚。而是她爲了解救開田委曲求全被村主任詹石磴侮辱之後，雖然心懷仇恨，但當詹石磴不久人世之際，仍能以德報怨，以仁愛之心替代往日冤仇，甚至爲詹石磴送去了醫治的費用。這一筆確實使暖暖深明大義的形象如聖母般地光焰萬丈。在傳統的階級對立的表達中，仇恨和暴力是我們最常見的人際關係，對暴力的崇尚是源於快意恩仇的冤冤相報。仇恨和暴力轉換的美學傳統至今仍沒有徹底根絕。在這樣的美學原則統治下，當然不會產生冉・阿讓或聶赫留朵夫這樣的人物。但到了暖暖這裡，可以斷定的是，即便在傳統的批評框架內，周大新爲我們提供的，也是一個嶄新的人物和嶄新的人倫關係。這一超越性的創作震撼人心。

《湖光山色》對人性複雜性、可能性的表達是小說值得稱道的另一個方面。詹石磴在任村主任期間，是一個典型的橫行鄉里的惡霸。在楚王莊「他想辦的事沒有辦不成的」，他「想睡的女人，沒有睡不成的」。他城府極深，幾乎把權力用到了無以復加的地步。他對暖暖的迫害讓人看到了人性全部的惡。他不僅在因農藥事件拘留開田、查封楚地居等行爲中體驗到了權力帶給他的快感，而且還利用權力兩次佔有了暖暖的身體，「性與政治」在詹石磴這裡以極端的方式得到了體現。在楚王莊他有恃無恐，他惟一懼怕的就是失去權力。只有在「民選」的時候，他才會向「選民」們表示一下「謙恭」。詹石磴的作爲使暖暖們也意識到，楚王莊要過上好日子，自己要過上安穩生活，必須把詹石磴選下去。暖暖拉選票的方式在一個民主社會中也未必是合法的，但在鄉村中國暖暖的做法卻有合理性。詹石磴被村民選下去之後，再也沒有氣焰可言。但他爲報復暖暖，還是將他與暖暖發生關係的事情以歪曲的方式告訴了後來楚王莊的「王」——曠開田。這是導致暖暖婚姻破裂的開始，詹石磴內心深處的陰暗由此可見。但是，當他絕症在身不久於人世的時候，暖暖不計恩怨情仇，不僅看望了詹石磴而且送去了用作治療的費用。詹石磴儘管已經喪失了語言功能，但還是讓人抬著他去看望了傷後的暖暖，並帶來了一包紅棗。這個細節如果以恩怨情仇的方式來看的話，可能不那麼動人，但對於詹石磴來說卻在末日來臨的時候發生了人性的轉變。作家通過詹石磴不僅揭示了人性的複雜性和惡的一面，而且他堅信人性終有善的一面。當然，詹石磴變化的更重要意義，是作爲對暖暖善和愛的襯托而存在的。

作爲一部書寫鄉村中國的小說，作家所追尋、探討的歷史和現實深度，更體現在曠開田這個人物上，這是一個鄉村中國典型的青年農民形象。他曾是一個普通的、小農經濟時代目光短淺、心無大志的農民，也是一個遇事無主張、很容易滿足的農民。就在他一文不名的時候，暖暖以超出楚王莊所有人想像的方式嫁給了他。他是在暖暖的溫暖、啓發甚至是教導下成長起來的。暖暖不僅是他的妻子、恩人，同時也是他成長的導師。當他是楚王莊普通農民的時候，他對暖暖幾乎沒有任何疑義言聽計從，並且發自內心地愛著暖暖。他不是那種陰險、狡詐的壞人。但是，當暖暖聯合村民將他選上村主任之後，他逐漸發生了變化。他曾和暖暖玩笑地說：「將來我就是楚王莊的『王』。」這不經意的玩笑卻被後來的歷史所證實。他不僅專橫跋扈爲所欲爲，不僅與各種女人發生兩性關係，同時也不再把暖暖放在心上。因對經營方式的分歧，對暖暖與詹石磴發生關係的怨恨等，終於導致了兩人婚姻的破裂。

有趣的是，楚王莊兩千三百多年前曾是楚國的領地，爲了抵禦秦國的入侵，楚國臣民修築了楚長城，但當年的楚文王貲卻是一個飛揚跋扈驕奢淫逸的君主。兩千多年過後，暖暖在楚王莊用湖光山色引進資金創建了「賞心苑」，爲了吸引遊客，又命名了「離別棚」並上演以楚國爲題材的大型節目「離別」，演出人員達八十人之多，可見規模和氣勢。當初讓剛被選舉上村主任的曠開田飾演楚文王貲，曠開田還推辭，但演出幾次之後，曠開田不僅樂此不疲甚至無比受用。這時的曠開田已經下意識地將自己作爲楚王莊的「王」了。他不僅溢於言表而且在行爲方式上也情不自禁地有了「王」者之氣。他對企業的管理、對妻子的情感、對民眾的態度以及對情慾的放縱等等，都不加掩飾並越演越烈，最後終於也到了飛揚跋扈橫行鄉里的地步，與詹石磴沒有什麼區別。從楚文王貲到詹石磴和曠開田，中國鄉村的專制或統治意識幾乎沒有發生本質性的變化。詹石磴和曠開田雖然是民眾選舉出來的村主任，但在缺乏民主和法制的鄉村社會，民選也只能流於一種形式而難以實現眞正的民主。在這樣的環境裏面，無論是誰，都會被塑造成詹石磴或曠開田。小說始於「水」又止於「水」，這當然不是一個簡單輪迴的隱喻，也不是對鄉村變革具有某種神秘色彩的解釋。但可以肯定的是，周大新在這個有意的結構中，一定寄寓了他對中國傳統文化、特別是中原農村文化某種深思熟慮的、具有穿透性的思考，在這個意義上，《湖光山色》所做的努力和探索應該說是前所未有的。或者說，《湖光山色》同李佩甫的《羊的門》、張煒的《醜行與浪漫》、董立勃的《白豆》、林白的《婦女閒聊錄》、閻連科的《受活》、摩羅的《六道悲傷》等，一起構成了新世紀啓蒙主義文學新的浪潮。

當孫惠芬的《上塘書》、賈平凹的《秦腔》、阿來的《空山》等作品發表之後，我曾斷言，鄉村中國的整體性敘事已經徹底崩解，現實的鄉村中國將成爲一個支離破碎的敘述對象。我仍然相信這一判斷對當下鄉村中國的敘事並沒有成爲過去。周大新的《湖光山色》對鄉村中國重新做了整體性的敘事，它是作家周大新理想主義的產物。事實上，社會歷史的發展是被一個隱形之手所操控的，它超越了人的意志和想像。「現代」將帶著人們希望和不希望的一切如期而至，它像空氣一樣彌漫四方揮之不去。楚王莊的「湖光山色」終將在「招商引資」、在賞心苑按摩小姐以及薛傳薪「現代」管理和拜金主義的衝擊下褪盡它最後的詩意。就它的社會形態而言，楚王莊既不是過去的也不是現代的，它正處在一個進退維谷的兩難境地。或者說，楚王莊就是今日中國廣大鄉村的縮影，艱難的蛻變是它走進現代必須經歷的。暖暖的願望在鄉村中國還很難實現，暖暖的理想是作家周大新的「理想」，是周大新的期待和願望。如果這個看法成立的話，《湖光山色》在本質上還是一部浪漫主義小說。

三、從幻路抵達內心

放浪於幻路，是80年代以來常見的寫作方式，而這幻路又多以新疆、西藏等空曠遼遠的地域爲場景。這一選擇背後的寓意是遠離喧囂紅塵返璞歸眞，而幻路的奇遇或前途未卜的浪漫等，也爲寫作空餘了無限的可能。但這個幻路不是「流浪漢」小說的零餘或無奈，也不是「成長小說」於絕望中殺出一條生路。這個「放浪於幻路」是作家一開始就設定的，幻路是虛擬的另一空間，它是對俗世的拒絕，也是試圖重臨想像的沒有邊界的千座高原。於是，懸念奇遇、孤旅獨行、神蹤俠影、一見鍾情等便皆有可能。因此，從本質上說，「幻路」的寫作是屬於浪漫主義的寫作。

但是，現在我讀到的安妮的《蓮花》有所不同。這當然也是「放浪於幻路」的寫作，也有奇遇或偶然化的因素。但安妮在期待幻路的同時，她是向後看的，亦或說是在那個空曠寂寥的空間或回望或內省，因此小說便具有一種精神自敘傳的味道。《蓮花》的故事並不複雜——一如安妮所有的小說：曾因病滯留拉薩的慶昭在旅館裏偶遇要去墨脫看朋友的紀善生，於是他們結伴前往。紀善生的那個朋友是只存留於他心中的幼年同學蘇內河，她的重要只是對紀善生而言。墨脫是一個眞實的所在，安妮也曾強調這一點。但在我看來這個眞實的存在並不重要，即便那是一個烏有之邦對小說和小說要表達的旨意並無妨礙。因此墨脫之旅無論有怎樣的經歷，也都可以歸結爲重新感悟或檢視生命的過程。慶昭只是一個旅伴，但她的神態、無足輕重的身份，卻與善生、內河們構成了心有靈犀的一群。他們上路之後，內河大多是呈現在善生的講述中，從少年到青年。他們也曾反叛並且無助，也曾爲所欲爲但心無皈依。經歷了紅塵也見過世面，但還是難以面對眞實而孤寂的內心。於是便有了墨脫之旅，這是一個殊途同歸的精神之旅。在墨脫——自然的極地，也是想像的精神極地，「我長久沉默地凝望著那些雲朵，心懷感恩和謙卑」。高山雪冠的尊嚴和纖塵未染的寧靜，讓安妮的主人公們看到了需要的敬畏和折服。這不是宗教，當然也不是神秘主義，但還是人難以超越或不能觸及的所在。它昭示心的善或高遠，那種幸福感是世俗世界不能找到的。因此《蓮花》是安妮從幻路抵達內心的心靈之旅。

我注意到安妮的文字，簡潔而果決，它的純淨感常常讓人想到一些美文。這既是一種自信也是一種與生俱來或修煉的內心要求。但在敘事上又與故事的簡單形成了明顯的反差。按照敘事學的理論，在《蓮花》中，前敘事、平行敘事和後敘事交替而行，這使一個簡單的故事講述起來又不那麼簡單。這樣，我們的閱讀經驗按照布魯姆在《西方正典》中的說法，就有了一種「疏異性」，這是安妮的經驗。

《蓮花》不是輕狂或時尚的寫作，輕狂以「另類」自詡豐艷而蒼白，時尚以優越自得造作而虛空。安妮似乎遠離潮流，一如她對墨脫的鍾情。她對淺近的事務也沒有興趣，她獨自高蹈興致盎然。文學最終要處理的還是與內心或與心靈相關的事務，它是關乎靈魂的領域。安妮的作品很少進入「官學」視野，這個在民間有極大聲望的作家也很少被「批評家」們高談闊論，自然也不見她出入某些討論會或座談會，她對此似乎也沒有興趣。但我相信，《蓮花》將會改變許多人對安妮的看法，因爲《蓮花》作爲一部好作品當之無愧。

四、是誰走進了高原深處

80 年代中期以來，青藏高原或者說藏傳佛教文化，幾乎成了文學題材的聖地。在這片不斷被傳誦的聖地上，不斷綻放著神奇的文學雪蓮——馬原、扎西達娃、馬麗華、阿來、范穩、安妮寶貝等作家，用他們的神來之筆不斷述說著在這裡發現的神奇故事。儘管如此，雪域高原彷彿依然悠遠靜穆深不可測，它的高深一如它久遠的歷史，在高貴的靜默中放射著神秘、奇異、博大和睿智的光芒。事實上，高原的神奇顯然不只是它的自然地貌風光風情，它更蘊涵在像風光風情一樣久遠的歷史文化中。誰接近或揭示了高原文化的秘密，誰才眞正走進了高原的深處。

《悲憫大地》是作家范穩繼《水乳大地》之後創作的又一部表現藏區歷史文化的長篇小說。它不是格薩爾王式的英雄贊歌，不是部落土司的勇武傳奇。它是一個藏區文化的「他者」試圖透過重重迷霧，感悟和理解藏區文化的一部小說，是一個執著的文化探險家鋌而走險堅忍跋涉發現的文化寶藏，是一個富有想像力的文學家構建的一個懸念不斷層欄疊嶂的文學宮殿，是一個揭秘者在雪域雲端追蹤眺望看到的兩個世界。因此，這部可以稱爲中國的

《百年孤獨》的作品，不僅具有極大的文學價值，而且也具有較高的文化人類學的價值。

文學確實有屬於它永恒的主題，這個問題已經而且還將被千百遍地談論。比如對愛情、正義、善與美、英雄、勤勞等的歌頌，對邪惡、醜陋、怨恨、戰爭、貪婪等的批判，都屬於永恒的主題。這些在文學創作者和接受者那裏已經獲得了普遍的認同。但這些抽象的概念必須附著於具體的行爲和文化方式中才有可能得到具體的表達。在我看來，不同地區、種族、群體中，那些具有「超穩定」意義的文化結構，對族群的生活方式、行爲方式、思維方式以及道德準則具有支配、控制功能的文化結構，就是文學應該尋找和表達的永恒的主題。宗教就是這種具有「超穩定」意義的文化之一或典型，它雖然也處在不斷被建構或重構之中，但在本質上並不因時代或社會制度的變遷發生變化。

《悲憫大地》表達的是一個藏人的成佛史，它以極端的想像描述了藏人阿拉西 ——洛桑丹增成佛的艱難而殘酷的過程，並在這個過程中展現了教徒是如何超越了世俗世界進入宗教世界的。我們不能回答或理解宗教對一個人的感召或吸引，因此也不能回答或理解阿拉西——洛桑丹增爲什麼花費了七個春秋、經歷了世俗人生不能忍受的身體和精神的磨礪長跪山路去拉薩朝拜。但洛桑丹增高山雪冠般的尊嚴、意志和失去了所有的親人所表達出的堅忍、悲憫，我們在震驚不已的同時也被深深打動。那個神秘的世界距我們是如此的遙遠，但令人心碎的洛桑丹增彷彿就在眼前。他終於找到了屬於自己的佛、法、僧的「藏三寶」。《悲憫大地》動人心魄的魅力，就在於通過洛桑丹增成佛的過程展示了世俗世界不能經驗也難以想像的另一個世界。漫長的朝拜路途，恰似藏區緩慢的宗教文化時間，因濃重而凝固，因緩慢而千年萬年。當然，如果沒有母親、妻子、兄弟的「後援」，這個成佛過程是不能實現的。這個難以用世俗價值解釋的故事，在雪域高原卻有著堅實和穩固的文化基礎。眾多的喇嘛、上師以及各種儀式、民歌等等，藏區獨特的宗教文化氣息在小說中彌漫四方揮之不去。因此，是范穩以他對滇藏交界處或瀾滄江兩岸藏區文化的獨特理解，眞正走進了雪域高原的縱深處。

當然，作爲一部傑出的文學作品，《悲憫大地》對世俗世界的描繪同樣精彩絕倫。尋找世俗世界快刀、快槍、快馬「藏三寶」的達波多杰也經歷了難以計數的屈辱和磨難，他也找到了心儀已久的「藏三寶」。但他的仇怨、貪婪、世俗欲望並沒有改變，苦難對他不是一心向善的磨礪，而是越發激起了他復仇、怨恨和仇殺的心理。達波多杰在和洛桑丹增的比較中，深刻地表達了兩個世界的難以跨越。兄弟共妻的阿拉西、玉丹和達娃卓瑪的婚姻溫暖而淒楚，他們的禮讓謙恭使這奇異的婚配充滿了高原的詩意。這獨特的愛情最後終結於朝拜路上，不僅使朝拜更加悲壯，而且也使這美麗的愛情悲劇充滿了宗教色彩；但郎薩家族的兄弟卻上演了叔嫂通姦的故事。達波多杰與嫂子貝珠的身體接觸雖然被書寫得乾柴烈火驚心動魄，但千嬌百媚的性愛背後隱藏的陰謀和殺機，可能更令人觸目驚心。在世俗世界，即便是一個女人，一旦被權力或貪欲所掌控，她因野心而釋放出的人性之惡可能會更加瘋狂無所不用其極。女人傾其所有要對象化的東西，她將不計後果。范穩對世俗世界的理解雖然沒有在本質上超出我們的閱讀經驗，但他生動的描繪在更深刻的意義上留在了我們的印象中。貝珠用多年的牢獄代價換取了她的夢想，但她不能擁有幸福也是意料之中的。小說不僅有宗教和世俗兩個世界的對比，而且在世俗世界中也有白瑪堅贊和都吉、阿拉西和達波多杰，達娃卓瑪和貝珠等的多種比較，使小說充分呈現了人性的豐富性和複雜性。

我還驚異於作家在小說中對魔幻現實主義的成功借鑒。80 年代中期加西亞・馬爾克斯的《百年孤獨》在中國翻譯出版之後，這個創作方法曾盛極一時。他山之石可以攻玉。許多當今名重一時的作家幾乎都曾借鑒或模仿了這位來自拉丁美洲作家的創作方法，當然也包括書寫藏區歷史文化或當代生活的作家。但是，值得注意的是，每一種創作方法顯然不只是個技術性的問題。事實上，它是對一個民族、一個族群、一個文化共同體歷史傳統和生活方式的文學理解。它是以極端甚至誇張的方式，試圖在本質的意義上表達出這個文化共同體的特殊性。當然，這個特殊性也只有在世界多元文化格局形成之後才有可能獲得承認。因此，這個現象既是民族的，同時也是政治的。有趣的是，雖然我們可以明確無誤地指認作家范穩借鑒了魔幻現實主義的方法，但我認爲他是那樣駕輕就熟水到渠成，毫無牽強生硬或臨摹之感。小說中，傳說與魔幻的現實無處不在：冰雹將軟弱的東西打進一尺深的土地裏、神巫鬥法，豹子吃蟒蛇、騾子「勇紀武」可以與人對話、達娃卓瑪與豹的搏鬥、死去的玉丹輪迴爲守護的花斑豹，孩子危機時刻，花斑豹從天而降救出了豺狗嘴裏的孩子、財主輪迴爲蛇仍是守財奴、人身份離上身依然說話、尋找「藏三寶」的達波多杰淪陷女兒國等等。這些魔幻或超現實的情節，是作家奇異的想像，它可以因此獲取諸多質疑。但在我看來，恰恰是這些超出我們經驗的想像，才會在本質的意義上深刻有力地表現出高原藏區的歷史和文化。這些想像未免誇張，但生活在傳說和超驗世界的民族群體，也惟有如此才能更形神兼具地表達出那種文化的奇異、悠遠、神秘和博大。這既是文學的修辭需要，同時更是那種歷史文化被表達的需要。在這一點上，范穩的努力使他得到了自己需要的東西。

這雖然是一部描寫「一個藏人的成佛史」，但同樣在經驗之外的作家范穩的訴求還是可以猜想的。他試圖借助一種文化表達他對彼岸世界的理解和對現實世界的企盼或祈禱，一如他在《水乳大地》中所表達的思想和願望。小說中的成佛故事我們難以做出價值判斷，那種仁忍、悲憫，比蒼天還博大寬廣的心靈世界，除了讓我們震撼、感動之外，幾乎無話可說。但他對現實世俗世界的揭示還是讓我們看到了作家的焦慮和不安。他希望世間能夠和平相處，希望人與人能夠有更多的悲憫彌漫心靈。當然，這僅僅是文學家的想像。事實是沒有任何一種宗教能夠拯救人類，即便同是宗教，也還存在著「文明的衝突」。只要打開地圖，戰火和敵視就會在不同地區或狼煙四起或磨刀霍霍。但是，播灑的悲憫總有一天會化解、超越人類的仇恨，讓人間布滿福音。也許，這就是作家在高原深處發出的最後的祈禱和祝願。

原文刊於《中國圖書評論》，2006年第9期

在「守成」和邊緣洞穿世事

——評 2006 年中篇小說片段

2006 年的中篇小說似乎給人以「向後退卻」的總體感覺。這個退卻當然不是潰不成軍的無奈選擇，也不是韜光養晦伺機東山再起。在我看來，在時尚寫作引領風潮的時代，中篇小說「不進則退」、更加理性的「守成」形象，是相對時尚文化而言的。與時尚文化的青春性比較起來，中篇小說顯然是一種更爲成熟的文學文體。文體和人的狀態有很大的相似性，青春需要張揚甚至瘋狂，中老年可能需要守成或傳統一些。這不僅使社會心理取向不至於失衡，也符合各自的身份或形象。因此就當下文化生產與文學創作的情況而言，並不是通俗與嚴肅、時尚與經典、大眾與精英的界限越來越模糊，鴻溝已經跨越，而是越來越壁壘分明，越來越不能通約。時尚文化是一條靈敏的「創新之狗」，它一路狂奔不時翻新唯恐不能引領新潮；而嚴肅的文學創作則在貌似「守成」的狀態中，仍然凝視著人類的生存狀態、探詢處理著人類的精神事務，對人性、人的心靈這個幽深和具有無窮「解」的神秘所在，充滿了熱情和試錯的勇氣。

也正是包括中篇小說在內的文學的守成性，才使得文學在驚慌失措的「文化亂世」中，最大限度地堅持了文學的藝術性，爲人類基本價值尺度的維護做了力所能及的承諾，在當下這樣的語境中這不能不說是一個奇跡。儘管對文學的各種非議和詬病已成爲時尚的一部分，所幸的是，眞正的作家並不爲之所動。他們在誠實地尋找文學性的同時，也沒有影響他們對現實事務介入的誠懇和熱情。在過去不長的時間裏，批評界曾討論過「純文學」的問題，這個問題迅速地不了了之，已經證實了它並不是一個眞問題。百年來文學界討論的重大問題從來就沒有「純」過，因爲與文學相關的重大問題似乎都在文學之外。在我看來，2006 年的中篇小說大概也不符合「純文學」的度量標準，因爲除了與語言或形式相關的所謂「純文學」的問題之外，它們所涉及的內容實在要廣泛得多。特別值得我們注意的是，2006 年的中篇小說在張顯、強調文學性的同時，在許多方面都有了重要的突破。

對現實的關注，是百年中國文學的一大傳統。特別是在經濟崛起、文化紛亂的時代，作家將目光投向最爲艱難的所在，不僅是良知使然，同時也是文學尋找新的可能性的有效途徑。在這方面，青年作家胡學文的《命案高懸》（《當代》2006 年 6 期）是特別值得重視的。一個鄉村女子莫名死亡，在鄉間沒有引起任何反響，甚至死者的丈夫也在對權力的恐懼和金錢的誘惑下三緘其口。這時，一個類似於浪者的「多餘人」出現了，他叫吳響。村姑之死與他多少有些牽連，但死亡的眞實原因一直是個謎團，各種謊言掩蓋著眞相。吳響以他的方式展開了調查。一個鄉間小人物——也是民間英雄，要處理這樣的事情，其結果是可以想像的。於是，命案依然高懸。胡學文在談到這篇作品的時候說：

> 鄉村這個詞一度與貧困聯繫在一起。今天，它已發生了細微卻堅硬的變化。貧依然存在，但已退到次要位置，困則顯得尤爲突出。困惑、困苦、困難。盡你的想像，不管窮到什麼程度，總能適應，這種適應能力似乎與生俱來。面對困則沒有抵禦與適應能力，所以困是可怕的，在困面前，鄉村茫然而無序。
>
> 一樁命案，並不會改變什麼秩序，但它卻是一面高懸的鏡子，能照出形形色色的面孔與靈魂。很難逃掉，就看有沒有勇氣審視自己，審視的結果是什麼。
>
> 堤壩有洞，河水自然外泄，洞口會日見擴大。當然，總有一天這個洞會堵住，水還會蓄滿，河還是原來的樣子——其實，此河非彼河，只是我們對河的記憶沒變。這種記憶模糊了視線，也虧得它，還能感受到一絲慰藉。我對鄉村情感上的距離很近，可現實中距離又很遙遠。爲了這種感情，我努力尋找著並非記憶中的溫暖。（《北京文學·中篇小說月報》2006 年 8 期）

表面木訥的胡學文對鄉村的感受是如此的誠懇和切實。當然，《命案高懸》

並不是一篇正面爲民請命的小說。事實上，作品選擇的也是一個相當邊緣的視角：一個鄉間浪者，兼有濃重的流氓無產者的氣息。他探察尹小梅的死因，確有因自己的不檢點而懺悔的意味，他也因此在這個過程中洗心革面。但意味深長的是，作家「並非記憶中的暖意」是通過一個虛擬的鄉間浪者來實現的。或者說，在鄉村也只有在邊緣地帶，作家才能找到可以慰藉內心書寫的對象。

與胡學文的命案異曲同工的是曹征路的《霓虹》。不同的是殺害做暗娼的下崗女工的凶手終於被繩之以法，但對那個被殺害的女工而言已經不重要了。對我們來說，重要的是在這篇作品中，我們看到了一個從生活到心靈都完全破碎了的女人倪紅梅的全部生活和過程。她生活在人所共知的隱秘角落，但這個公開的秘密似乎還不能公開議論。倪紅梅爲了她的女兒和婆婆爲了最起碼的生存，她不得不從事最下賤的勾當。但她對親人和朋友的眞實和樸素又讓人爲之動容。她不僅厭倦自己的生存方式，甚至連自己都厭倦，因此想到死亡她都有一種期待和快感。最後她終於死在犯罪分子的手裏，只因她拒絕還給犯罪分子兩張假鈔嫖資。

曹征路對工人階級的生存狀況關注已久。2005年他的《那兒》轟動一時。我在《中國的文學第三世界》一文中對《那兒》曾有如下評價：曹征路的《那兒》是一部正面反映國企改革的力作。它的主旨不是歌頌國企改革的偉大成就，而是意在檢討改革過程中出現的嚴重問題。國有資產的流失、工人生活的艱窘、工人爲捍衛工廠的大義凜然和對社會主義企業的熱愛與擔憂，構成了這部作品的主旋律。小說沒有固守在「階級」的觀念上一味地爲傳統工人辯護，而是通過工會主席爲拯救工廠上訪告狀、集資受騙，最後無法向工人交代而用氣錘砸碎自己的頭顱，表達了一個時代的終結。朱主席站在兩個時代的夾縫中，一方面他向著過去，試圖挽留已經遠去的那個時代，以樸素的情感爲工人群體代言並身體力行；另一方面，他沒有能力面對日趨複雜的當下生活和「潛規則」，傳統的工人階級在這個時代已經力不從心無所作爲。小說中那只被命名爲「羅蒂」的狗是一個重要的隱喻，它的無限忠誠並沒有換來朱主席的愛憐，它的被驅趕和千里尋家的故事感人至深，但它仍然不能逃脫自我毀滅的命運。「羅蒂」預示的朱主席的命運，可能是當下書寫這類題材最具文學性和思想深刻性的手筆。如果是這樣，我認爲《霓虹》堪稱《那兒》的姊妹篇，它的震撼力同樣令人驚心動魄。

此外，像張學東的《堅硬的夏麥》、王大進的《花自飄零水自流》、溫亞軍的《落果》、李鐵的《我的激情故事》、孫惠芬的《燕子東南飛》、馬秋芬的《北方船》、王新軍的《壞爸爸》等都是關注底層生活的作品。這一寫作潮流曾引起過不大不小的爭論，青年批評家邵燕君甚至發出「底層如何文學」的擔憂或質詢。但當我們讀過這些作品之後，我想問題應該不證自明。人間世事似乎混沌而迷蒙，就如同高懸的命案一樣。這些作品卻以睿智、膽識和力量洞穿世事，揭示了生活的部分眞相。

我之所以強調當下的中篇小說「守成」於邊緣地帶，除了上述分析過的作品之外，還有一些作品在傳統的創作題材遺漏的角落發現了廣闊的空間。比如馬曉麗的《雲端》(《十月》2006 年 4 期）應該是 2006 年最值得談論的中篇小說之一。說它重要有兩個原因：一是對當代中國戰爭小說新的發現，二是對女性心理對決的精彩描寫。當代中國戰爭小說長期被稱爲「軍事題材」，在這樣一個範疇中，只能通過二元結構建構小說的基本框架。於是，正義與非正義、侵略戰爭與反侵略戰爭、英雄與懦夫、敵與我等規定性就成爲小說創作先在的約定。因此，當代戰爭小說也就在這樣的同一性中共同書寫了一部英雄史詩和傳奇。《雲端》突破了「軍事文學」構築的這一基本框架。解放戰爭僅僅是小說的一個背景，小說的焦點是兩個女人的心理「戰爭」——被俘的太太團的國民黨團長曾子卿的太太雲端和解放軍師長老賀的妻子洪潮之間的心理戰爭。洪潮作爲看管「太太團」的「女長官」，有先在的身份和心理優勢，但在接觸過程中，洪潮終於發現了她們相通的東西。一部《西廂記》使兩個女人有了交流或相互傾訴的願望，共同的文化使她們短暫地忘記了各自的身份、處境和仇恨，但戰爭的敵我關係又使她們不得不時時喚醒各自的身份記憶，特別是洪潮。兩個女性就在這樣的關係中糾纏、搏鬥、間或地推心置腹甚至互相欣賞，她們甚至談到了女性最隱秘的生活和感受。在這場心理戰爭中，她們的優勢時常微妙地變換著，一波三折跌宕起伏，但這裡沒有勝利者。戰場上的男人也是如此，最後，曾子卿和老賀雙雙戰死。雲端自殺，洪潮亦悲痛欲絕。有趣的是，洪潮最初的名字也是雲端，那麼，洪潮和雲端的戰爭就是自己和自己的戰爭。這個隱喻意味深長，它超越了階級關係和敵我關係，同根同族的內部廝殺就是自我摧殘。小說在整體構思上出奇制勝，在最緊要處發現了文學的可能性並充分展開。戰爭的主角是男人，幾乎與女性無關。女性是戰爭的邊緣群體，她們只有同男人聯繫起來時才間接地與戰爭發生關係。但在這邊緣地帶，馬曉麗發現了另外值得書寫的戰爭故事，而且同樣驚心動魄感人至深。這是一篇可遇不可求的優秀之作。

魏微這些年來聲譽日隆。她的小說溫暖而節制，款款道來不露聲色，在自然流暢的敘述中打開的似乎是經年陳酒，味道醇美不事張揚，和顏悅色沁人心脾。讀魏微的小說，酷似讀林海音的《城南舊事》，有點懷舊略有感傷，但那裏流淌著一種很溫婉高貴的文化氣息，看似平常卻如高山雪冠。《家道》（《收穫》2006年5期）也是這樣的小說。《家道》中父親許光明原本是一個中學教師，因寫得一手好文章，鬼使神差地當上了市委秘書，官運亨通地又做了財政局長。做了官家裏便門庭若市車水馬龍，母親也徹底感受了榮華富貴的味道。但父親後來因受賄入獄，母親也徹底體會了「家道敗落」淪爲「賤民」的滋味。如果小說僅僅寫家道的榮華或敗落也沒什麼值得稱奇。值得注意的是魏微在家道沉浮過程中對世道人心的展示或描摹是當事人母親和敘述人對世事炎涼的深切體悟和歎喟。其間對母子關係、夫妻關係、婆媳關係、母女關係及鄰里關係的或有意或不經意的描繪和點染，都給人一種驚雷裂石的震撼，文字的力量在貌似平淡中如峻嶺聳立。小說對母親榮華時自得、敗落後自強、既有市民氣又能伸能屈審時度勢性格的塑造，給人深刻的印象。她一個人從頭做起最後又進入了「富裕階層」。但經歷了家道起落沉浮之後的母親，沒有當年的欣喜或得意，她甚至覺得有些「委頓」。還值得圈點的是小說議論的段落。比如奶奶死後，敘述者感慨道：「很多年後我還想，母子可能是世界上最奇怪的一種男女關係，那是一種可以致命的關係，深究起來，這關係的悠遠深重是能叫人窒息的；相比之下，父女之間遠不及這等情誼，夫妻就更別提了。」如果沒有對人倫親情關係的深刻認知，這種議論無從說起。但有些議論就值得商榷了。落難後的母女與窮人百姓爲鄰，但那些窮人「從不把我們當做貪官的妻女，他們心中沒有官祿的概念。我們窮了，他們不嫌棄；我們富了，他們不巴結逢迎；他們是把我們當做人待的。他們從來不以道德的眼光看我們——他們是把我們當做人看了。說到他們，我即忍不住熱淚盈眶；說到他們，我甚至敢動用『人民』這個字眼。」這種議論很像早期的林道靜或柔石《二月》裏的陶嵐，且不說有濃重的小「布爾喬亞」的味道，而且也透著作家畢竟還涉世未深。

同樣是女性作家的須一瓜，這些年來聲名鵲起好評如潮。她的小說疑竇叢生多有懸念，情節絲絲入扣，內在結構極端嚴密，特別在細節的處理上，顯示了須一瓜不同凡響的藝術想像力。《回憶一個陌生的城市》（《收穫》2006年 3 期）有須一瓜一貫的後敘事視角，沒有人知道事情的結果甚至過程，即便是當事人或敘述者也不比我們知道得更多。於是，小說就有與生俱來的神秘感或疏異性：因車禍失去記憶的「我」，突然接到了外地寄來的自己多年前寫的日記，是這個日記接續了曾經有過的歷史、情感和事件，最重要的是 1988年 9 月「我」製造的那起「三人死亡、危及四鄰的居民區嚴重爆炸案」。「我」決定重返失去記憶的陌生城市調查這起爆炸案。當「我」置身這座城市的時候，「我」依然斷定「是的，我沒有來過這裡」。這注定了是一次沒有結果的虛妄之旅，荒誕的緣由折射出的是荒誕的關係。一些不相干的人因這起事件被糾結在調查的過程中，但彼此間沒有眞正的理解和溝通，甚至連起碼的願望都沒有。存在主義的遺風留韻和荒誕小說的敘述魅力，在《回憶一個陌生的城市》中再次得到呈現。

隨著世俗化生活不可抗拒的彌漫，都市世俗畫卷在小說中恣意展開。對都市超級現代生活的嚮往，曾是我們並不遙遠的一個夢。當這個夢境已經成爲現實的時候，我們陡然發現，現代都市生活並不是天堂，過去的夢想不過是一相情願的現代相思病，現代都市生活是攜帶著我們都不曾想過的一切同時降臨的。遲子建的《第三地晚餐》（《當代》2006 年 2 期）以冷峻悲涼的筆觸撕開了都市華麗的面紗。都市生活是今天社會生活結構的中心，但《第三地晚餐》避開了紅塵滾滾的中心畫面，它從一個鮮爲人知的生活渠道揭示了生活的荒誕性和戲劇性。「第三地」應該是一個與心靈或歸宿有關、與寄託或渺小的願望有關的隱喻。情感上的隔膜讓一對夫妻都有難言之隱，他們在「第三地」不期而遇：要求做一頓晚餐的人和願意免費爲人做一頓晚餐的人竟然是夫妻雙方。當一切釋然的時候，丈夫卻沒有吃上這頓晚餐而撒手人寰。這個荒誕的悲劇顯示了遲子建藝術地把握生活的能力。

比《第三地晚餐》更爲殘酷的是葉舟的《目擊》（《青年文學》2006 年 5期）。表面上恩愛有加的夫妻，卻隱藏著巨大的秘密。妻子不惜長跪街頭苦苦尋找丈夫死亡的目擊者，然而，丈夫的意外死亡竟緣於一次偷情。李小果、李佛、王力可與死者之間的關係撲朔迷離。除了當事人之外幾乎沒有人清楚他們的情感和欲望。但是，眞正的悲劇也許不是死者，而是在隱秘之情背後活著的女人。死者的妻子才是悲劇眞正的主角。

從不同側面觸及邊緣生活狀態的作品同樣有許多。比如北北的《右手握拍》、王松的《福陞堂》、騰肖瀾的《藍寶石戒指》、蘇童的《棄嬰記》、方方的《春天來到曇華林》、蔣韻的《心愛的樹》等等。這些中篇小說的作者游離於主流生活之外，他們在邊緣處氣定神閒看風景，似乎就在不經意之間，卻洞穿了紅塵滾滾中的人間世事。守成的文學不再處於文化的中心，但這種守成卻是免於文化失衡的重要力量。在這個意義上來說，文學的存在不僅是可能的，而且是必需的。

原文刊於《當代文壇》，2007年第1期

文學的多樣性與傳統的復興

——2007 年的長篇小說現場片段

2007 年的長篇小說波瀾不驚，是一個正常的文學年景。如果勉爲其難地概括這一年文學狀況的話，那就是各種題材、觀念、想法在全面涌現的同時，本土傳統文化在敘事中的「復興」，是最搶眼的現象。

年初，盛可以的《道德頌》（上海文藝出版社）語出驚人。如果簡單概括這部作品，也可以說，這是一個始亂終棄的故事；是一個女人和三個男人的故事；是這個時代文學表達最常見的婚外戀的故事。但越是常見的事物就越難以表達，在常見的事物中發現別人沒有發現的，就是作家的過人之處。而盛可以恰恰在別人無數遍書寫過的地方、或者止步的地方開始，讓這個有古老原型的故事重新綻放出新的文學光彩。《道德頌》將男人與女人的身體故事，送進了精神領域，旨邑與水荊秋所經歷的更是一個精神事件。

陳行之的長篇小說《當青春成爲往事》（作家出版社），如果只看書名，會以爲這是一本很時尚、很流行的「小資」書，或者是一本「網絡」小說。但這是一部與知青生活有關的小說；是一部重新闡釋或想像知青歷史的小說；是一部在歷史中發掘和展示人性的強悍或無能爲力的小說。在我的閱讀經驗中，知青小說進入 1990 年代之後逐漸消歇，那段歷史即便在當事人的視野裏似乎也漸行漸遠逐漸隱去。在這個追新逐潮的時代，很少有人耐心地思考一個歷史現象；包括知青題材的小說在內，儘管已經積累了很多值得重視的經驗，但我們還沒有看到那種讓人振聾發聵心頭一震的小說。

彭定安的《離離原上草》（萬卷出版公司），是一部全景式反映知識分子在當代中國命運的長篇巨著。它是當代中國知識分子的心靈史和精神編年史，是一部充滿了理想主義詩意的自敘傳。他用新史傳的筆法，在繼承史傳傳統的基礎上，探索了史傳筆法的新的可能性。理想主義的詩意，是小說最主要的特徵。這主要是指主人公對苦難的態度，對坎坷命運的態度。歐陽不是在控訴苦難，不是誇張地將全世界的苦難都集中在一個人身上。這裡的苦難是一種客觀的呈現，是與國家民族命運同時表達的。因此，作家希望讀者自己作出判斷。

楊廷玉的長篇小說《花堡》（人民文學出版社），以農村改革者的創業爲依託，書寫了新世紀中國農村所面臨的種種問題。在這部近 40 萬字的作品中，作者以寫實的筆觸講述了一個鄉村改革故事。故事的情節並不複雜，但卻將中國鄉村在面對城市化進程時的全部矛盾的複雜性，尖銳而深刻地呈現出來。《花堡》打破了對鄉土中國的傳統敘述模式，從多重角度深入解讀了城市與鄉村間的矛盾關係。

孫惠芬的《吉寬的馬車》（作家社），在當下「農民工文學」的潮流中獨樹一幟。它雖然也寫到了社會轉型期中國農民遭遇了現代性之後的身體與精神苦痛，寫到了他們難以還鄉歸程難尋的現實矛盾，但孫惠芬紮實的文學敘述能力，以及她對鄉土中國生活的熟悉和敏銳的感受力，使《吉寬的馬車》的文學性，超出了以往我們看到的與「底層寫作」相關的作品。特別是她對前現代鄉村的書寫，文字之優美令人歎爲觀止。

麥家的《風聲》（陝西師範大學出版社）在當下的長篇小說創作中，是一個絕對的例外。在小說創作受到來自社會不同方面的詬病，「文學之死」的聲音此起彼伏的時候，《風聲》一出洛陽紙貴；而小說中的「老鬼」李寧玉的慘烈而死，使這部險象環生絲絲入扣的小說，成爲一曲英雄主義的慷慨悲歌。值得我們注意的是，作品表達的生活與麥家沒有關係，麥家的出生距風雨飄搖的中國還相當遙遠，是一部電影、一個「殺人遊戲」、一個教授的「敘述」點燃了麥家的靈感。它的仿眞性，與「賈雨村言」如出一轍，但亦眞亦幻的仿眞性書寫以及對具體細節的描繪和人物心理的刻畫，顯示了麥家虛構故事的能力和掌控、駕御小說的才華。更重要的是，《風聲》是一部有是非觀、價値觀和歷史觀的小說。它在險象環生命懸一線的情節中，表達了一個革命者的莊重情操，維護或捍衛了文學的最高正義。

張學東是近年來脫穎而出的 1970 年代作家。他的《妙音鳥》（《西部華語文學》，2007 年 7 月），是一部正面寫「文革」的小說。他只能憑藉間接材料或歷史文獻，敏銳地捕捉與題材相關的信息。對一個作家來說，這種挑戰無疑是巨大的。但是，讀過這部長篇小說之後，張學東超強的虛構能力和藝術想像力給人以信任和鼓舞。「妙音鳥」是個人面鳥身的神鳥，但在小說中這個意象卻意味深長。面對苦難綿延的歷史，鄉村的文化信念在默默地承傳，這既是作家的一種祈禱，也是對未來的一種祝願。

張海迪大概是這個時代最具浪漫氣質和理想主義情懷的女性作家之一。對張海迪來說，4 年時間創作的《絕頂》使她的創作達到了一個新的起點。我當時曾評論說：這是一種和絕對精神相關的選擇，也是一種彰顯英雄對壯美渴望的選擇。它在顯示人類戰勝自我和極端勇氣的同時，也隱含了作者在想像中對挑戰的嚮往和回答。五年過去之後，張海迪出版了她的《天長地久》（人民文學社）。在題材上，這是與《絕頂》完全不同的小說，但在內在精神或品質上，它們又有內在的可以意會的關聯性：這就是對一種絕對精神的嚮往，對高貴事物的關注。

多種觀念和題材小說的出現，進一步顯示了當下文學眾聲喧嘩、多音齊鳴的趨勢。但是，2007 年長篇小說最突出的特徵，是在文學中被「復興」的傳統文化。關仁山長篇小說《白紙門》（春風文藝出版社），開篇描繪的就是一個我們不熟悉的場景。在小說的「引子」《鷹背上的雪》中，出現了 49 個關鍵詞，而這 49 個關鍵詞也恰恰是《白紙門》49 個章節的標題。《白紙門》給人印象最深的，就是它對民間文化或民俗民風的呈現與描繪。它像「箴言」或「咒語」，它不能改變現實卻預言了現實。《白紙門》重返民間文化，重新表達對神秘事物的敬畏和顧忌，意義顯然重大。

儲福金的《黑白》（人民文學社），是一部書寫圍棋文化的小說。小說著意刻畫了主人公陶羊自的成長經歷，更重要的是，小說將家國敘事與人物成長縫合得恰到好處。在揭示圍棋文化內涵的同時，也隱含了作家對競技圍棋一爭高下、勝者王侯敗者寇的功利主義理解以及傳統文化在當今語境中的矛盾或問題。

范小青的《赤腳醫生萬泉和》（人民文學社）敘述的故事，從「文革」到改革開放歷經幾十年。這兩個時期對中國的政治生活來說是兩個時代，但時代的大變化、大動蕩、大事件等，都退居到背景的地位。我們只是在鄉村行政單位建制、萬泉和的身份、批鬥會現場和一些流行的政治術語中，知道小說發生在「文革」背景下。但進入故事後我們發現，後窯村的日常生活並沒有發生根本性的變化，傳統的風俗風情仍在延續並支配著後窯人的生活方式。那些鮮活生動的鄉村人物也沒有因爲是「文革」期間就改變了性情和面目。百年文學，我們見過了太多的勇武之士，精明市儈、太多的叱吒風雲的英雄，太多的血雨腥風或暴力美學，很少見到萬泉和式的謙卑忍讓、誠實誠懇、甘願吃虧、只想別人的博愛人物。這時，我們卻是面臨著一個兩難的悖論：我們不知道是應該肯定還是應該批判萬泉和，不知道是應該同情啓蒙還是怒其不爭萬泉和。這個兩難，卻是范小青敘事倫理的勝利。她超越了啓蒙、悲憫、同情、大悲大喜、悲痛欲絕、歡天喜地等敘事的主體霸權。她客觀的描述或人物自然形成的人性力量，包括萬泉和身上我們能夠接受或難以接受的全部。

賈平凹的《高興》（作家社），是他第一次用人名做書名的小說。按照流行的說法，這是一部屬於「底層寫作」的作品。劉高興、五富、黃八、瘦猴、朱宗、杏胡等，都是來自鄉村的都市「拾荒者」。都市的擴張和現代文明的侵蝕，使鄉村的可耕土地越來越少。生存困境和都市的誘惑，使這些身份難以確定的人開始了都市的漂泊生涯。他們維持生計的主要手段是拾荒。但是，面對中國最底層的人群，賈平凹並不是悲天憫人地書寫了他們無盡的苦難或萬劫不復的命運。有趣的是，賈平凹在塑造劉高興的時候，有意使用了傳統的「才子佳人」的敘事模式。生活是否有這樣的可能並不重要，重要的是賈平凹以想像的方式讓他們建立了情感關係，並賦予了他們的情感以浪漫的特徵。他們的相識、相處以及劉高興爲了解救孟夷純所做的一切，亦眞亦幻但感人至深。甚至可以說，劉高興和孟夷純的故事，是最具可讀性的文字。這個奇異的組合是賈平凹的神來之筆，不僅爲讀者帶來了巨大的想像空間，也爲作家的創作提供了許多可能。但是，也正因爲是「才子佳人」模式，劉高興和孟夷純之間才沒有發生「嫖客與妓女」的故事。賈平凹顯然繼承了中國古代白話小說和戲曲的敘事模式：危難中的浪漫情愛是最爲動人的敘事方法之一。還值得注意的是，小說幾乎通篇都是白描，從容練達，在淡定中顯出文字的眞工夫；而在情節上，細節構成了小說的全部。《高興》在這一點上所取得的成就，應該說在近年來的長篇小說中是最爲突出的。賈平凹堅定地向傳統文學尋找和挖掘資源，不僅爲自己的小說創作找到了新的路徑，同時也顯示了他「爲往聖繼絕學」的勃勃雄心和文學抱負。

在文學修辭上還值得重視的，是李師江的《福壽春》（人民文學社）。這是一部當代白話小說。它對世情世風、世道人心的描繪，完全鑲嵌於明清白話小說的形式中。他對小說語言和敘述形式的積極探索，提供了新的可能性。文學的修辭傳統和對日常生活、市井生活的盎然興趣，使小說語言以傳統的方式煥發了新的生機。

楊黎光的《園青坊老宅》（人民文學社）很像是一部家族小說，但它不是家族小說。它是終結了生活於老宅中兩個居民群體、反映時代歷史風雲變幻的社會歷史小說：家族歷史在老宅中終結，前現代或欠發達時代的民居生活，在老宅被付之一炬時也同時終結。但這是一個令人喜憂參半的故事。表面波瀾不驚，但內部陰沉、危機四伏的家族時代永遠地成了歷史；喧囂熱鬧、紛亂雜居的生活也即將成爲歷史。這兩個時代的終結，都是中國社會歷史巨變的象徵，也應該是歷史的表徵。但是，當老宅化爲灰燼的時候，「幾乎所有老宅人都回來了，大家圍著這堆廢墟不發一言。」這本應該是一個進入新時代的慶典儀式，但它的場景卻充滿了憑弔般的感傷，成爲一個告別儀式。更有趣或值得深究的是，這個讓老宅的歷史永遠消失的人，竟是一個神志模糊的「二傻子」。歷史發展的不確定性或偶然性在作家不經意中得到了深刻的揭示。

對歷史或文化傳統的重新書寫，是2007年長篇小說最引人矚目的現象。在全球化的語境中，這一現象顯然是意味深長的。但是，我們似乎還沒有看到期待或想像的大作品。那種理想或期待的作品究竟是否存在呢？我們只能耐心地等待。

原文刊於《中國圖書商報》，2007年12月25日

三個場景或十個故事

——2007 年中篇小說現場片段

對當下中國文學創作現狀的不同評價，仍然沒有成爲過去。一方面是文學的一再不被信任，一方面是文學創作的風起雲涌。各行其是或自以爲是，已經是這個文學時代最大的特徵。事實上，籠統地否定當下文學的人，恰恰是對文學不瞭解的人，但批評文學又是最安全的。與普遍的看法略有不同的是，我認爲當下的文學是正常的文學，文學就應該是這個樣子，因爲理想的文學是不存在的。另一方面，當下的文學也是健康和正義的文學。可以說，新世紀以來，文學創作的多樣化追求、對社會現實的介入熱情、對當下生活反映所能達到的程度，不比任何一個領域遜色。我不知道批評文學的人期待什麼樣的文學，也不知道理想的文學是否存在。因此，對當下文學我深感樂觀和鼓舞，特別是一年來的中篇小說創作。

一、城市的兩個故事

對當下的城市生活，我們都有一個明顯的悖論式感受：一方面，城市化進程空前加快，城市人口急遽膨脹；一方面，我們並沒有整合出當下的城市文化經驗，不知道究竟如何表達我們對當下城市生活的眞切感受。因此，當「官場小說」退場之後，城市生活在文化表達中僅僅剩下了空洞的時尚符號。

這時我們發現，與城市生活有關的，大概只存活了兩個故事：一個是重新回望歷史，在略有感傷或懷舊的情調中，尋找或建構城市曾有的風韻或氣息，在想像中體驗城市曾有的豐富和多情；一個是對城市新階層——農民工悲情生活的再現，對城市現代性過程中「與魔共舞」的呈現和書寫。這兩個故事雖然都不能表達當下城市眞正的文化經驗，但它卻在提供城市文學經驗的同時，也從一個方面改變了城市文學的蒼白。

遲子建的《起舞》，是一篇精緻而充沛的小說。她奇巧的構思和張弛有致的情節，將上個世紀上半葉一直到改革開放時期哈爾濱的萬種風情，展示得萬花紛呈。她在講述情感傳奇的同時，也表達了她對普通人面對現實時的勇武和決絕。「老八雜」這個市井之地，在表面的世俗生活背後，也因其久遠而埋藏無數鮮爲人知的故事：一個女工在舞會上與「老毛子」意外受孕，生下的「二毛子」歷盡人間羞辱，女工一生枯守至死不悔；丟丟敢爲萬人先，不僅嫁給「二毛子」，而且敢於爲民眾、也爲自己守護那個僅存的理想與生存的家園。《起舞》有刻骨銘心的愛情，也有齊耶夫可以理解的偷情，「情」是《起舞》的起點也是歸宿。哈爾濱的「老八雜」就這樣幻化爲坦率的人格和達觀的性格。跌宕的故事和多種文化的交融將《起舞》裝扮成北國的俏麗佳人。

與遲子建的《起舞》大異其趣的，是深圳青年女作家吳君的《親愛的深圳》。吳君曾因長篇《我們不是一個人類》受到文壇的廣泛關注。許多名家紛紛撰文評論。一個新興移民城市的拔地而起，曾給無數人帶來那樣多的激動或憧憬，它甚至成爲蒸蒸日上日新月異北方的象徵。但是，就在那些表象背後，吳君發現了生活的差異性和等級關係。作爲一個新城市的「他者」，底層生活就那樣醒目地躍然紙上。《親愛的深圳》，對城市的打工生活的表達達到了新的深度。一對到深圳打工的青年夫妻——程小桂和李水庫，既不能公開自己的夫妻關係，也不能有正當的夫妻生活。在親愛的深圳——到處是燈紅酒綠紅塵滾滾的新興都市，他們的夫妻關係和夫妻生活卻被自己主動刪除了。如果他們承認了這種關係，就意味著他們必須失去眼下的工作。都市規則、或資本家的規則是資本高於一切，人性的正當需要並不在他們的規則之中。李水庫千里尋妻滯留深圳，保潔員的妻子程小桂隱匿夫妻關係求人讓李水庫做了保安。於是，這對夫妻的合法「關係」就被都市的現代「關係」替代或覆蓋了。在過去的底層寫作中，我們更多看到的是物資生存的困難，是關於「活下去」的要求。在《親愛的深圳》中，作家深入到了一個更爲具體和細微的方面，是對人的基本生理要求被剝奪過程的書寫。它不那麼慘烈，但卻更非人性。當然，事情遠不這樣簡單，李水庫在深圳生活了一段時間之後，他有機會接觸了脫胎換骨、面目一新的女經理張曼麗。李水庫接觸張曼麗的過程和對她的欲望想像，從一個方面揭示了農民文化和心理的複雜性。這一揭示延續了《阿Q正傳》《陳奐生上城》的傳統，並賦予了當代性特徵。吳君不是對「苦難」興致盎然，不是在對苦難的觀賞中或簡單的同情中表達她的立場。而是在現代性的過程中，在農民一步跨越「現代」突如其來的轉型中，發現了這一轉變的悖論或不可能性。李水庫和程小桂夫婦所付出的巨大代價，是一個意味深長的隱喻。但在這個隱喻中，吳君卻發現了中國農民偶然遭遇或走向現代的艱難。民族的劣根性和農民文化及心理的頑固和強大，將使這一過程格外漫長。可以肯定的是，無論是李水庫還是程小桂，儘管在城市裏心靈已傷痕累累力不從心，但可以肯定的是，他們很難再回到貧困的家鄉——這就是「現代」的魔力：它不適於所有的人，但所有的人一旦遭遇了「現代」，就不再有歸期。這如同中國遭遇了現代性一樣，儘管是與魔共舞，卻不得不難解難分。也正因爲如此，吳君的小說才格外值得我們重視。

二、小鎮風情和善與惡

城市的周邊是城鄉交界地帶的小鎮。中國的小鎮因其千變萬化而別具韻味。但也正因爲處於城鄉交界處，在中國城市不斷膨脹和鄉村萎縮得到更多注意的時候，小鎮風情依舊，卻只能在懷鄉者的鄉愁和旅遊者「窺秘」時被光顧。因此，當代文學的小鎮景觀一直不如現代文學發達。值得注意的是，一旦文學坐落於小鎮的時候，它煥發的光彩竟如此令人震動或震驚。

魯敏作爲「70後」作家，近年來的中、短篇小說有相當高的聲譽和口碑。《逝者的恩澤》，是一篇構思縝密、想像奇崛、苦澀淒婉又情調浪漫的小說。無論它的趣味還是內在品格，在當下的中篇小說中都可謂是不可多得的上品。小說可以概括爲「兩個半男人和三女人的故事」。那個不在場者但又無處不在「逝者」，是一個重要的人物，一切都因他而起；小鎮上一個風流倜儻、有文化有教養的男人，被兩個年齡不同的女性所喜愛，但良緣難結；一個八歲的男孩，「聞香識女人」，只因患有嚴重的眼疾。女人一個是「逝者」陳寅冬的原配妻子紅嫂，一個是他們的女兒青青，還有一個就是「逝者」的「二房」——新疆修路時的同居者古麗。這些人物獨特關係的構成，就足以使《逝者的恩澤》成爲一篇險象環生層巒疊嶂的作品。值得注意的是，這些通俗文學常見的元素，在魯敏這裡並沒有演繹爲愛恨情仇的通俗小說。恰恰相反，小說以完全合理、了無痕跡的方式表達了所有人的情與愛，表達了本應仇怨卻超越了常規倫理的至善與大愛。紅嫂對古麗的接納，古麗對青青戀情的大度呵護與關愛，青青對小男孩達吾提的親情，紅嫂寧願放棄自己乳腺疾病的治療而堅持醫治達吾提的眼疾；古麗原本知道陳寅冬給紅嫂的匯款，但她從未提起等，使東壩這個虛構的小鎮充滿了人間的暖意和陽光。在普通生活裏，那些原本是孽債或仇怨的事物，在魯敏這裡以至善和寬容作了新的想像和處理。普通人內心的高貴使腐朽化爲神奇，我們就這樣在唏噓不已感慨萬端中經歷了魯敏的化險爲夷絕處逢生。這種浪漫和凄婉的故事、這種理想主義的文學在當下的文學潮流中有如空穀足音，她受到普遍讚譽當之無愧。

鮑十的小鎮是另外一種敘事。他的小說一直呈現著溫婉的暖色，他對日常生活的敘述總是透露著生活的某些原生狀態，這與他的小說和歷史建立的關係有關。他的小說也有苦澀的味道，比如《痴迷》《我的父親母親》等。但鮑十沒有意識形態上的怨恨，他的價值觀總是與人的善惡有關。《芳草地去來》寫了一個省城「支教」的青年教師高玉銘，在單位不得志被領導下放到基層。但在芳草地中學高玉銘省卻了許多省城的煩惱，他和小鎮中學的老師學生相處的很好。因此，當兩年「支教」期滿後，高玉銘決定放棄省城重新回到了芳草地中學，最直接的原因是他刻骨銘心地愛上了校長的女兒高卉。高玉銘很像這個時代的「多餘人」或「零餘者」，也與 80 年代回城後的知青重返鄉村或精神還鄉的小說多有相似。不同的是，高玉銘不是柔石《二月》中的蕭澗秋，不是因同情或憐憫與一個鄉村女教師的愛情賜予；也不是因在城市找不到位置迫不得已地返回鄉村的《本次列車終點》中的陳信，或《南方的岸》的知青們。高玉銘的選擇是主體性的選擇，是對官場文化、瑣屑情愛生活厭倦後的選擇。這種選擇說是道家文化也好，說是返璞歸眞回歸自然也好，總之，他是高玉銘自己做主的選擇。事實的確如此，一個能夠堅持個人內心價値並不妥協的人，自覺邊緣化於小鎮，也許是最好或最後的選擇。

溫亞軍的小鎮就不這樣溫婉和多情了。近年來，溫亞軍的小說、特別是中篇小說日趨成熟。他寫的都是尋常日子百姓人家，都是普通的日常生活。但日常生活也有緊要處，也有生存或心理邁不過去的門檻。在《赤腳走過桑那鎮》中，幾個人物就都面對著必須要邁過的門檻：鎮長必須完成縣裏捕殺所有狗的任務，不然就不能向縣裏交代；方大牙必須殺掉最後一隻狗，儘管那是小學校長、無數官員姘頭的哈巴狗。不然，鎮長不僅不會兌現爲他找媳婦，而且還拿不到捕殺狗的酬金；方小妮一定要嫁給補鞋的老頭蔣連省，不然就還要在娘家寄人籬下。但故事的最後我們看到，恰恰是最無辜的孩子聶瓜瓜承擔了所有的後果，他還是因爲舅舅方大牙捕殺了校長的哈巴狗被開除了。小說中苦難氣息漫長無邊，赤腳走過桑那鎮的孩子聶瓜瓜在眼前久久佇立。

就在這樣壓抑無望的氣氛中，溫亞軍還能夠從容的描寫景物和雕刻人物。聶瓜瓜爲了躲避孩子們的追打，只能謊稱上學實際是逃學了。他來到河邊熬時間時，看到的卻是：

> 柳樹下面是安靜的河水，河水呈微黃色，有點像洗過腳的髒水。……不遠處的幾隻鳥在水面上盤旋，微微蕩起的漣漪，太陽溫暖而均勻地落在河面、漣漪上，像一群魚在跳躍，磷光閃閃。

現在的小說很少見到抒情和描寫，抒情和描寫往往被認爲是和現代小說無關的，是幼稚或膚淺的。但事實不是這樣。溫亞軍對人物的刻畫也頗見功力：

> 外婆的雜貨店受到衝擊，幾乎無人問津，靠墻的貨架落滿灰塵，上面堆滿過期的方便麵、火腿腸，還有各種油炸的膨化食品。過期的東西更賣不出去，外婆又捨不得給自家人吃，越積壓越陳舊，偶而從外面走進雜貨店，能聞到那些積壓貨物散發出變質的味道。外婆聞習慣了那種味道，她像個古董商似的，整天守著那堆過期食品，天黑透也不關門，一隻蠅迹斑斑的十五瓦燈泡，用昏暗的光線罩住外婆，她看上去更像個古董。外婆眼光呆滯地望著透到門外的昏暗燈光，偶而看到一個人影匆匆走過，以爲人家是去中心超市購物，她嘴裏咕嘟咕嘟些什麼，臉陰得像要下雨。聶瓜瓜一般不去雜貨店，夜裏更不敢去，昏暗的燈光下，又瘦又小的外婆沒一點神采的眼光，使他想起童話裏的老巫婆。

這種雕刻般的描繪，特別像戲劇演員所說的「心象」。在文字表達之前，作家的心裏已經有了具象的存在。這樣，描摹出來才得心應手入木三分。

三、鄉村中國的現代性

現代性是一個用得過多過濫的概念。但是，在描述與鄉村中國有關的文學的時候，我們不得不再次使用它。我們實在找不出更合適的概念，儘管這個概念也是語焉不詳辭不達意。除了鄉村改革頌歌之外，與鄉村中國相關的文學，大都被描述爲「底層寫作」。我在一篇文章中糾正了這個臨時性概念，用「新人民性文學」來指涉這個文學現象。「新人民性文學」，是一個與人民性既有關係又不相同的概念。人民性的概念最早出現在十九世紀二十年代，俄國詩人、批評家維亞捷姆斯基在給屠格涅夫的信中就使用了這一概念，普希金也曾討論過文學的人民性問題。但這一概念的確切內涵，是由別林斯基表達的。它既不同於民族性，也不同於「官方的人民性」。它的確切內涵是表達一個國家最低的、最基本的民眾或階層的利益、情感和要求，並且以理想主義或浪漫主義的方式彰顯人民的高尙、偉大或詩意。應該說，來自於俄國的人民性概念，有鮮明的民粹主義思想傾向。此後，在列寧、毛澤東等無產階級革命導師以及中國五四運動時期的文學家那裏，對人民性的闡釋，都與民粹主義思想有程度不同的關聯。我這裡所說的「新人民性」，是指文學不僅應該表達底層人民的生存狀態，表達他們的思想、情感和願望，同時也要眞實地表達或反映底層人民存在的問題。在揭示底層生活眞相的同時，也要展開理性的社會批判。維護社會的公平、公正和民主，是「新人民性文學」的最高正義。在實現社會批判的同時，也要無情地批判底層民眾的「民族劣根性」和道德上的「底層的陷落」。因此，「新人民性文學」是一個與現代啓蒙主義思潮有關的概念。

在這個文學現象中，曹征路是一個有代表性的作家。他因《那兒》《霓虹》等作品蜚聲文壇。但包括對曹征路在內的「底層寫作」的提法已經有不同意見，反對者認爲這一提法對作家立場要求過於明確。我的看法略有不同：沒有立場的作家是不存在的。即便是純粹形式探索的作家，也潛隱著作家沒有言明的立場。但「底層寫作」因其對象和主題表達的模糊，使這一臨時性的概念歧義百出。因此，我將這一寫作現象稱爲是「新人民性的文學」。《豆選事件》延續了曹征路一貫關注當下中國現實的寫作立場，不同的是，他將視野從城市轉移到了鄉村。中國的民主化進程是每個公民都在關心的最重大的公共事務，但是，鄉村中國的民主化如何發展，需要怎樣的路線圖，卻不是一個簡單的事情。在《豆選事件》中，方家嘴子的選舉不僅密切地聯繫著權力和利益關係，同時也密切聯繫著普通民眾方繼仁、方繼武、菊子等與村長方國棟家族勢力的較量。現代文明在傳統的鄉村倫理面前不僅力不從心，而且，最後一定要付出沉重的代價。菊子從被迫的身體「獻身」到最後的身體消亡，使小說呈現了類似《那兒》的凄美與慘烈。那個試圖喚起民眾，以集體的力量捍衛正義的方繼武不能當選也是在意料之中的，他必須是這場選舉另一個意義上的犧牲者。民眾雖然悲憤不已但又無奈無助。曹征路對弱勢群體的關懷和書寫，對鄉村中國全部複雜性的理解，是這個時代最具是非觀和正義感的文學。

胡學文近年來異軍突起。2006 年他的《命案高懸》受到普遍好評。他對農村生活的熟悉和講述故事的能力，使他的小說紮實又沈穩，情節的推進絲絲入扣，細節的描繪嚴密合理。《逆水而行》寫了一個幾經沉浮的村長霍品，在鄉長決定讓一個老闆承包在黃村地界的雞心湖千畝灘地的時候，他既要面對詭計多端又強硬霸道的鄉長吳石，又要面對爲了維護基本生存被迫抗爭的啞女、黃毛等村民。霍品用農民的智慧應對吳強，又要舉步唯艱地哄騙村民。當然，霍品已經不是梁生寶、蕭長春式的村幹部了。事實上，他也是一個權力的既得利益者，他不僅因爲「村長」的職務滿足了男人的權力欲望，而且也因村長的職務滿足男人的女性欲望。但是，在關乎村民基本生存的問題上，霍品顯然良知未泯。他遲遲不在協議上簽字，最後甚至自己導演了一齣「苦肉計」，讓人將自己裝進麻袋丟到鄉政府門前。意想不到的是，承包公司又改了主意，爲了多個景點，湖邊的地村民又可以耕種了。主意只是一句話，但對村長霍品來說卻是天大的事情。現代性的不確定性在黃村發生了，但承擔這一切的卻一定是民眾和霍品這個最基層的幹部。它類似一場鬧劇，但劇情中的非主角們卻經歷了一場難以言說的苦痛。但沒有人向他們解釋，更不要說承擔責任了。胡學文對農村生活流程的熟悉和呈現，使《逆水而行》有了無限豐富的寓意和闡釋的多種可能性。

與《豆選事件》有相似性的是荊永鳴的《老家》。它也由於農村選舉有關，也發生了人命關天的大事情。不同的是，故事是由生活在城裏的人轉述的。叔丈人、二姐夫都到城裏向「我」借錢，借錢都是爲了村裏選舉。「老兄弟」週年落選之後，死於小煤礦被謊稱爲凍死的。於是叔丈人開始了漫長的上訪。結果是可以想像的。值得注意的是，也只有是來自「老家」的「我」，才會在城市想起苦難的鄉村，一個再熱愛老家的人，面對盤根錯節的鄉村中國，也只有「鄉愁」而無能爲力。這些年來，荊永鳴因書寫「外省人」而聲名鵲起。《老家》的發表，表達了京城外省人的「大不易」之外，又憑添了一種理不斷、剪還亂的「老家」的焦慮。

葛水平的《比風來得早》，與她 2004 年以來的寫作風格有了較大的變化。

故事雖然還是發生在她熟悉的鄉村，但主角卻是一個來自鄉村的「小公務員」。一個曾經熱愛文學、但爲了仕途不得不「戒掉」文學的縣城小官員。衣錦還鄉是鄉村知識分子的夢想。衣錦不還鄉如錦衣夜行。吳玉亭在還鄉前有了晉升的希望，在他看來，還鄉風光一下不可能影響前程。但是，就在他榮耀鄉里的時候，他晉升的希望破滅了，他想像的情人、或者有可能成爲妻子的人爲他帶來了這個消息。小說集中描繪了吳玉亭在縣府辦公室、短暫還鄉時的心理活動和變化。一個命運爲仕途所左右的「小公務員」的形象躍然紙上。葛水平的智慧，是將這個虛榮又脆弱的人物仍然置放在鄉間，在作家和被述對象都熟悉的環境中展開故事。這不僅使敘事從容無礙，而且也通過更深遠的歷史之光，照亮了吳玉亭自我期待的文化根源。鄉里的民風民情、鄉村倫理和價値觀念，以不變的樸素培育了吳玉亭最初的仕途夢想。鄉親包括父親關心的總是他當官的「級別」，總是逢迎著說他「該上去」了。但小說最後還是彌漫著徹骨的悲涼。

講故事的方法，或者說小說的敘事方法，越來越被作家所重視。孫惠芬在 2006 年發表的《燕子東南飛》，就因敘事視角的有趣變化引起了批評界的注意。《天窗》在敘事方法上有了新變化和探索。鞠老二、小久子、大娘們，是小說的三個人物，三個人物三種不同的視角在觀察對方，在判斷同一事物。他們面對的是人性中最基本的、也是終極的事物。比如食物、性和死亡。不同的人物有不同的心理緊張和恐懼。鞠老二對食物的敏感和貪婪、小久子對性事的焦慮以及大娘們最後處理死尸時心理的細微變化，在小說中都讓人有身臨其境之感。作家對這些被貧困和愚昧所左右支配的底層人的敘述和揭示，顯示了深厚的文學功力和探索的強烈願望。

徐則臣是近年來涌現的文學新軍，他旋風般的氣勢和作品的數量，都在證明著他堅實的創作實力和不可限量的文學未來。《蒼聲》是一部反映文革時期的小說。「蒼聲」是方言，是少年向青年轉化或過度的時期。但「我」在「蒼聲」時期卻經歷了一場非同尋常的事件。村支書吳天野因爲妒忌小學校長在村裏的威望，竟使出最卑劣的手段，污蔑他姦污了傻子養女韭菜。然後遊街示眾非法羈押；吳天野的兒子「大米」，要狗不成便既殺又偷；在他當街看了一次傻女的乳房後，又動了他那個年紀不該動的念頭，誘姦了傻女。在道德理想統治一切的時代，鄉村道德跌落到如此地步。這就是「我」蒼聲時期所經歷的。那些血腥的人與事和靈與肉的折磨，就這樣留在了我的成長期。《蒼聲》是一部成長小說。它以極端的方式呈現了特殊歷史時期的社會生活，其銳利和鋒芒，是同類題材的峰巔之作。

面對一年浩瀚無邊的中篇小說創作，任何一種描述都捉襟見肘掛一漏萬。但是，有一點可以肯定的是，在文學遭遇沒有盡期的抱怨、指責甚至不再信任的時候，我仍然認爲文學是這個時代最動人的場景之一。在鮮有掌聲的年代，作家們不懈的努力創作了雲蒸霞蔚的中篇小說。文學的問題更是文學之外的問題，這些問題不僅文學家解決不了，誰又能夠解決呢！

原文刊於《文藝爭鳴》，2008 年第 2 期

疲憊的書寫　堅韌的敘事

——2008 年長篇小說現場片段

2008 年長篇小說給人的總體印象，似乎是因其疲憊而顯得步履蹣跚。在藝術上別開生面、在思想上別有洞見的作品、甚至引起較大爭議的作品都爲數很少。這一情況既與我們的視野有限有關，也與長篇小說多年連續不斷地「噴發」有關。長篇小說數量上虛假的繁榮，已經不能遮掩長期患有的思想和藝術上的「貧血症」。勉強維持的長篇小說創作格局，在 2008 年雖然沒有遭遇「金融風暴」般的危機，但其脆弱性或萎縮的徵兆已堪比股市或樓市。一面是疲憊的書寫，一面是堅韌的敘事。因此，2008 年值得評價作品數量仍然巨大。

年初，淩力的《北方佳人》發表，這是一部眞實與虛構，想像與寫實小說。歷史演繹，亦眞亦幻。絕代佳人在戰亂、血腥和金戈鐵馬中的淒美人生，給人震撼也令人絕望。淩力在歷史領域縱橫開闔的書寫，其筆力令人歎爲觀止；董立勃是一位擅長書寫女性的作家，但《暗紅》一出，主角大變。在血與火的慘烈歲月，在禍起蕭墻的特殊時代，在和平又欲望無邊的日子裏，男人和男人的情誼，男人和女人的情誼，生活的不確定性、命運的不確定性，被董立勃一波三折、大開大闔地展現出來；林白的《致 1975》，是記憶深處的等待，是青春不在時節對青春感傷的憑弔。它被稱爲「小眾閱讀的經典」；畢飛宇的《推拿》將目光深切地投射到一個黑暗的世界。這個黑暗的世界卻充滿了友善、理解和另一種感知世界的方式：那些盲人的手上長著一雙光明的眼睛。題材的獨特和處理得別有新意，使 2008 年庸常的長篇小說不再那麼灰暗；刁斗的《我哥刁北年譜》，應該是刁斗多年來最好的作品。一個平常而邊緣的人物經歷或目睹了無數巨大的歷史事件，個人命運既在家國之內又在歷史之外。細節的精妙和行文的幽默，使小說舉重若輕從容不迫；黨益民《石羊裏的西夏》，猜想了八百多年前，党項人的西夏王朝被強悍的成吉思汗消滅，一個王朝就這樣一去不復返。然而，歷史的記憶卻沒有因此消失。作爲党項人後裔的作家在亦眞亦幻、虛實相間的生動描述中，再現了一個王朝或金戈鐵馬、或似水柔情的過去。無論是憑弔還是緬懷，都因小說豐富的想像和異族文化知識給人留下了深刻的印象；青年作家房憶蘿的《我是一朵飄零的花》，從一個方面敘述了商品經濟的飛速發展，對有些人是福音，對有些人卻是噩夢的歷史。小說眞實地記錄了東莞打工妹的生存處境和精神狀況。描摹了這些飄零者屈辱的經歷和成長歷程，其筆法如寫實。

2008 年爭議最大的作品之一是閻連科的《風雅頌》。這部書寫大學當下生活的作品一問世，便引起了巨大波瀾。「清燕大學」、「美女博導」等引來了蜚短流長。對楊科作爲一個知識分子形象的詰問也接踵而至。閻連科是一個著名的現實主義作家，也是一個長於以荒誕技法處理人物和事件的作家。但是，我更願意將《風雅頌》作爲一個寫意作品來讀。人文知識分子的處境和他們精神空間的整體陷落，已經是一個不爭的事實。作品雖有誇張，但在思想和精神層面，仍是這個群體意味深長的寫照。如果說小說有問題的話，我以爲對大學生活的具體描述上不那麼切近，還是一個遠觀大學的人在寫大學生活。下面我對幾部長篇小說具體評價如下：

一、《無土時代》：對「現代性」的質疑

在「全球化一體化」的時代，中國仍然是一個獨特的存在。這個獨特不止是「中國特色的社會主義」，同時它還是全球最大的文化實驗場。事實的確如此，在當下的中國，要找到任何一種文化形態或存在方式都不是困難的，也正因爲如此，形成了整體性闡釋中國的焦慮，這也是西方在指認中國時不說則已，一說就錯的原因。因爲幾乎難以找到一個可以代表、概括中國整體性的具體形象或概念，所以任何一個隨意的指認說它是中國，肯定是錯誤的。不要說是西方人，就是我們對自己期待並參與創造的這個現代性，也時常陷入迷茫、困惑或捉襟見肘詞不達意。這種迷茫或困頓，在某種意義上也是今天文學創作的一個對應性的隱喻。表達這種迷茫和困頓的作品現在已經不多

見，因為表達當下是困難的，很多作家，包括一些功成名就的作家，為躲避風險和困難已經遠離了對中國現實的書寫。但恰恰是這些隱含了作家深切憂患和不安的作品，與我們有了內心的交流，因為他們的隱憂與我們有關。

趙本夫的《無土時代》就是這樣一部作品。就像準確地概括這個時代是困難的一樣，要想整體性地概括這部作品也幾乎是不可能的。趙本夫試圖理解和表達的這個時代，是關於傳統與現代、城市與鄉村、男人與女人、愛情與道德已經陷入迷茫和困頓的時代：木城，這個中國現代性的表徵，每天夜晚都在「燃燒的大火」幾十年不熄，就像丹尼爾・貝爾在飛機上觀察到的那樣，這個「大火」是現代都市的表徵。但在敘事者那裏它卻是讓人厭倦甚至憤懣的都市「火焰」。小說一開篇就表達了對都市的態度，但這僅僅是開始。然後小說以兩個「尋找」為線索：青年女編輯穀子尋找作家柴門，村長方全林尋找天易。這兩個線索推動著小說的展開。於是敘事人發現了城市包裹著無人知曉或清楚的巨大秘密。城市生活早已不能整合，它碎片般地散落在我們面前，荒誕的筆法和情節以本質的眞實再現了都市生活的荒謬和瑣屑；而想像的鄉村業已破敗，它的田園牧歌早已成為過去。無論是城市還是鄉村，在一個「無土」時代，都在無根地漂流，沒有方位、沒有目標也沒有歸期。因此，《無土時代》是一部滲透了悲涼、憂傷或失落的作品，是一部對現代性的無限膨脹、沒有節制的憂心忡忡又萬般無奈的作品。

穀子尋找的「柴門」，是一個虛擬的符號，他浪跡天涯居無定所，只是因為對鄉村的書寫引起了出版社的興趣。因此尋找柴門在小說中是一條比較虛的線索，這也為一個青年女編輯的「尋找」之旅提供了開放式的空間；方全林尋找的天易是一個實的線索，但他必須到城裏去找。於是，一個城裏人漫無邊界地去找一個虛擬的符號，一個鄉下人要到城裏尋找一個具體的人。這不同的尋找目標和方式，本身就是一個隱喻：城市的目的是虛無的，但不遺餘力；鄉村的目的是具體的，但又撲朔迷離。這兩個不同的尋找歷程所發生的一切，構成了我們現代性的圖景。在穀子的線索上，布滿「懸疑」，猶如武俠小說的「尋仇」，在似與不似之間柴門一如孤魂野鬼難見眞面目；而天易在方村長的全力努力下亦無消息。小說的結構和文學性就這樣在趙本夫的筆下充滿了誘惑和迷人的魅力。

在設置的平行敘事視角上，敘事人不比我們知道的多。但在情感層面，敘事人對傳統、鄉村的情感要遠遠大於城市。天易和梁豔豔在「大串聯」邂逅的描寫、天易與梅老師的師生戀、方村長的個人操守等，在無意間成爲贊美或嚮往的對象；而城市的陰暗和焦慮充斥著每一個角落：不斷變換女友的男編輯、告密者、敲詐男人的賣淫者、酒吧裏的男妓、弄虛作假的官員等等。即便是方全林村長對「麥子」實施的是一次想像的鄉村對「城市」的「強姦」，這個「強姦」還是失敗了，「麥子」不僅享受了「原始的性愛」，而且敢於公開發表在報端炫耀，方村長只能又一次陷於莫名的不解甚至「被強姦」的感覺。就像木城終於種上了「三百六十一」塊麥田一樣，看似是天柱的勝利，但最終還是一場難以命名的鬧劇。綠色是城市喜歡的，但麥苗不能成爲麥子，一旦麥子被識別出來，就不能容忍。這個隱喻就是城市不能容忍農耕文明，不能讓傳統文明在現代文明的環境中有立錐之地。因此鄉村的失敗幾乎是難以改寫的。

傳統的鄉村是「即將消失」的鄉村，「那時大夥的心不散『心思還在土地上』外出掙錢回來，還是爲了蓋房置地，草兒窪是他們永遠的家。可現在不對了，外出打工的人，頭幾年掙了錢還回來蓋房、買化肥農機，後來就不在房屋土地上投錢了，因爲他們看到外頭的城市，漸漸就不想回來了，不回草兒窪還蓋新房幹什麼？還在土地上投什麼鳥錢？不如攢起來，有一天也在城市裏落戶安家。差不多十年了，草兒窪再沒有添一口新屋，看上去一片破敗景象『老屋搖搖欲墜，一場大風雨』總會倒幾口老屋。」這是鄉村中國的縮影，但那還是外部景象；當方全林方村長決心要娶的因不能生育被安中華拋棄的鄉村婦女劉玉芬，也不過是希望通過和方村長睡覺證實自己有生育能力，如果嫁給村長她還嫌棄村長「老了些」，她還是離開了草兒窪遠走他鄉。方村長成了一個古老的東方寓言，這個恪守傳統、盡心盡職的村長，這個既爲鄉村女性性生活擔憂，又爲離鄉的打工村民操心的好村長，事實上他什麼都解決不了。現代性就是一條不歸路，離開的村民不會再回來，回來的、見過城市世面的村民還會離去。那個只可想像而再難經驗的鄉村就這樣與我們漸行漸遠，無論城裏人還是鄉下人，這些都有著頑固鄉村記憶的中國人，無論今天對鄉村如何渴望、對田園生活多麼流連，可以肯定的是，我們想像的那個鄉村已不復存在。也正因爲如此，《無土時代》包括它的讀者，才對鄉村充滿了感傷式的憑弔和追懷。

穀子和方全林是否找到了各自的對象已不重要，重要的是他們殊途同歸，他們尋找的竟然是同一個人。而那個柴門、天易居然就是那個面目不清亦眞亦幻的石陀。但石已不是柴門更不是天易了，一切都已成爲往事。現代性就是如此無情，無論是它的理性還是非理性。這就是我們追求或不得不回應的那個現代性的兩面性：我們可以批判、可以分析、可以想像更好的現代性，但有一點我們是無奈的，那就是我們還必須或不得不忍受。在這個意義上，《無土時代》既是一篇充滿趣味的小說，同時它也是一部質疑現代性的啓示錄。

二、《風聲》：在雅俗之間

《風聲》在當下的長篇小說創作中，是一部在雅俗之間的作品。一方面，小說創作正受到來自社會不同方面的詬病，「文學之死」的聲音也此起彼伏。在這樣的文學處境中，《風聲》一出洛陽紙貴；一方面，小說中的「老鬼」李寧玉的慘烈而死，使這部險象環生絲絲入扣的小說，成爲一曲英雄主義的慷慨悲歌。人物和作品一起在絕處拔地而起。因此是一部絕處逢生的作品。

値得我們注意的是，作品表達的生活與麥家沒有關係。麥家的出生距風雨飄搖的中國還相當遙遠。是一部電影、一個「殺人遊戲」、一個教授的「敘述」，點燃了麥家的靈感。它的仿眞性，與「賈雨村言」如出一轍。但亦眞亦幻的仿眞性書寫以及對具體細節的描繪和人物心理的刻畫，顯示了麥家虛構故事的能力和掌控、駕御小說的才華。節奏緊湊，推理合理的情節，使這部張顯智慧的小說令人興致盎然興奮不已。所有的人物都是面對面的，但究竟誰是肥原要尋找的那個「老鬼」，每個人都在被懷疑和猜測之中。這個封閉的環境和結構，與流行的「殺人遊戲」極端相似。但作品中不同的人物的不同的表現，使「懸疑」眞假莫辨撲朔迷離。但小說並非僅僅是一部好玩的遊戲或智性的展示。它更是一部英雄主義的悲歌。在一個沒有英雄的時代，麥家書寫了我們期待和想像的革命時期的孤膽英雄。這個英雄可以說是在國家民族意義上的宏大敘事。這時我想到，在「宏大敘事」經過「祛魅」之後，意識形態「迷思」瓦解之後，包括宏大敘事在內的文學表達，仍然可以寫出傑出的作品。或者說，在超驗的想像中，過去的歷史仍然能夠得到合理的再現。麥家的經驗證明了這並非是理論預設。

更重要的是，《風聲》是一部有是非觀、價値觀和歷史觀的小說。當下中國文藝之所以遭到詬病乃至怨恨，在我看來主要是沒有是非觀和價値觀。與《風聲》在題材上類似的是剛剛播映過的李安導演的電影《色・戒》。這是一部漢奸電影，或為漢奸開脫、理解、體諒漢奸的電影。但在大陸播映後，更多質疑和談論的卻是因為剪切了 12 分鐘的床上激情戲。這本是李安面對歷史迷茫、或沒有能力處理歷史而轉移注意力的情慾肉搏。而李安在大歷史面前對個人猶疑、妥協或軟弱的過份理解和同情，卻鮮有論及。歷史觀的混亂使這部電影喪失了它應有的價值和所能達到的高度。與之相比較，《風聲》是一部有價值立場、有是非觀的作品。它在險象環生命懸一線的情節中，表達了一個革命者的莊重情操，維護或捍衛了文學的最高正義。麥家對文學「遊戲說」的理解有它的合理性，因為文學有它的娛性功能。文學也不負有證實歷史具體細節的義務，那是歷史學家的事情。但是，文學必須有它的歷史觀。如果不是這樣，那麼文學中的歷史就是可以隨意建構和想像的。

如果說對《風聲》還有什麼不滿足的話，那就是因間接經驗而帶來的兩個方面的不同問題。一方面，我欣賞麥家敢於書寫間接經驗。當下小說的直接經驗太多，大都是與生活沒有距離的直接反映。另一方面，間接經驗也會帶來想像力的挑戰或考驗。李寧玉、顧小夢、吳志國、王田香們的內心衝突、矛盾以及人性的多面性，並沒有得到更充分的展開，他們的心理經驗少有描繪。於是，關於文學元理論究竟應該如何理解，比如文學與生活的關係、直接經驗與間接經驗的關係等，顯然由於《風聲》的發表，再次面臨著被質疑與重新闡釋的問題。

三、《天命》：關中風情的精美描繪

石竹的《天命》是一部自敘傳式的長篇小說，也是主人公仁海生的成長史、奮鬥史和情愛史。小說將共和國的風雲變幻和人物的歷史命運密切地結合在一起，為人物的成長及命運變化提供了堅實的社會基礎和環境。但《天命》並不是通過人物命運演繹國家民族或現代性「不確定性」的宏大敘事，而是著意個人命運的書寫，在偶然性中合理地寫出了人物命運的必然性。家庭出身是不能選擇的，它的偶然性是不能抗拒的，但出身問題在過去的時代決定了人的命運卻是必然的。有趣的是，仁海生雖然命運坎坷，但卻「情場得意」。因此，《天命》也可以說是「一個男人和三個女人」的故事。

這一典型的通俗文學元素，本來可以演繹出情天恨海纏綿悱惻或感天撼地紅塵滾滾的男女情愛傳奇，但小說並沒有在這一層面上展開，它迴避了通俗文學的方式，矛盾更多的是在人物的內心展開。可以說仁海生除了在不同的兩性關係上得到短暫的滿足或快樂之外，他並沒有發自內心的快樂，在感情上他負債累累，心靈上也傷痕累累，在情感上既愧對妻子二女，在婚姻上又難以滿足莘子和雅琦。因此，仁海生一生為情所累無論敘述人怎樣欣賞或理解，但這個主人公總是透著某種西門慶的味道但又沒有西門慶的膽量，他對三個女人都信誓旦旦，都不能割捨，或是憐憫或是情愛。對具體的人來說或許有可以理解之處，但作為一個想像、虛構的藝術形象，仁海生無論多麼痴情，他的情感裏還是缺少高貴的東西。他除了疲於應對，最感興趣的就是床笫之事。這就是為什麼仁海生有西門慶的氣息，而沒有《查太萊夫人和他的情人》的高貴氣息的原因。當然，誠如程海先生所說，仁海生不是梁生寶、高大泉或楊子榮，他只是一個隨波逐流、放縱性情，搖曳多姿書寫人生的一個普通青年。但對人物情感或情愛等私秘領域的展示，還應該是健康、俊美和坦白的情感，但仁海生幾乎是一個情感的「地下工作者」，因此，我覺得《天命》寫的比較好的不是人物和故事，這種情感狀態在這個時代已不新鮮，但它畢竟不是令人欣賞的情感方式；故事因有「自敘傳」性質，所以與現實貼的太緊，故事結構和修辭都顯得太實，缺乏空靈和飄逸。這是小說的不足。

四、《八月狂想曲》：青春中國的傲骨柔情

「奧運」，在當下中國曾是一個出現頻率最高的關鍵詞之一。

「奧運」題材是「宏大敘事」，多年來，「宏大敘事」一直處在被解構的處境中。這是緣於文學關注自身的考慮，也是文學避免過於依附政治的策略性手段。但是，文學與社會政治的關係是難以徹底擺脫的。因此，當政治全面掌控文學的時候，「宏大敘事」必須解構；當文學獲得了自治的可能和自由的時候，文學有責任去表達它對國家民族事務的關懷。《八月狂想曲》是作家徐坤參與、介入奧運的主動選擇。但是，參與介入的激情還僅僅是開始，如何使奧運題材落實為具體的文學作品，文學性要求和文學元素的考慮就成為第一要義。這才是對作家構成的眞正挑戰。有趣的是，徐坤避開了北京這個奧運的主戰場，而是將小說的背景設定在東北的一個協辦城市，以奧運場館建設為核心，圍繞這個事件發生的各種事情，出現的各種人物，以及其間的多種不確定性，構成了小說豐富的內涵和文學的可讀性。

奧運場館建設不是已然的歷史，它是正在發生的歷史事件。已然的歷史因為距離而變得清晰，為話語講述提供了巨大的空間；但正在發生的歷史事

件充滿了不確定性，這個不確定性恰恰是文學的魅力所在。我們不知道曠副市長將有多大的作爲，不知道東湟河體育場的拆遷在球迷們的阻止下是否能夠進行下去，也不知道二人轉演員出身的崔英姿是否按時搬遷，當然也不知道曾經的奧運冠軍崔國旦後來會墮落爲一個粗俗不堪的名利之徒。這些不確定性因素使「八月狂想」撲朔迷離一切未卜。更值得注意的是，徐坤的宏大敘事是建立在普通人日常生活基礎上的，在任何重大的歷史事件面前，總有世道人心的集中呈現。普拉尼、小土豆、崔英姿這樣的球迷或市民並不是橫行鄉里的「刁民」，他們樸素的情感裏也有合理性的東西。徐坤對這些人物的熟悉，甚至對某些「原型」的戲仿，使小說趣味横生。對臺灣星姐曠美芬舉手投足的描摹、對曠家老少看曠乃興眼神的捕捉等細節，既是眞實的也是象徵的，它顯示了徐坤對世風的洞明、對當下生活的熟知。

小說對高層管理者的心態、鬥爭，對經濟核算、招標、土地置換、銀行貸款等的描寫，宏大但不抽象，我們不熟悉的這些領域和知識，在徐坤文學化的書寫中被形象地告知。恩格斯當年曾慨歎在巴爾扎克的小說中比在經濟學家的著作中學到的東西還要多，徐坤不是巴爾扎克，我們也不是恩格斯，但我們確實在《八月狂想曲》中讀到了許多需要專業學習的東西。這些知識徐坤也是需要伏案解決的。但如果沒有這些知識性的背景，這個宏大敘事是不能完成的。這些和普通人很難建立聯繫的生活雖然與我們很遙遠，但它又是支配這個時代生活最重要的主導性力量。無論我們是否喜歡。

《八月狂想曲》的語言修辭，使我們又看到了徐坤前期小說的鋒芒，它凜冽犀利徹入骨髓，如八月驕陽如臘月北風。一個人物幾筆就纖毫畢現惟妙惟肖。人物的喜劇色彩是徐坤小說最大的特色。《八月狂想曲》是一次「正面強攻」的文學寫作，因此也是一次歷險的寫作，是一次涉度關山萬重的寫作。

五、《雙手合十》：世俗欲望與終極關懷

速度，在這個時代幾乎決定了一切：速度就意味著更快、更強、發展、前進，意味著人類超越極限的無限可能性。但是，奧運冠軍牙買加人博爾特速度的目標就是一百米和二百米的終點，那麼，人類社會、人的心靈目標究竟是哪裏呢？速度能夠解決人類面臨的困境、尤其是精神困境嗎？在速度神話的時代，文學也搭上了這趟早班車，但它不是附庸風雅與時俱進，而是隨波逐流別有所圖。只要看看我們每年生產的大片文學泡沫，文學「速度」的

意義就大白天下。當然，我們不是哈羅德・弗羅姆所說的「憎恨學派」而對文學泡沫懷有深仇大恨，當這類亞文學能夠滿足另外群體閱讀需要的時候，未必不是一件好事。但必須把它與眞正的文學做出區別。

這時我想起了作家趙德發。趙德發的文學幾乎沒有速度可言，如果說有也是緩慢或漸進的。他曾長期凝視著他熟悉的中國鄉村，沉浸在土地的書寫之中，是當代中國書寫土地的聖手之一。他的「農民三部曲」——《繾綣與決絕》《天理暨人欲》《青煙或白霧》，奠定了他當代文學創作堅實的地位。特別是《繾綣與決絕》的文學成就，還沒有得到批評界充分的注意和研究。趙德發對中國農村社會歷史進程的深切思考、對鄉土中國超穩定的鄉風鄉俗和倫理秩序的生動描摹，使他的創作深厚而富於本土特徵。當然，就在他創作「農民三部曲」的時代，中國的社會生活已經發生了重大變化，曼妙性感的文學似乎要與商品經濟一道徹底清算老派文學的「專制」，「新主體性」和「新自由主義」在不斷創造時尚的同時，也不作宣告地全盤佔領了文學市場。但是「娛樂至死」的承諾帶來的並不全是福音。更多的人群是守候在電視機旁或內容空洞的大片尋找幸福，在煙霧繚繞的酒吧或麻將桌前尋找刺激。於是，1980 年代潘曉曾在《中國青年報》上發出「人生的路啊爲什麼越走越窄」的困惑與迷惘，再次被我們遭遇時則變成了「心靈的歸宿爲什麼越來越難尋」。當然，類似的問題事實上一直沒有解決。不同的是，當年一代青年的思想迷惘已被當下所有的人所感知。物質生活的極大豐富，沒有、也不能替代人的精神需求，人對終極關懷的需要是任何物質生活難以取代的。趙德發生活在當下的語境中，這一切當然也同樣被他所感知。於是，趙德發暫時離開了對土地的書寫，他選擇了表達或處理關乎靈魂與精神的問題。《雙手合十》大概就是在這樣的背景下創作的。

《雙手合十》按照作者的闡釋是：將寺院的宗教生活和僧人的內心世界加以展示，將當今社會變革在佛教內部引起的種種律動予以傳達，將人生終極意義放在僧俗兩界共同面臨的處境中做出追問。這一抱負不可謂不宏大。應該說趙德發在相當大程度上實現了他的期許。在我看來，這是一部兼具形上與形下，關乎世俗欲望與終極關懷，俗僧兩界同在的作品，是一部探索紅塵與彼岸、淺近與高遠、節操與情懷的作品，是一部眞實表達兩個世界複雜性的作品。

《雙手合十》並不是要講述佛魔兩界的故事，也不止是呈現神秘世界的奇觀。在我看來，小說在整體上是一個寓言。趙德發要表達的是，在當下的語境中，雖然人心無阪依心靈無寄託，但信仰是一件多麼艱難的事情。塵世間有世俗歡樂，但欲望無邊就是苦難；信仰讓人超然度外心靈安寧，但又可望不可及。這是悖論也是矛盾。因此，《雙手合十》所要追問和遭遇到矛盾，就是我們當下共同的困惑和矛盾。在形上思考遠離我們多年之後，突然閱讀《雙手合十》，其震撼猶如醍醐灌頂，它讓我們思考的是，我們究竟要去哪裏，速度眞是這個時代的神話嗎？

趙德發潛心多年，遍訪古剎名寺，熟讀佛教書籍二百餘種。在當代作家和小說創作中，我還不曾見過有如此恒心用五年時間瞭解這個陌生的世界，還不曾讀過有如此豐富佛教知識的小說作品。尤其當他將兩個世界在小說中同時出現的時候，這種比較就意味深長。我們也許會說，現代社會仍在飛速向前，沒有人回答佛教是否能夠解救現世的精神歸屬問題，但是，作爲傳統文化的重要組成部分，作爲重要的精神文化資源，趙德發顯然希望和呼籲我們向後看看，哪裏是精神出路可以探討，重要的是要有探討的意願和願望。在我看來，《雙手合十》的旨意就在於此。因此，趙德發在當下的文學速度中，不在最前面，他在最深的那一層。

六、《陌生人》：從外部世界到內心世界

從《誰的身體》和《虛構的時代》起，吳玄開始轉向了與內心世界相關的文學敘述。但實事求是地說，這時的吳玄所要表達的東西在思想上還是朦朧的，他只是隱約找了一個令他興奮不已、能夠表達心理經驗的文學入口。吳玄寫得很慢，我想他可能是在等待那個朦朧的東西逐漸變得清晰起來。於是，我們讀到了《同居》。這部小說最初被命名爲《新同居時代》。這部中篇小說對吳玄說來重要無比，他開始眞正地找到了「無聊時代」的感覺，何開來由此誕生。何開來這種人物我們也許並不陌生：德國的「煩惱者」維特、法國的「局外人」阿爾道夫、默爾索、「世紀兒」沃達夫、英國的「漂泊者」哈洛爾德、「孤傲的反叛者」康拉德、曼弗雷德、俄國的「當代英雄」畢巧林、「床上的廢物」奧勃洛摩夫、日本的「逃遁者」內海文三、中國現代的「零餘者」、美國的「遁世少年」霍爾頓及其他「落難英雄」等，他們都在何開來的家族譜系中。因此，「多餘人」或「零餘者」是一個世界性的文學現象。值得我們注意的是，當中國的「現代派」文學潮流過去之後，「多餘人」的形象

也沒了蹤影。爲什麼在這個時候吳玄逆潮流而動，寫出了何開來？

吳玄對何開來的家族譜系非常熟悉，因此，塑造何開來就是一個知難而上正面強攻的寫作。哈羅德・布魯姆早就討論過「影響的焦慮」的問題。他認爲任何一個作家都會受到前輩文學名家和經典作家的影響，這種影響正如弗洛伊德所說的那種「熟悉的、在腦子裏早就有的東西」，這種影響構成了巨大的約束和內心焦慮。能否擺脫前輩大師的「影響」並創造出新的經典，對作家來說是眞正的挑戰。但同時布魯姆也指出，沒有文學影響的過程，沒有一種令人煩惱的學習傳統的過程，就不會有感染力強烈的經典作品的誕生。因此，「影響的焦慮」說到底還是一個傳統與創造的問題，或者說是一個繼承與創造的問題。也許正是這個「陳詞濫調」有力地區別了當下諸種時髦的理論批評。比如女性主義批評、新馬克思主義批評、新歷史主義、拉康的心理分析、解構主義等。這些新的批評理論被布魯姆統稱爲「憎恨學派」。因爲這些憤世嫉俗的批評話語就是要顚覆包括文學作品與批評在內的所有經典。吳玄對這些問題很清楚，但他一直有自己獨立的看法，他說「我寫的這個陌生人——何開來，可能很容易讓人想起俄國的多餘人和加繆的局外人。是的，是有點像，但陌生人並不就是多餘人，也不是局外人。多餘人是 19 世紀批判現實主義的產物，是社會人物，多餘人面對的是社會，他們和社會是一種對峙的關係，多餘人是有理想的，內心是憤怒的；局外人是 20 世紀存在主義的人物，是哲學人物，局外人面對的是世界，而世界是荒謬的，局外人是絕望的，內心是冷漠的；陌生人，也是冷漠絕望的，開始可能是多餘人，然後是局外人，這個社會確實是不能容忍的，這個世界確實是荒謬的，不過，如果僅僅到此爲止，還不算是陌生人，陌生人是對自我感到陌生的那種人。」「對陌生人來說，荒謬的不僅是世界，還有自我，甚至自我比這個世界更荒謬。」（《陌生人》自序）何開來和我們見到的其他文學人物都不同，這個時代幾乎所有的人物對生活充滿了盎然興趣，對滾滾紅塵心想往之義無返顧。無邊的欲望是他們面對生活最大的原動力。但何開來對所有的事情都沒有興趣，生活彷彿與他無關，他不是生活的參與者，甚至連旁觀者都不是。

長篇小說《陌生人》可以看作是《同居》的續篇，也可以看作是吳玄個人的精神自傳，作爲作家的吳玄有表達心理經驗的特權。《陌生人》是何開來對信仰、意義、價値等「祛魅」之後的空中漂浮物，他不是入世而不得的落拓，不是因功名利祿失意的委頓，他是一個主動推卸任何社會角色的精神浪人。一個人連自我都陌生化了，還能夠同什麼建立起聯繫呢。社會價值觀念是一個教化過程，也是一種認同關係，只有進入到這個文化同一性中，認同社會的意識形態，人才可以進入社會，才能夠獲得進入社會的「通行證」。何開來放棄了這個「通行證」，首先是他不能認同流行的價值觀念。他既不同於何雨來，也不同於何燕來。因此在我看來，這是一部更具「新精神貴族」式的小說。吳玄是將一種對生活、對世界的感受和玄思幻化成了小說，是用小說的方式在回答一個哲學問題，一個關於存在的問題，它是一個語言建構的烏托邦，一朵匿名開放在時代精神世界的「惡之花」。在這一點上，吳玄以「片面的深刻」洞穿了這個時代生活的部分本質。有思考的能力的人，都不會懷疑自己與何開來精神狀態的相似性，那裏的生活圖像我們不僅熟悉而且多有親歷。因此，何開來表現出的是一個時代的精神病症。如果從審美的意義上打量《陌生人》，它猶如風中殘荷，帶給我們的是頹唐之美，是「今宵酒醒何處，楊柳岸，曉風殘月」的蒼茫、無奈和悵然的無盡詩意。因此，因爲有了《陌生人》，使吳玄既站在了這個時代文學的最前沿，同時使他有可能也站在了文學的最深處。我可以不誇張地說，這是很長一段時間以來我讀到的最具震撼力的小說。

七、《泥太陽》：「外來者」與鄉村社會

20 世紀以來的中國的文學，在歷史敘述中逐漸形成了文學的主流。這個主流不是意識形態意義上的主流，而是題材意義上的主流。中國社會在本質上是「鄉土中國」，作家的文化記憶和文化經驗幾乎都與鄉土有關；另一方面，中國革命的勝利，主要依靠的是農民的力量，新政權的獲得如果沒有廣大農民的參與是不能想像的。因此，對鄉村中國的文學敘述，不僅有中國本土的文化依據，同時有政治依據。或者說，它既有合理性又有合法性。這種現象，使中國作家對鄉土中國或「農村題材」的創作積累了極爲豐富的經驗。因此，一般說來，與鄉土有關的小說創作，起點都比較高，都相對成熟。這一點我們只要與關於城市經驗的文學創作相比較就一目了然。

潘靈的長篇小說《泥太陽》，也是一部書寫當下鄉村社會狀況的作品。小說主角路江民以一個「建設社會主義新農村指導員」的身份，進入到偏遠的泥太陽村。這個角色不僅喻示了小說的當下性，使小說與最新的意識形態動向相縫合，在保證「政治正確」的同時，也確定了小說的敘事視角：路江民

是一個「外來者」，一個鄉村社會的「他者」。但於封閉、偏遠又極端落後、複雜的泥太陽村來說，路江民無疑又是一個拯救者。這個敘事模式，與我們常見的土改文學、工作組文學等並沒有太大的差異。就像《太陽照在桑乾河上》的工作組進入暖水屯、《暴風驟雨》中的工作組進人光腚屯、《林海雪原》中的小分隊進人夾皮溝一樣，他們都是「救星」，是拯救民眾於水火的希望。路江民替代前任女博士來到泥太陽村以後，所做的一切，於他的前輩形象們並沒有更多的區別。調查情況、訪貧問苦、尋找資金、架橋修路、改良品種，然後與鄉村女青年談戀愛。這個敘事模式與《創業史》或《艷陽天》不同：梁生寶和蕭長春是土生土長的鄉民，他們對蛤蟆灘或東山塢瞭如指掌，柳青和浩然可以選擇全知敘述視角，表達了他們對鄉土社會的熟悉和自信。《泥太陽》的文學或社會學意義並不在於如何描述了路江民怎樣努力改變鄉村的貧困狀況，在怎樣的程度上適應了當下中國對「三農」問題的關注。如果是這樣的話，這些信息我們在新聞、在其他社會學的文獻中都可以看到。因此，我更關注的不是小說敘述的主幹，不是對路江民形象的刻意塑造，而是小說在細節上的精彩描繪。無論是否經意，小說都在不同的細節上透露了鄉村中國真正的危機。這個危機不止是生存層面的，而更是精神的破產、價值觀的淪喪、維繫鄉村中國倫理、道德秩序的全面崩解和鄉風鄉俗的日漸惡化：商家的撤退使種植無糖蘿蔔的農民幾近失控，他們包圍了鄉政府，鄉長因此自盡身亡；泥太陽村唯一考上大學的鍾興旺，因大學畢業難以就業，憤怒地刺殺了招聘人員被判了死刑；馬天昊的老婆在貧困時可以相依為命，但馬天昊成為老闆後這個女人可以一夜輸掉40萬；鄭禿子因秋葉勸其老婆使用避孕套就訴諸暴力；鄉村的二流子李武還幻想著分富人的「浮財」。更不可思議的是，李武、王二及其家屬因在幻想中分「浮財」不均竟拳腳相向，釀成流血事件。這種暴力傾向在泥太陽村隨時都可發生。當巫師「黃疤子」在病中的路江民面前也裝神弄鬼妖言惑眾的時候，「人群中發出了憤怒的吼聲——把黃疤子抓起來！殺了黃疤子！打死他！」等。這些細節將泥太陽村的紛亂、無序和分崩離析的危機，形象而具體地呈現出來。

暴力傾向一觸即發，究竟是什麼原因使鄉村社會如此憤怒。貧困是暴力的源泉之一，但在小說中，精神的貧困和不平等也是導致這一傾向的重要原因。同是車禍遇難者，但縣政府的機關幹部獲賠20萬，而泥太陽村民的賠償只有七萬。這種生命的不平等性，就不是中國的城鄉差別、貧富差距和地區發展的不均衡性所能解釋的。這是一種巨大的仇恨，它使偏遠的泥太陽村幾近一個火藥筒，隨時都可引爆一樣。如果是這樣，那麼，小說內在的悖論就是難以解決的，一方面，泥太陽村的全部複雜性並不把握在救世者路江民的手中，作爲一個外來者，勢單力薄的他只能看到鄉村社會的危機，一旦他將救世的願望訴諸實踐的時候，後果一定是他始料不及的。在這方面，包括潘靈在內的試圖表達建設社會主義新農村的小說創作，都還沒有找到更好的途徑。

八、《妙音鳥》：在眞實與荒誕之間

張學東是近年來脫穎而出的 70 年代作家。70 年代的作家大多是這個時代的「異數」。普遍的評論認爲，這是一個沒有集體記憶的一代，是一個試圖反叛但又沒有反叛對象的一代。事實的確如此。當這一代人進入社會的時候，社會的大變動——急風暴雨式的革命已經成爲過去，「文革」的終結使中國社會生活以另一種方式展開，經濟生活成爲社會生活的主體。日常生活合法性的確立，使每個人都拋卻了意義又深陷關於意義的困惑之中；八十年代開始的「反叛」遍及了所有的角落，90 年代後，「反叛」的神話在疲憊和焦慮中無處告別自行落幕。不知道是幸還是不幸，不論「反叛」的執行者是誰，可以肯定的是，這一切都與 70 年代無關或關係不大。這的確是一種宿命。

於是，70 年代便成了「夾縫」中生長的一代。這種尷尬的代際位置爲他們的創作造成了困難，或者說，沒有精神、歷史依傍的創作是非常困難的。但是，任何事物都有例外。在我看來，同樣作爲 70 年代出生的青年小說家張學東，就是在這種尷尬或「夾縫」中實現突圍的。不僅在張學東過去的中短篇小說創作中證實了這一看法的成立，現在，我們讀到的這部長篇小說，進一步證實了這一看法並非誇大其辭。

《妙音鳥》是一部正面寫「文革」的小說。「文革」對張學東這代人來說已是遙遠的歷史，他只能憑藉間接材料或歷史文獻，敏銳地捕捉與題材相關的信息。對一個作家來說，這種挑戰無疑是巨大的。但是，讀過這部長篇小說之後，張學東超強的虛構能力和藝術想像力給人以信任和鼓舞。「妙音鳥」是個人面鳥身的神鳥，但在小說中這個意象卻意味深長。面對苦難綿延的歷史，鄉村的文化信念在默默地承傳，這既是作家的一種祈禱，也是對未來的一種祝願。

小說敘述的是西北地區一個被命名爲羊角村的地方所發生的人與事。在上世紀 50 至 70 年代特殊的歷史時期，這個窮困閉塞的鄉村經歷了天災人禍和無盡的劫難。在絕望和極端的生存與精神環境裏，也最能夠彰顯人性的善與惡。於是，虎大、牛香、秀明、廣種、三炮、苟文書、朱部長、糜子、紅亮、串串等人物接踵而至，他們一起上演了羊角村在這個特殊時代的歷史劇。這個偏遠的鄉村本來遠離政治中心，或者說政治中心所發生的一切與他們並沒有什麼關係。但奇怪的是，政治文化具有神奇的魔力，它用自己的魔法滲透到中國所有的城鄉角落，羊角村自然也不能幸免。但值得注意的是，在《妙音鳥》裏，關於時代的消息是通過羊角村的日常生活表現出來的。那些蝗蟲、狼患、瘟疫、疾病、旱澇、地震等自然災害造成的窮困、貧瘠、惡劣的生存環境，以及權力爭奪、欲望勃發的愚昧、原初、野蠻的精神狀況，都沒有或者也不能阻隔人與政治的關係。這時我們不得不想，是什麼力量使遙遠的普通民眾也被掌控在政治文化之中？當然，無論是苟文書還是那個朱部長，他們都是羊角村外來的「他者」，如果說是這些外部力量實現了對羊角村統治的話，是遠遠不夠的。在羊角村，一直有一個「超穩定」的鄉村倫理、鄉村秩序在起巨大的作用。無論政治環境如何，它們都在悄然地承傳和蔓延。

讀張學東的《妙音鳥》使我不由得想起加西亞·馬爾克斯的《百年孤獨》，這個比喻不是說這是兩部可以相提並論的小說。我想說的是，在《百年孤獨》裏，馬爾克斯也使用了大量的傳說、神話和荒誕不經的情節，他用「魔幻現實主義」做到了「化腐朽爲神奇」，不僅復活了馬孔多鎮的百年歷史，以至於深刻地影響了當代中國文學。《妙音鳥》中關於死人與活人的對話、村邊遊走的冤魂、復活的狼皮與主人在夢裏糾纏，凶惡的狼群一次次攻擊人群，卻對寺廟止步於敬畏，凡此種種。這些貌似荒誕的情節卻有著文化人類學的依據，我們總是用科學主義解釋一切，事實是，我們不知道的事物要遠遠多於我們知道的事物。也許科學主義只是解釋世界的一種方法或認識論。羊角村所發生的一切事件，既是一種傳說、虛構，同時也眞實地流傳、彌漫於羊角村的每一寸空氣裏。而這些荒誕的情節和眞實的日常生活，與那個時代恰恰構成了本質的同構關係。

《妙音鳥》這部小說的出現，還使我想起了前蘇聯的衛國戰爭題材。關於這個題材，蘇聯作家寫了幾代人，他們對歷史執著的表現、檢討的精神感人至深。但我們對重大歷史事件似乎都缺乏應有的耐心，或者說，缺乏足夠的把握能力和想像力。關於「文革」就是如此。張學東出生於70年代，他不可能經歷「文革」。但這個重大的歷史事件他卻有強烈的願望要去表達。僅憑這一點就非常了不起！

2008，這個災難不斷的年代，這個長篇小說庸常的年代已經過去。我期待新的一年，平安眷顧人民，靈感眷顧作家。

原文刊於《小説評論》，2009年第1期

文學的速度與作家的情感要求
——2008 年中篇小說現場片段

摘要：文學曾以「速度」表達著自己的變化，速度既是社會生活不確定性的反應，也是文學失去目標之後的錯亂。近年來，文學與讀者的關係正在逐漸或緩慢地建立。2008 年的中篇小說，速度感正在消失。它既延續了「底層寫作」的沒有間斷的潮流，同時提供了新文學想像和經驗。家庭、倫理內部的裂變給人以突出的印象，燈紅酒綠紅塵滾滾的表象掩蓋下的城市問題，令人震驚地浮出地表；城市病患者在利益、金錢、網絡中的掙扎和表演觸目驚心。密切聯繫現實中國的全部複雜性，是 2008 年中篇小說的最大特徵。

關鍵詞：2008 年中篇小說；精神遭遇；情感失序；都市經驗；跨文化經驗

2008 年，中國的改革開放整整走過了 30 年。30 年的變化如果用一個詞來形容，那就是「速度」。社會生活的飛速變化，我們只有停下腳步才能夠感知速度對我們意味著什麼。文學當然也是如此，30 年我們所經歷的文學場景幾乎難以全面描述，任何一種描述都會掛一漏萬。多變的文學和對文學多變的感慨，爲我們時代的速度做了形象的詮釋。但速度並非意味著一切，我們曾經歷的、也是發達文學國家早 10 年甚至 20 年就經歷過的文學革命，儘管情況並不完全一致，但命運卻是相同的：他們也只是「掀起了一些自我反省的潮流，結果卻失去了讀者」〔註 1〕。今天文學儘管也沒有太多的讀者，但可以肯定的是，那些嚴肅寫作的作家終於度過了文學危險的泡沫時期，眞正的文學正在與時代緩慢地建立聯繫。

這種聯繫與 2008 年中國獨特的遭遇有很大關係，除了全球性次貸危機引發的金融海嘯、股市樓市危機之外，冰凍災害、地震災害、洪水災害等，使中國成爲一個天災集中噴發的國家。包括全球性問題在內的「內憂外患」，使 2008 年的中篇小說少有歡娛而多爲憂思。這種憂思雖然不是針對災難，但災難的環境卻是重要的背景。從遠處說，30 年來我們在取得偉大成就的同時，也積壓了眾多的問題。作家面對這些問題的寫作就不應看做是一種可有可無的故作呻吟，它恰恰是這個時代某種意義上的鏡中之像，是作家情感和內心的眞實要求。

一、底層生存與精神遭遇

「底層寫作」是近幾年最重要的文學現象，關於這個現象的是是非非，也是文學批評最核心的內容。在我看來，與「底層寫作」相關的「新人民性文學」的出現是必然的文學現象。各種社會問題的出現，直接受到衝擊和影響的就是底層的邊緣群體。他們微小的社會影響力和話語權力的缺失，不僅使他們最大限度地付出代價，而且也最大限度地遮蔽了他們面臨的困境。也許正是因爲這一狀況，「底層寫作」才集中地表達了邊緣群體的生存苦難。但是，過多地表達苦難、甚至是知識分子想像的苦難，不僅使這一現象的寫作不斷重複，而且對苦難的書寫也逐漸成了目的。更重要的是，許多作品只注意了底層的生存苦難，而沒有注意或發現，比苦難更嚴酷的是這一群體的精神遭遇。因此，我曾不止一次提到，底層的處境更是這個時代的精神事件，馬秋芬的中篇小說《朱大琴，請與本臺聯繫》就是這樣的作品。

2006 年，馬秋芬的《螞蟻上樹》爲她帶來了極大的聲譽。她對建築工地上民工生存現狀和未來命運的關注和書寫，使她多年後重出江湖就站在文學的潮頭和高端。《朱大琴，請與本臺聯繫》延續了她對底層普通人關注的文學立場。不同的是，她不再刻意書寫這個群體難以爲繼的生存苦難，而是將視角投向了這個群體更難以捕捉的精神領域——他們的精神遭遇和境況。

〔註 1〕烏爾里希・呂德瑙爾：《文學與速度——從 20 世紀 90 年代至今日的德語文學》見《紅桃 J——德語新小說選》上海譯文出版社 2007 年 8 月版。

小說中一直流淌的是城市永不消歇的喧囂與躁動，馮主任、楚丹彤、翁小淳等都沉浮於都市紛亂又可以安全自轉的軌跡。他們辦兒童藝術團，組織大型電視節目，奮不顧身地爲朋友也爲交換而救場等。都市深處的生活場景就這樣掩藏於鋼筋水泥的森林和霓虹燈的陰影處。作爲一個外來的務工者，一個普通的家庭清潔工的朱大琴，對這樣的都市生活和場景一無所知。她原本就是一個城市的「他者」，一個不得不闖入城市謀生活的人。但一場意外的救場活動，使朱大琴終於和這座城市建立了「內在聯繫」。楚丹彤在朋友翁小淳的請求下，答應寫一首兒童朗誦詩《在愛的陽光下》。在與朱大琴的閒聊中楚丹彤找到了靈感，在「徵求」朱大琴「意見」時，她在誦讀中看到了朱大琴涌出的淚水。那首詩將農民工孩子受到的教育和成長過程，以極度誇張的修辭做了極端化的表達，農民工和他們的子女彷彿生活在天堂，他們過著城裏人應有的一切，而那一切都是城裏人給他們提供的。沒有識別能力的朱大琴，在這種充滿煽情的文字裏怎能不感激涕零。演出果然空前成功，嘉賓和觀眾淚光閃閃，連楚丹彤自己都被感動了。翁小淳爲了做一筆「更大的買賣」，爲了提高收視率，不惜讓楚丹彤找人「編觀眾來信」。朱大琴成爲「觀眾來信」的「執筆者」。電視臺在爲自己「造勢」的宣傳中，因爲朱大琴爲電視臺的「突出貢獻」要獎勵她一臺電視機。於是就有了「朱大琴，請與本臺聯繫」的故事。當然，朱大琴最後也沒有拿到那個獎給她的電視機，因爲「節目一期一結算，那期節目早就封賬」了。朱大琴反覆被利用，反覆成爲裝點城市「人性化」的道具和裝飾品，但她得到的除了被欺騙的淚水一無所獲。

《朱大琴，請與本臺聯繫》沒有著意於進城務工者慘不忍睹的生存狀況和永無盡期的苦難敘事，小說將朱大琴在城市遭遇的精神盤剝和尊嚴踐踏淋漓盡致地書寫了出來。在生存艱難的背後，朱大琴們還在承受著鮮爲人知的精神苦難，他們內心卑微的希望在城市規則那裏轉眼即逝。在這個事件中，同學、同事、朋友等關係群是最大的贏家：翁小淳的30萬落實了，楚丹彤的節目在電視上暢行無阻，馮團長的「小星星藝術團」也在電視上「多給時段」。他們共享資源相互利用，用時髦的話叫「雙贏」。他們密切結成的社會關係網、公共資源正在以不同渠道和形式被瓜分，行業壟斷和行業權力資本在「合理」、「合法」地兌換成金融資本。但這一切與朱大琴們沒有任何關係，都市合謀榨取了他們最後的資源，一切都順理成章，朱大琴還要含著眼淚表達她的感激和理解。在我看來，《朱大琴，請與本臺聯繫》開闢了「底層寫作」新的思路，它的深刻性將這一題材的創作提高到了新的高度。「底層」從生存苦難的寫作中被「解放」出來，但他們的精神苦難更令人觸目驚心。因此，朱大琴所經歷的城市生活就可以被理解爲一個精神事件。

如果這個看法成立的話，溫亞軍的《地衣》在這方面也有了大的突破。黃婷婷被母親拆散了戀情，被迫嫁給了鹵雜碎的何光華。何光華娶了黃婷婷便辭去了幫工，黃婷婷的身份是妻子，職能卻是一個幫工。但小說並沒有僅僅在黃婷婷的生存苦難上信馬由韁無限渲染，而是著重書寫了黃婷婷愛情的不幸和精神的空洞。何光華與寡婦馮微微的不清不白，激發了黃婷婷重新回到初戀情人高遠明的懷抱，但她不堪丈夫羞辱和坊間的飛短流長投河自盡了。小說呈現了底層日常生活的蒼白和無趣，爲了生存的日子沒有任何精神內容。也正因爲對精神依託的渴望與決絕，她才敢於用生命換取。《地衣》在這一點上顯然用了心思，因此，這樣的作品與此前渲染無邊苦難的作品有了巨大差異。

吳君的《念奴嬌》書寫的也是「底層生活」，它是對當下深圳移民生活的描摹。貧困的生活處境使姑嫂二人先後做了陪酒女，然後是妻離子散家庭破碎。這本是一個大眾文學常見的故事框架，那些場景也是大眾文學必備的元素。但《念奴嬌》的與眾不同，就在於吳君將這個故事處理爲姑嫂之間的心理和行動較量：先是有大學文化的嫂子輕蔑小姑的作爲，但嫂子一家，包括父母、哥哥都是小姑供養；小姑在不平之氣的唆使下，將無所事事的嫂子也拉下了水。不習慣陪酒的嫂子幾天之後便熟能生巧，一招一式從容不迫。小說沒有怨天尤人的深重苦難，也沒有遠在雲端的故作悲憫。它揭示的不僅是「底層」生活的狀態，更揭示了底層人的思想狀況——報復和仇怨。小姑報復了嫂子，同時也報復了哥哥——嫂子的出走使哥哥亦成爲孤家寡人。更值得注意的是嫂子楊亞梅的形象。這個貌似知識分子的人，墮落起來幾乎無師自通，而且更加徹底。在這個意義上，《念奴嬌》一箭雙雕一石二鳥，將屬於兩個階層人物內心的秘密一眼望穿，將欲望之上的面紗無情地抖落。

二、家庭、倫理與情感的失序

家庭是社會最基本的單元或細胞，但當下的家庭關係與傳統的家庭倫理關係相比，已經發生了重大的變化。這個變化不是突如其來的，而是漸進的、緩慢的，同時也是難以逆轉的。因此，當我們發現這個變化的時候，它不僅已經完成，而且是如此的令人觸目驚心。

孫惠芬生活在城市，但她的小說多半書寫鄉村。這既與她的文化記憶有關，也與城市文化至今尚未整合出有效的經驗有關。《致無盡關係》書寫的血緣和家族關係，與流行歌曲《常回家看看》製造的虛假溫情形成了鮮明的對比。現代性的過程早已將家族、血緣神話拆解得四分五裂分崩離析。「過年」團圓的習俗只是民間表達親情最後的形式，如果這個形式也瓦解了，鄉村中國的整體性就徹底解體了。《致無盡關係》恰恰在這個關節點上發現了問題，並產生了深刻的質疑。與這些「無盡關係」的接觸，不是盼待中的發自內心的喜悅、快樂或心心相印的親情，那種應酬、不得已的感受與社會其他應酬幾乎沒有差別，內心的眞實想法是盡快結束。但這個現實沒有人正視，它是被虛假維護卻再也不能整合的文化幻覺。這個秘密一旦被戳穿，我們不僅大吃一驚：這是我們要求的生活嗎？那曾經千百年敘述的家族關係眞的變成了這個樣子嗎？這「無盡關係」究竟帶給了我們什麼呢？「底層寫作」事實上所展示或呈現的問題是非常不同的。《致無盡關係》在民間文化層面上所要表達的可能更豐富得多。

林那北的《唇紅齒白》，秘密在當代家庭內部展開：一對雙胞胎姐妹陰差陽錯地嫁錯了人，本來屬於杜鳳的男人娶了杜凰。這個名曰歐豐沛的人官場得意無限風光，但在風光的背後，杜凰與其分居多年，在杜凰出國期間，歐豐沛誘姦了有求於他的杜鳳。杜鳳一次染上性病，矛盾由此浮出水面。杜鳳丈夫李眞誠不問妻子問妻妹，妻妹杜凰平靜地幫助姐姐療治。但此時的杜凰早已洞若觀火掌控事態：雖然分居多年，但歐豐沛仍然懼怕杜凰，從實招來。對杜鳳實施了「始亂終棄」的歐豐沛沒了蹤影，自慚形穢的杜鳳只能選擇離異。小說將當下生活的失序狀態深入到了家庭內部，或者說社會結構中最小的細胞已經發生病變，欺騙、欲望幾乎無處不在，任何事情都在利益之間展開，最親近的人都不能信任，家庭倫理搖搖欲墜危機四伏。不僅杜鳳走投無路，杜凰、歐豐沛、李眞誠又有什麼別的選擇嗎？林那北在不動聲色間將彌漫在空氣中的虛空、不安、無聊或無根的氣息，切入骨髓地表達出來，特別是對生活細節的處理，舉重若輕，不經意間點染了這個時代的精神際遇。

年輕的魯敏近年來風頭正健，她的《紙醉》的情節在年輕人的「心事」上展開，在沒有碰撞中碰撞，在無聲中潮起潮落，時有驚濤裂岸，時如微風扶柳。一家裏的兩兄弟同時愛上了女孩開音，大元的一曲笛聲、小元的幾個故事，都是項莊舞劍意在沛公。在尋常的日子裏，筆底生出萬丈波瀾。最後，還是「現代」改變了淳樸、厚道、禮儀等鄉村倫理，鄉村中國的小情小景的美妙溫馨在大世界的巨變面前幾乎不堪一擊轟然倒塌。當然，魯敏還不是一個純粹的「鄉村烏托邦」的守護者，她對鄉村的至善至美還是有懷疑的，啞女開音的變化，使東壩的土地失去了最後的溫柔和詩意。就作品而言，我欣賞的還是魯敏對細節的捕捉能力，一個動作或一個情境，人物的性格特徵就勾勒出來。大元愛著開音，他的笛聲是獻給開音的，但是，大元總是「等開音低下頭去剪紙了，他才悄悄地拿出笛子，又怕太近了扎著開音的耳朵，總站到離開音比較遠的一個角落裏，側過身子，嘴唇擨住了，身子長長地吸一口氣，鼓起來，再一點點慢慢癟下去。吹得那個脆而軟呀，七彎八轉的，像不知哪兒來的春風在一陣一陣撫弄著柳絮。外面若有人經過，都要停下，失神地聽上半晌。」小元也愛著開音，但他心性高遠，志氣磅礴，上了高中以後，「小元現在說話，學生腔重了，還有些縣城的風味，比如，一句話的最後一個兩個字，總是含糊著吞到肚子裏去的，聽上去有點懶洋洋的，意猶未盡的意思。並且，在一些長句子裏，他會夾雜著幾個陌生的詞，是普通話，像一段布料上織著金線，特別引人注意。總之，高中二年級的小元，他現在說話的氣象，比之伊老師，眞可謂出於藍而勝於藍了，大家都喜歡聽他說話，感到一種撲面而來的『知識』。」這些生動的細節，顯示了魯敏對東壩生活和人物的熟悉，她的敏銳和洞察力令人歎爲觀止。

近兩年來葛水平的創作發生了變化，她的筆觸從自己熟悉的鄉村生活開始向外部拓展。如果說《比風來得早》書寫了城鄉之間的差異或比較，最後還是將場景落實到鄉村的話，那麼，今年的《紙鴿子》則是一篇紮實的城市文化經驗的小說。我多次表達過，中國當下城市文化經驗還沒有整合起來，還沒有屬於我們的、獨特的城市文化經驗，這與我們的文化傳統、後發現代化國家的處境有密切關係。《紙鴿子》表現的生活，不能說是我們的城市文化經驗，但它卻深刻表達了在全球一體化時代我們遇到的眞問題：網絡綜合症。新媒體推動了民主化進程，方便了日常生活、情感生活和經濟活動，但網絡帶來的問題是伴隨著它的便捷一起走進我們生活的。文化研究在深刻地揭示網絡問題的同時，生活中的網絡問題早已發生。《紙鴿子》中何明兒、吳所謂母子慘痛的經歷就來自於網絡，它昭示了當下生活的豐富性、空洞性和複雜性。一切均不在我們把握之中，過去的經驗一夜之間成爲三代以上的古人。我們不能回到過去，但前程一切未卜，這就是現代性，《紙鴿子》所表達的經驗就這樣慘烈、殘酷又勢不可擋。面對新的事物、新的生活，成規已經失效，屬於我們的只有無奈又無助。這究竟是宿命還是我們的選擇？大概沒有人能說清楚。當然，作爲小說，《紙鴿子》不能也沒有必要提出解決方案，它將問題如此深刻、尖銳地呈現出來，將人物和情節如此驚心動魄地表現出來，已經精準地完成了小說的規定動作。

這些在家庭內部展開的故事，以最具體可感的形象和情感方式，告知了我們當下生活的豐富性和複雜性。這裡所發生的變化，是任何個人經驗都難以全面體驗的。但一旦將它們集合起來，在震驚之餘，我們眞有手足無措之感。

三、歷史、都市與跨文化經驗

2008 年中篇小說的豐富性無論我們怎樣敘述都難以周全，除了上述兩個方面之外，對歷史、都市經驗的書寫以及跨文化資源的書寫，也是一個令人矚目的文學現象。

鮑十的小說在敘述上一直不溫不火極有耐心。《我的臉譜》在敘述上一如《痴迷》和《我的父親母親》，但《我的臉譜》在溫婉的敘述中卻別有一種蒼涼，如秋夜月光如水，如秋風刮過田野。這是一個記憶、個人經驗的敘述，這個被命名爲陶興的主人公一出場就氣象不凡，先是和一個寡婦結婚，離婚後又娶了一個「剩女」。當了副處長之後被委派經商，從此走向了一條不歸路。生意失敗後，爲了躲債一直亡命天涯居無定所，一直生活在驚恐萬狀之中。小說始終以當事人陶興的視角講述，在不斷呈現的場景中，商場如戰場：逃亡與被追殺幾乎就是陶興生活的全部。陶興個人生活的紛亂和不確定，從一個方面反映或喻示了當下生活的動蕩或瞬息萬變。因此，《我的臉譜》雖然以仿眞的敘述講述了陶興個人的經歷，但在整體上卻是一個象徵的文本。

多年來，須一瓜的中篇小說充滿了荒誕和懸疑，她的小說既有先鋒文學的遺風流韻，又有明確無誤的時代特徵，但《大人》卻一改往日風範，小說以童年視角再現了並不遙遠的歷史。那是一個充滿激情和動蕩的時代，空氣中彌漫的都是革命的氣息，但孩子們的內心卻是無邊的寂寥和無助，沒有人走進他們的內心，沒有人眞正願意關心他們。童蓓的美麗、畸形的手臂和寂寥的內心，與那個革命的年代形成了巨大的反差。她渴望被理解和關注，當她被大人忽視甚至略去的時候，是小弟親吻了她畸形的手臂。那一刻無論於童蓓還是我們，該是怎樣的觸目驚心都不為過。另一方面，革命像戰爭一樣，總有一些心懷叵測的人，被壓抑了的欲望隨時可以極度膨脹。於是，「大人」對童蓓的侵犯並沒有因為革命時代而收斂或節制，「革命」傷害了孩子的身心，他們受到的是靈與肉的雙重傷害。最後這個孩子不得不遠走他鄉，讓人感傷不已。對那場革命的認識還沒有成為過去，「大人」製造的這一切給孩子帶來的創痛從來也沒有被關注。《大人》正是在這個邊緣區域發現了塵封經年的疤痕，卻原來，那一切並沒有消失在歷史深處。

曉航的小說一直卓爾不群別開生面，他有不同凡響的虛構和想像能力，他的小說有眞正的藝術家氣質。他在小說中異想天開但又心想事成，那些看似子虛烏有的事件就在似與不似之間：那是荒誕中的眞實，也是眞實中的荒誕。這篇題目怪異的小說《一張桌子的社會幾何原理》是我所見到的最具城市意味的小說。許多年來，我們還沒有整合出被普遍認同的城市文化經驗，但曉航的這篇作品，卻一眼可以讀出當下都市的味道：雖然情節或人物都略顯誇張——那個「未來學家」謝斌、手機製造商宋城，都是出色的幻想型演說家，但鼓動或輿論的力量，出色的狂熱分子的言辭，總會平息更多的「群氓之族」的衝動情緒，足以讓他們銷聲匿跡形消神滅。對「未來」懷有期待的「理想主義者」，對那些烏托邦的鼓譟者眞誠地著迷，對與未來有關的人與事都興致盎然。「每個人都有烏托邦夢想，這是人類的一大特點，是中性的。但是這個特點不能被無限放大，特別是不能把單純的想像直接放到社會實踐層面來無限制的執行，那會造成一種整體的瘋狂。」小說在揭示現代生活紛亂迷離無從把握的同時，塑造了一群現代病患者。小說在理性與感性的縫隙遊刃有餘，既是一齣生動幽默的情景劇，也是一齣蒼涼迷茫的悲劇。在整體構思和語言上，曉航的小說如在空中飛翔，上下翻飛有萬千氣象。曉航書寫的城市文化經驗在當下有特別重要的意義。

黃詠梅的《契爺》是對市井人物的再度書寫。契爺是個鰥夫，是一個沒落家族最後的香火，非但不能自食其力，還要自己的老妹妹伺候，為此這個妹妹終身未嫁。也就是因為契爺「命硬」，家長紛紛將自己的孩子「契」給他。契爺肮髒、愚鈍、其貌不揚，但契爺在他的時代還常常被人記起，家長面對契爺時，總須讓孩子喊一聲「契爺」。契爺不惹是生非，善良，孩子們經常捉弄他，但他不急不惱，還常將兩顆糖送給孩子。契爺不喜歡女人喜歡孩子，但契爺看到漂亮的夏凌雲時，似乎方寸有些亂，這說明契爺並不是不喜歡所有的女性。漸漸地契爺淡出了人們的視野，「國道」上不斷涌過各色人等：世道變了。漂亮的夏淩雲在小吃攤上做生意，有了身孕事主卻沒了蹤影。契爺不清不白地成爲眾人指責的對象。夏淩雲也對契爺耿耿於懷，只因爲契爺當年曾攔住了被追打的夏淩雲的情人，使她永遠失去了走向外界的可能。《契爺》是關於世道人心變遷、世風世情消長的小說。這樣的人物在當下的小說中幾乎鳳毛麟角。黃詠梅關注生活的方式和視角獨闢蹊徑，就在如此的邊緣地帶，敏銳地感知生活的眞實氣息。

與上述作品都不同的是袁勁梅的《羅坎村》，袁勁梅是遠居海外的作家，她的寫作資源與本土作家明顯不同。從查見英的《叢林下的冰河》開始，對兩種文化的比較是這種身份作家常見的思路。《羅坎村》就是在兩種文化之間，以文學的方式對一個根本性或永恒性的命題做了哲學的思考和論證。小說開篇引用約翰・羅爾斯《正義論》中關於正義的論述作爲題解——「正義是社會制度的最高美德，就好像眞理是思想體系的最高美德。正義是靈魂的需要和要求。」然後，發生在美國一個華人家庭的「虐待子女案」進入我們的視野。有趣的是，小說在描述這個案件的過程中，比照了中國的家族宗法制度，在對比中探討了中美文化的差異性和司法、倫理、社會公正等諸多差異。應該說，小說更多地意屬西方現代民主制度，對美國司法的公正性肯定的同時，也對其僵化和教條頗有諷喻；在批判中國傳統文化劣根性的同時，亦對羅坎村爲表意形式的中國文化領悟於心。此外，小說還涉及了全球化時代個人身份認同、宗教信仰、專制制度等諸多問題。值得肯定的是，這些抽象的觀念在小說中不僅具體可感，而且生動無比。小說的尖銳性、大氣象，在2008年的中篇小說中幾乎無出其右者，但小說觸摸的問題本來更適於理論探討，當用形象來表現的時候，難免有概念化的痕跡。

我在論述改革開放30年中篇小說成就時曾說，30年來中篇小說是這個時代取得的高端成就，上述評述從一個方面證實了這一看法並非虛妄。2008年的中篇小說甚至發展了這個文體的成就。因此，「中篇小說現象」是我們這個時代最值得研究的文學現象之一。

原文刊於《當代文壇》，2009第2期

歷史、現實與多元現代性

——2009 年長篇小說閱讀

2009 年，對文學現狀的整體判斷依然是毀譽參半莫衷一是。但「三分天下」說似乎引起了一陣波瀾：網絡文學對傳統文學的衝擊被認為是一大轉折。但事實遠沒有描述的可怕。網絡文學確實發展迅猛，但其中的問題不僅複雜，可能還越來越複雜。網絡文學眞要成氣候是許多年以後的事情。因此「狼來了」還僅僅是一種說法而已。2009 年長篇小說創作的實績會證實這一判斷並非虛妄。

09 年長篇小說有兩個「事件」性作品：一是張愛玲《小團圓》的出版，一是《廢都》的再版。北京十月文藝出版社在四月出版了張愛玲的《小團圓》，據悉，首印 30 萬冊頃刻銷售一空。出版宣傳指出「《小團圓》以一貫嘲諷的細膩工筆，刻畫出張愛玲最深知的人生素材，在她歷史中過往來去的那些辛酸往事現實人物，於此處實現了歷史的團圓。那餘韻不盡的情感鋪陳已臻爐火純青之境，讀來時時有被針扎入心的滋味，故事中男男女女的矛盾掙扎和顛倒迷亂，正映現了我們心底深處諸般複雜的情結。」一時間「張迷」們奔走相告。《小團圓》將經久不息的「張愛玲熱」推向了 2009 年的高潮。《廢都》無論以哪種形式重新出版，都是一個重要的事件，都會引起讀者和文學界極大的興趣和關注。無論 1993 年前後《廢都》遭遇了怎樣的批評，賈平凹個人遭遇了怎樣的磨難，都不能改變這部作品的重要性。我當年也參與過對《廢都》的「討伐」，後來我在不同的場合表達過當年的批評是有問題的，那種道德化的激憤與文學並沒有多少關係。在「人文精神」大討論的背景下，可能任何一部與道德有關的作品都會被關注。但《廢都》的全部豐富性並不只停留在道德的維度上。今天重讀《廢都》後記，確有百感交集的感慨。在其他場合，包括在文學會議或文學講座上，我都曾表達過：《廢都》一定會重新評價。這個看法，是源於對文化環境的分析和對《廢都》的重新認識獲得的。如上所述，在 1993 年代——社會大轉型的年代，道德化標準還是文學批評的標準之一。《廢都》中的性描寫的不合時宜是不難想像的。但是，經過十幾年之後，這部作品的全部豐富性才有可能重新認識。

《廢都》的重要我覺得主要體現在兩個方面：一、作爲長篇小說，它在結構上的成就，至今可能也鮮有出其右者。長篇小說是結構的藝術，很多長篇小說寫不好，不是作家沒有才華、沒有技巧和生活，主要是對長篇小說文體的理解有問題，也就是對長篇結構的理解有問題。但《廢都》在結構上無論作家是否有意識，都解決的很好；二、小說在思想內容上得風氣之先：賈平凹最早感受到了市場經濟對人文知識分子意味著什麼。可以說，這個階層自現代中國以來，雖然經歷了各種變故，包括他們的信念、立場、心態以及思想方式和情感方式，但從來沒有經歷過市場經濟大潮的衝擊。這個衝擊對當時中國人文知識分子來說，實在是太重大了。賈平凹感知了生活變化對他們精神世界的改變，於是才有了莊之蝶。1993 年以來，長篇小說我們能記住幾個人物？但我們都記住了莊之蝶。更重要的是賈平凹對莊之蝶的態度，我們不能說賈平凹對他的主人公是欣賞的，他只是用小說的方式呈現了他。莊之蝶最後的命運說明了賈平凹的態度。在那個時代，迷惑、困頓的不止是賈平凹，我們都不是先知，都在困惑和迷惘中。也正是這個困惑迷惘成就了作家的創作卻使批評陷入了迷途。《廢都》的重新出版只是提供了我們重新閱讀和評價這部作品的機會。

在有限的閱讀範圍內，我認爲「新歷史主義」、「祛歷史化」和反映當下生活的作品、表達多元現代性的衝突，仍然是 2009 年長篇小說創作的主體，它沒有「斷裂式」的另起爐竈，而是接續和發展了新世紀以來的文學方向。

一、歷史化與「祛歷史化」

長篇小說寫人的命運，大多與國家民族敘事有關。百年中國的歷史密切聯繫著個人命運，離開歷史，個人的命運將是孤魂野鬼。但是如何闡釋歷史與個人命運的關係，大概還遠沒有窮盡。

宗璞《西征記》是她四部曲中的第三部。《西征記》以抗戰大反攻時期爲敘述背景，明侖大學學生奔赴前線參加抗戰。女生嵋來到野戰醫院，經歷了慘烈的九死一生。小說氣勢恢弘，有史詩氣象。對戰爭與人性的深刻把握，使之成爲表達這一時期歷史的重要作品；高建群的《大平原》是一部敘述家族史的小說，也是一部向鄉土中國女性致敬的小說。小說結構散漫語言風流，顯示了一個成熟作家的風範。從柳青的《創業史》、路遙的《平凡的世界》、陳忠實的《白鹿原》到高建群的《大平原》，陝西作家生動地展現了「農村題材」向「新鄉土文學」轉變的歷史脈絡。在這個意義上說，《大平原》的文學史意義更爲重要；無論現代的中國如何飛速發展，作家對鄉土中國還是懷有持久而耐心的書寫願望。特別是那些有強烈歷史記憶的作家，只要想到中國歷史，離開鄉村中國幾乎是難以展開的；秦嶺雖然工作在天津，但他出生在甘肅，頑強的歷史記憶並沒有被大都市的喧囂淹沒。《皇糧鐘》再次證實了秦嶺對歷史的記憶和書寫熱望。李森祥、薛榮的《送瘟神》是描述五、六十年代浙江防治血吸蟲的故事；對這個重要歷史事件的書寫，顯示了兩位作家的眼光。當代文學對重大歷史事件缺乏持久關注的耐心，因此，這方面的文學成就歷來不大。《送瘟神》將開啓小說創作另一空間；李師江的《幸福之州》從「滿清落幕，民國初興」寫起。它的虛構性顯示了年輕作家的藝術想像能力。值得注意的是，他的語言與《愛你就是害你》《逍遙遊》有了極大的轉變，甚至也不同於《福壽春》文白雜陳的明清白話體。而是有話好好說的正面強攻，顯示了70後作家文學探索的努力和態度；阿來的《格薩爾王傳》是根據世界上最長的史詩《格薩爾王》創作的小說。《格薩爾王傳》是世界上唯一的活史詩，至今仍有上百位民間藝人，在中國的西藏、內蒙古、青海等地區傳唱著格薩爾王的英雄業績。阿來以這部作品參與了全球出版工程的「重述神話」。阿來說：小說「從《格薩爾王傳》最初的主幹部分開始，故事將由兩條主線交叉並行推進，一條主線是圍繞格薩爾王展開的，但故事會更具象；另一條線索則圍繞著一位神秘的陌生人展開，這個人其實是那個時代西藏人的代表」；方方的《水在時間之下》，再現了20年代舊武漢的生活場景。水成旺的小老婆李翠生下了一個女兒。被親生母親和水家拋棄。作爲別人家的養女，女孩受盡侮辱，她立志出人頭地，抗爭不幸的命運。最終，她如願以償地成爲漢劇舞臺上最紅的明星。圍繞她展開的故事驚心動魄，各色人等粉墨登場，主人公最終選擇退出舞臺隱沒在人群中，做一個最平凡的普通女人；老作家張惟的《血色黎明》是一部七十萬言的煌煌巨著，它的篇幅足以佐證了這部作品的豐富性。作品以閩西蘇區作爲主要背景，以閩籍出身的無產階級革命家作爲主要人物，以革命歷史事實作爲基本材料，生動地敘述了自 1919 年到抗戰勝利前夕，中國革命的歷史進程。應該說，《血色黎明》的出版，爲紅色文學的寫作帶來了新的經驗。中國革命的歷史進程，是一部威武雄壯的史詩，它的豐富性、複雜性是任何一部作品都難以全面呈現的。因此，我們過去讀過的表現紅色革命的文學作品，都是部分地反映了革命歷史進程的某些片段或某些人物。但《血色黎明》幾乎就是全景式的，中國革命最重要的歷史場景和人物，在作品中都得到程度不同的描繪和展現。貫穿全書的主線就是革命歷史，在革命歷史發展中涉及哪些人物，就書寫哪些人物。這種結構我們過去還不曾見過，但是，當張惟先生以敢爲天下先的勇武姿態表現出來之後，這是一種大膽的嘗試。

書寫歷史的長篇小說是一個傳統，今後仍然會產生大量的作品。2009 年更值得注意的是一部「祛歷史化」作品的出現，這就是劉震雲的《一句頂一萬句》。劉震雲無疑是最有「想法」的作家之一。「有想法」不是一個簡單的事情，「想法」包含著追求、目標、方向、對文學的理解和自我要求，當然也包含著他理解生活和處理小說的能力和方法。這是一個作家的「內功」，這種內功的擁有，是劉震雲多年潛心修煉的結果，當然也是他個人才華的一部分。所謂的「想法」就是尋找，就是尋找有力量的話。他說有四種話最有力量，就是：樸實的話，眞實的話，知心的話和不同的話。如果說樸實、眞實、知心的話與一個人說話的姿態、方式以及對象有關的話，那麼不同的話則與一個人的修養、見識和思想的深刻性有關。因此，說不同的話是最難的。多年來，我以爲劉震雲更多的是尋找說出不同的話。這個不同的話，就是尋找小說新的講述對象和方式。

大概從《我叫劉躍進》開始，劉震雲已經隱約找到了小說講述的新路徑，這個路徑不是西方的，當然也不完全是傳統的，它應該是本土的和現代的。他從傳統小說那裏找到了敘事的「外殼」，在市井百姓、引車賣漿者流那裏，在尋常人家的日常生活中，找到了小說敘事的另一個源泉。多年來，當代小說創作一直在向西方小說學習，從現代派文學開始，加繆、卡夫卡、馬爾克斯、羅伯·格里耶、博爾赫斯、卡爾維諾等，是中國當代作家的導師或楷模。這種學習當然很重要，特別是在過去的時代，中國文學一直在試圖證明自己，這種證明是在縮小與發達國家文學差距的努力中實現的。許多年過去之後，這種努力確實開拓了中國作家的視野，深化了作家對文學的理解，特別是在文學觀念和表現技法方面，我們擁有了空前的文學知識資本；但是，就在我們將要兌現期待的時候，另一種焦慮，或者稱爲「文化身份」的焦慮也不期而至撲面而來。於是，重返傳統，重新在本土傳統文學和文化中尋找資源的努力悄然展開。劉震雲是其中最自覺的作家之一。《我叫劉躍進》的人物、場景和流淌在小說中的氣息和它的「民間性」一目了然。但因過於戲劇化，更多關注外部世界或表面生活的情節而淹沒了人的內心活動，好看有餘而韻味不足。這部《一句頂一萬句》就完全不同了，他告知我們的是，除了突發事件如戰爭、災害等不可抗拒因素外，普通人的生活就是平淡無奇的，在平淡無奇的生活中發現小說的元素，這是劉震雲的能力；但劉震雲的小說又不是傳統的明清白話小說，敘述上是「花開兩朵各表一枝」，功能上是「揚善懲惡宿命輪迴」。他小說的核心部分，是對現代人內心秘密的揭示，這個內心秘密，就是關於孤獨、隱痛、不安、焦慮、無處訴說的秘密，就是人與人的「說話」意味著什麼的秘密。

在《一句頂一萬句》中，說話是小說的核心內容。這個我們每天實踐、親歷和不斷延續的最平常的行爲，被劉震雲演繹成驚心動魄的將近百年的難解之迷。百年是一個時間概念，大多是國家民族或是家族敘事的歷史依託。但在劉震雲這裡，「祛歷史化」表現在這只是一個關於人的內心秘密的歷史延宕，只是一個關於人和人說話的體認。對「說話」如此歷盡百年地堅韌追尋，在小說史上還沒有第二人。無論是楊百順出走延津尋女，還是牛愛國奔赴延津，都與「說話」有關。「說話」是一種交流，但更是一種「承認」。夫妻之間的關係，除了生理需要、傳宗接代之外，「說話」就是最重要形式。但吳摩西和老婆吳香香沒有話，老婆說話就是罵吳摩西。理論上說就是吳香香在各方面對吳摩西的「不承認」，或者說是不屑甚至漠視。吳摩西逆來順受一年多並沒有明確的認識，眞正明白了是在鄭州火車站見到了因姦情敗露逃跑的老高和吳香香的恩愛場景。這時吳香香已有身孕：他們「爲吃一個白薯，相互依偎在一起；白薯仍是吳香香拿著，在喂老高。老高說了一句什麼，吳香香笑著打了一下老高的臉，接著又笑彎了腰」。這個場景照出了吳摩西和吳香香的關係——有說有笑的夫妻就是普通百姓的日子，但吳摩西沒有，於是他打消了原來的念頭，離開了鄭州。這個關係的處理只有現代作家才能夠完成。

如果是明清白話小說，比如《水滸傳》，只能處理成一個仇怨關係，是「辱妻之恨」。武大發現妻子潘金蓮與西門大官人私通之後，回到家裏捉姦又力所不及，只能被訴諸暴力，被西門大官人一腳踢在心窩臥床不起，最後被毒藥害死。但劉震雲處理吳摩西的時候，不是糾纏在市井風月不放，而是迅速回到了吳摩西的內心：他要離開這個讓他傷心的地方，但去那裏呢？吳摩西既沒有可去的地方，也沒有指引他的人，一個人內心的無助和孤獨在這裡被劉震雲寫到了極致：人的一生可以有許多朋友，但眞正爲難和需要幫助的時候，你會突然發現，可以投奔的人竟然了無蹤影。這一發現不僅表達了劉震雲洞察世事的銳利和深刻，同時也表達了劉震雲對人生悲涼或悲劇性的認識。

小說的下半部「回延津記」的主角，是吳摩西養女曹青娥的兒子牛愛國。牛愛國在情感上的遭遇與吳摩西沒有本質差別。他也是爲找一個能「說上話」的人返回延津。一出一進就是一個近百年的輪迴，但牛愛國能夠找到嗎？我們不知道。我們知道的是，這些人物不知道存在主義，也不知道哈貝馬斯的交往理論，但「話」的意味在這些人物中是不能窮盡的。說出的話，有入耳的、有難聽的、有過心的、有不過心的、有說得著的、有說不著的、有說得起的、有說不起的、有說不完的還有沒說出來的。老高和吳香香私通前說了什麼話，吳摩西一輩子也沒想出來；章楚紅要告訴牛愛國的那句話最後我們也不知道，曹青娥臨死也沒說出要說的話。沒說出的話，才是「一句頂一萬句」的話。當然，那話即便說出來了，也不會是驚天動地的話。在小說中一定要這樣表達，只是小說的技法而已，這和《紅樓夢》中的黛玉臨死也沒說出寶玉如何、《廢都》中有許多空格沒有什麼區別。

需要破譯的恰恰是已經說出的話，是普通人在日常生活中的「說話」如何形成政治的。這些普通人是中國最邊緣或底層的群體，在葛蘭西的意義上他們是「屬下」，在斯皮瓦克的意義上他們是「賤民」，他們是「沉默的大多數」，是沒有話語權力的階層。他們在日常生活中的言說被排除在歷史敘事之外，是劉震雲發現了這個群體「說話」的歷史和隱含其間的倫理、智慧、品性等，最根本的是，說話就是他們的日子，他們最終要尋找的還是那個能說上話的人。小說也正是因爲有了這些韻味，也就是理論上的薩特、哈貝馬斯、米德、查爾斯泰勒等對人的存在、交往、有意義的他者和承認的政治的論述，普通人的「說話」才博大精深深不可測，也正是因爲劉震雲發現了這一切，才使這部講述市井百姓的小說超越了明清白話小說而具有了現代意義。

二、當代生活：文學對公共事務的參與

近年來的小說創作，與當代生活的關係在逐漸恢復。從某種意義上說，當代生活是當下長篇小說創作最重要的資源。有思想能力的作家總會在當下生活中找到自己創作的靈感。

阿來的《空山》系列歷時四年。在2009年出版了《空山》第三部。小說用阿來自己的話說是，「花瓣式的結構」，「漸次開放」。第三部的出版，讓我們看到了小說全貌。《空山》60萬字，第一部從土改寫起，第三部寫到當下。這是一部描述當代西藏鄉村政治歷史的變革的小說。第三部，表達了經濟大潮衝擊下藏區價值觀念的變化及作家的憂慮。藏族青年拉加澤爲改變貧弱的命運，毅然放棄了學業和愛情，去伐樹倒賣木材。拉加澤終於富裕了，機村也爲金錢陷入了癲狂。但金錢眞的能夠解決一切嗎？阿來的憂思流淌在拉加澤的致富路上；劉醒龍的《天行者》對民辦教師的書寫，他續寫了《鳳凰琴》中的群體，他關注的是教育的底層，是大廈的基礎。小說中張英才高考落第後到了一個山窩裏教書。他要爲「實現界嶺村高考零的突破打下堅實基礎」。小說中爲辦教育而奮鬥貢獻的群體感人至深；周大新的《預警》是一部描寫當下前沿生活的作品。小說爲我們虛構的主要人物和情節，是核部隊的作戰局長孔德武及其在現代生活條件下的種種命運和遭遇。由於孔德武掌握國家的核心機密，其身份必然成爲來自各方面關注的焦點。這種人物的經歷本身就具有戲劇性和懸疑性。因此小說具有強烈的警示的意味和意義；張學東的《超低空滑翔》是國內迄今爲止第一部反映民航生活題材的作品，它的專業性決定了沒有體驗是無從下筆的。小說在這個特殊領域展開，但不是書寫它的神秘性，而是著重寫了欲望無邊時代的一個小人物的命運。在某種意義上也可以說是接續了80年代新寫實的傳統；對「80後」的寫作一直眾說不一。他們有大量的讀者，而且有大量的追捧者或「粉絲」。他們奇異的語言和想像力，受到了這個時代年輕讀者由衷的歡迎。但李暮的寫作與當下的青春寫作並不完全相同，應該說他是站在界線兩邊的作家方面，他與這個時代青年接受的文化背景大體相似，他的言說方式與同代人有相同的氣息；但李暮特殊的經歷、特別是他少年時代的鄉村記憶，又使他的寫作多少與「傳統」有關。李暮的《青春、斷代史》就是這樣一部作品。由於歷史記憶的缺失，這代作家普遍的方式是對個人記憶的書寫。因此，《青春、斷代史》是一部有鮮明「自敘傳」性質的小說，因此可以看作是李暮個人對青春的歌吟或詠歎，是個人

的成長史或心靈史。

2009 年，反映當代生活、并以文學的方式參與當下公共事務的作品，最有影響的作品應該是曹征路的《問蒼茫》。這些年來，曹征路站在改革開放的最前沿地帶，密切關注著 30 年來中國大地上發生的這場改變國家民族命運的社會大變革。值得注意的是，他的作品不是那種花團錦簇、鶯歌燕舞似的時代裝飾物，也不是貌似揭露、實際迎合的所謂「官場文學」。他陸續發表的《那兒》《霓虹》《豆選事件》以及這部《問蒼茫》等，在以「現場」的方式表現社會生活激變的同時，更以極端化的姿態或典型化的方法，發現了變革中存在、延續、放大乃至激化的問題。在這個意義上，曹征路承繼了百年來「社會問題小說」的傳統、特別是勞工問題的傳統。不同的是，現代文學中包括勞工問題在內的「社會問題小說」，是民主主義、社會主義在中國傳播的背景下展開實踐的，它既是五四時代啓蒙主義思潮的需要，也是啓蒙主義必然的結果。在那個時代，「勞工神聖」是不二的法則，勞工利益是啓蒙者或現代知識分子堅決維護或捍衛的根本利益。但是，到了曹征路的時代，事情所發生的變化大概所有人都始料不及，儘管「人民創造歷史」，「工人階級」、「社會公平」、「人民利益」、「勞動法」、「工會」等概念還在使用，但它們大多已經成爲一個詭秘的存在。在現代性的全部複雜性和不確定中，這個詭秘的存在也被遮蔽的越來越深，以至於很難再去識別它的本來面目或眞面目。無數個原本自明的概念和問題，在忽然間變得迷蒙曖昧甚至倒錯。於是，便有了這個「天問」般的迷惘困惑又大義凜然的《問蒼茫》。

《問蒼茫》在《當代》雜誌發表的年代，正值改革開放 30 年，各個領域都有不同形式的紀念活動或會議。客觀地說，30 年來的偉大成就舉世公認，就連那些「萬惡的資本主義」國家也不得不承認中國發生的天翻地覆的巨大變化，國家形象和國際地位的改變，是伴隨著 30 年改革開放的歷史一起發生的。因此，肯定成就是我們的前提。但是，我們也不能不承認還有沒有被敘述的歷史，還有另外的歷史也同時在發生。這個歷史，就是《問蒼茫》中的歷史。在這個歷史中，我們首先感到「蒼茫」的不僅是那些還在使用的「知識」和「理論依據」，重要的是這些「知識」和「理論依據」與現實究竟是一種怎樣的關係，面對現實它的闡釋是否還有效。

改革開放以來，理論上的這些問題因「不爭論」被懸置起來。當年鄧小平提出「不爭論」是有道理的，在當時中國的語境中，「姓資」「姓社」的問題在機械、僵化的理論框架內的爭論將永無出頭之日，如果爭論，中國的改革就難以實踐。但是，當改革深入到一定程度的時候，當現實出現問題逼迫我們作出理論解釋的時候，我們卻兩手空空一貧如洗。於是，當工人罷工時，身爲寶島電子廠書記的常來臨說：「你們有意見就提，公司能滿足就滿足，不能滿足就說清楚。不要動不動就鬧罷工，那個沒意思。你們有你們的難處，老闆也有老闆的難處。老闆就不困難嗎？爲了找訂單，她幾天幾夜都沒合眼了。沒有訂單，我們就沒有活幹，沒有活幹大家都沒有錢賺。大家是一根繩上的螞蚱，這個道理不是明擺著嗎？」當年李大釗的「以勞動爲本位，以勞動者爲本位」的理論在這裡沒了蹤影。常來臨書記的立場非常明確：老闆的難處就是大家共同的難處，沒有老闆大家就都沒有錢賺，大家都不能活命。因此，老闆才是「本位」、資本才是「本位」。當然，包括寶島電子廠的工人並不是嚴格意義上的產業工人，他們來自貧困的鄉村，是爲生存不惜任何代價討生活的。「工人階級」的內涵已經發生了巨大的變化。是現實的全部複雜性使 90 多年過去後，不再困惑我們的問題才又一次浮出水面。

「底層敘事」、「新左翼文學」或被我稱作的「新人民性文學」發生以來，評論界和創作界有截然不同的兩種聲音。這本來屬於正常的現象。當「總體性」的文學理論瓦解之後，文學作品就失去了統一的評價尺度。因此，見仁見智再所難免。從另外一個角度看，面對當下中國的現實，思想界的「新左翼」與「自由主義」的論爭已持續多年，至今仍未偃旗息鼓。文學界對這一論爭的接續是遲早的事情，於是「新左翼文學」的命名被隆重推出。無論是褒貶，曹征路都歷史性地站在了最前沿。2004 年 5 期的《當代》雜誌發表了他的《那兒》，一時石破天驚。在《那兒》那裏，曹征路在鮮明地表達自己的情感立場的同時，也不經意間流露了他的矛盾和猶疑。《那兒》裏的工人階級是中國傳統的產業工人，也只有產業工人才能做出朱主席這樣決絕的選擇。但是，在《問蒼茫》中，「工人」的內在結構已經發生了根本性的變化。無論是柳葉葉、毛妹五姐妹，還是唐源等技術工人，他們都來自邊遠的鄉村，這些還不具有「工人階級」意識、也沒有產業工人傳統的農民，是爲了擺脫貧困或爲了生存來到深圳幸福村和寶島電子工廠的。因此，無論面對勞資衝突，還是具體的人與事，這個群體都存在著盲目性和搖擺性。需要指出的是，不具有產業工人意識和傳統的「農民工」，首先也是人。是人就應有人的尊嚴和權利。小說中，這些女孩子還沒有走出山區，就遭遇了「開處」的侮辱，而且是鄉長、村長老爹送來的，「怎麼折磨都行」。進入工廠之後，每天是十幾小時的勞動，還有隨時被解雇的威脅；在殘酷的生存環境中，有的墮落做了妓女，有的嫁給了曾給自己「開處」的馬經理風燭殘年的父親；毛妹則因救火重傷毀容，無人賠償甚至栽贓嫁禍被逼自殺……。這就是《問蒼茫》中工人的處境。曹征路描述和關注了底層如此嚴酷的生活，就已經表明了他的情感和立場。

值得注意的是，曹征路在情感和立場傾向於工人的同時，他並沒有採取早期民粹主義者的思想策略，不是爲了解決立場問題簡單地站在「勞工」一面。事實上，對柳葉葉等寶島電子廠工人存在的軟弱、功利、現實、盲目甚至庸俗的一面，同樣實施了批判。初來的柳葉葉不知道罷工的眞正含義，在她看來，罷工就有機會穿漂亮衣服到街上逛逛，同時又擔心拿不到「加班費」；機會主義分子常來臨因爲沒有參與「開處」使柳葉葉免遭一劫，這不僅在道德層面使柳葉葉感佩不已，同時也被他空洞高蹈的話語煽動所迷惑：她愛上了他。這應該是一個新時代的正在成長的「新人」形象，我相信作家也是按照這樣的形象來塑造的，不然就不會將「打工詩人」、潛伏記者等都安插在她身上。但是，曹征路還是遵循了生活的邏輯，發現了這個「新人」難以蛻去的先天的巨大局限。這些都表明了曹征路面對「底層」時的巨大困惑和矛盾，也正是這樣的困惑、矛盾和焦慮，賦予了作品眞實性的力量和時代特徵。

同樣，《問蒼茫》在塑造常來臨、陳太、趙學堯、文念祖、何子鋼、遲小姐等人物時，都沒有做簡單化的處理。尤其是常來臨這個人物，這是我們在其他作品中未曾謀面的人物。他的特殊性、獨特性的發現，是曹征路的一大貢獻。這個軍人出身也待過業，在道德上有自我約束的人，他沒有參與招工時的「開處」，他的道德形象在小說的男性形象中幾乎鳳毛麟角，在《問蒼茫》的處境中，夫妻兩地分居還能夠做到「守身如玉」，堪稱道德楷模。但就是這樣一個有道德的人，能夠帶著山村來的女工逛深圳、說貼心話的人，在面對工人和資本的時候，他的人格分裂了：一方面，他願意爲工人著想，並巧妙地改變了工廠集體辭工變相剝削的陰謀；一方面，在強大的資本神話面前，他無能爲力舉步維艱。他曾對柳葉葉說，「有句話你一定要聽，你是個有前途的人，你和他們還不一樣，你還會有很大發展，還會有自己的事業。什麼叫現代化？什麼叫全球一體化？說白了就是大改組大分化。國家是這樣，個人也是這樣。一部分人要上升，一部分人要下降，當然，還有一部分人要犧牲。

這個是沒有辦法的事。」常來臨沒有說錯，現實的確如此；但他說對了嗎？哪部分人應該「上升」「下降」和「犧牲」？存在的就是合理的嗎？

幾年來，對包括曹征路在內的書寫「底層」的小說文學性或藝術性的問題，一直存有爭議。詬病或指責最大的理由除了「展示苦難」、「述說悲情」、「底層」是社會學概念還是文學概念之外，就是「底層寫作」的文學性問題。這個問題似乎是在「專業」範疇裏的討論，對這個文學現象普遍的指責就是「粗糙」。對「底層寫作」文學性問題的討論是一個眞問題，遺憾的是，至今也沒有人能夠令人信服說清楚「文學性」究竟是怎樣表達的。這個問題就像前幾年討論的「純文學」一樣，文學究竟怎樣「純」，或者什麼樣的文學才屬於「純」，大概沒有人說清楚。站在民眾的立場上說話曾經是不戰自勝，「政治正確」也就意味著文學的合理性。但是，在今天的文學批評看來，任何一種文學現象不僅僅取決於它的情感立場，同時，也必須用文學的內在要求衡量它的藝術性，評價它提供了多少新的文學經驗。這些看法無疑是正確的。但是，需要強調的是，許多年以來，能夠引發社會關注的文學現象，更多的恰恰是它的「非文學性」，恰恰是文學之外的事情。我們不能說這一現象多麼合理，但它卻從一個方面告知我們，在中國的語境中一般讀者對文學寄予了怎樣的期待、他們是如何理解文學的。另一方面，急劇變化的中國現實，不僅激發了作家介入生活的情感要求，同時也點燃了他們的創作衝動和靈感。「底層寫作」正是在這樣的背景下發生的。但是，就像在文學領域沒有可能認同的「中國經驗」一樣，也沒有一個共同的「底層文學」特徵。

三、多元現代性及文化衝突

對「官場」的書寫，應該是新時期以來重要的文學現象之一。1979 年蔣子龍發表的《喬廠長上任記》，以及後來的《一個工廠秘書的日記》《拜年》等，柯雲路的《三千萬》《夜與晝》《衰與榮》以及電視連續劇《新星》等，可以看作是新時期以來文藝對「官場」的最早書寫。但這個時期的「官場」，更多的還限於觀念的搏鬥，還只是在改革和改革阻力之間展開的矛盾和故事。這些作品因密切聯繫中國改革的現實，讀者和觀眾對它的關心使這些作品成爲那個時代最受歡迎的文藝現象之一。當年《新星》播映時可以說是萬人空巷盛況空前。普通人對改革的熱切期待由此可見一斑。1992 年，王躍文《國畫》的出版，開啓了當代中國「官場文學」寫作的新潮流，二十多年來的改革實踐，使包括「官場」在內的當代中國發生了巨大變化：改革的潮流已不可阻擋，改革的觀念日益深入人心。但是，伴隨改革開放的深入，新的問題也如影隨形。因此，如果重複書寫政治文化支配下的「官場」生活及其社會百態、權利爭奪、貪污腐敗、人心叵測、世事難料、「清官」必勝等，不僅難以表現當下的官場生活，同時也難以滿足對這個文學類型非常熟悉的讀者要求。因此，「官場小說」寫到今天，已經成爲一個有很高難度的領域，要寫出新意並不是一件容易的事情。

2009年。被坊間稱爲「官場小說」「二王」的王躍文、王曉方分別出版了《蒼黃》和《公務員筆記》。這兩部重頭作品一問世，便成爲媒體搶眼的話題之一。王曉方是這個題材領域最有影響的作家之一。據相關材料披露，他的三本《駐京辦主任》、三本《市長秘書》及「前傳」、一本《大房地產商》以及《外科醫生》，目前已經銷售二百餘萬冊。這個龐大的銷售數字，從一個方面說明了王曉方的作品在當下同類作品市場佔有的巨大分額，當然，這顯然也是一個特別值得研究和分析的文學現象。王曉方切入「官場」的角度以及小說的命名，讀者耳熟能詳但並不瞭解內裏。它的通俗性和神秘性構成了普通讀者對其窺探的巨大欲望，因此也是市場號召力的巨大誘因。當然，王曉方如果沒有官場經歷，要憑空杜撰這些數量巨大的故事也是不可能的。

我們更關心的是，寫了如此數量的官場故事之後，王曉方是否還要按照這一路向繼續走下去，或者他將如何走下去。當我讀到了《公務員筆記》之後，我感到王曉方還是一個有突破欲望的作家，一個不願意重複自己的作家。但官場事件無論是否經歷，基本的可能很難再超出讀者的想像，因此，要想在故事層面有所突破其難度可想而知。另一個維度就是敘事方法，在故事的講述方面探索出新的可能性。值得注意的是，《公務員筆記》在故事和敘事兩個方面都有所突破。比如小說一開始就寫了東州市一位老領導患了「尿中毒」，而且作爲秘書的我居然也陪著領導喝了多年的尿。這種荒誕不經的情節，使小說一開始就進人了一個普通人難以想像的世界。雖然有「噱頭」之嫌，但它的可讀性也是其他常見的情節不具備的。

接著，作家以平行敘述視角分別敘述了綜合二處五個公務員爲了升遷的作爲和困惑：楊恒達、許智泰、黃小明、朱大偉、歐貝貝等，或是爾虞我詐，或是爲了撈取政治上的資本不惜犧牲自己的家庭；然後以三十三個第一人稱敘述了所有的當事人，這些「第一人稱」事實上是全知敘事視角；然後再回到平行敘事視角。有趣的是，作家讓桌子、椅子、電腦、公文包、手機等悉數登場說話。這些非人物的言說恰恰是小說最精彩的部分之一。比如椅子說：「你們知道辦公椅代表什麼嗎？實話告訴你，既代表位子，也代表位置。」「對公務員來說，公文包是必不可少的，同時，公文包也裝載著公務員的成就和秘密。」「手機在一人手裏可以發現美麗新世界，而在另一些人手裏卻成了『潘多拉盒子』」。作家在描述這些物質時所引發的現實感慨和歷史聯想，增強了小說的趣味性和歷史感。

我更感興趣的是作家在敘事方法上的探索和實驗。這些探索和實驗，使王曉方的「官場小說」介乎於嚴肅文學與通俗文學之間，或者說正是這些探索使《公務員筆記》有了雅俗共賞的可能。我們應該鼓勵暢銷小說作家在藝術上更多的探索，從而更快地提高這個類型小說的文學性。至於這些在敘事形式和方法上的探索，當代敘事學已經解決了的時候，是否還用王曉方的方式命名，我倒是覺得沒有必要的。

關仁山的《官員生活》的發表，爲這一文學現象添加了新的想像和理解。關仁山將這部小說命名爲「官員生活」本身，似乎是有意爲之的客觀描述，同時也有一種同情、理解的意味蘊涵其間，再加上出版社的「寫出了一位政界新星面對嚴峻的經濟形勢，面對複雜的官場風雲，經歷著一種滄桑多變的政治生活和私人生活，充滿理想主義激情」的內容介紹，於是，將《官員生活》理解爲當下的「主旋律文學」是沒有問題的。「主旋律文學」曾長期被關注和討論過，在我看來，「主旋律」的提法並沒有什麼不好，關鍵是如何書寫「主旋律文學」。在理想主義式微、英雄主義不在的時代，在信仰、信念都成爲問題、魂靈歸宿難尋的時代，關仁山敢於塑造一個有理想主義傾向，堅持「革命現代性」的人物，敢於從「革命現代性」中汲取思想和精神資源，雖然冒險，但無疑是值得肯定支持的——當我們清點思想和精神資源的時候才突然發現，我們並不是太富有，而實在是太有限了。

這是一個「多元現代性」時代。現代性之間的衝突已經成爲這個時代的特徵之一。在《官員生活》中我們發現：小說的主要矛盾並不僅僅來自權力爭奪、權錢交易或情色演繹。小說的主線應該是發展與環境的衝突、社會主義現代性與資本主義現代性的衝突、國家規劃與民營企業的衝突、理想主義者與世俗生活的衝突等。這是「多元現代性」的衝突。梧桐市是一個鋼鐵城市，鳳凰甸正在建設一個國際性的大港和世界級的精品鋼基地、循環經濟示範區和科學發展示範區。這個具有高度現代化暢想的藍圖，是小說的基本背景。但是，現代性一直是個悖論或矛盾的存在：一方面它創造了巨大的物質財富，提供了越來越便捷的生存條件；一方面，物質財富的聚斂和生存條件的提供，總是以資源和環境作爲代價，資源短缺和環境污染又惡化了生存條件。因此，改善環境「節能減排」，不僅是一個世界性的話題，同時也是小說中的梧桐市面臨的首要任務。小說開篇於女環保局長丁愛玲的跳樓自殺，丁愛玲是一個「性格開朗，倔強，上進心強，有工作魄力，家庭幸福」的人。這樣幹部的自殺，使小說一開始便進人了撲朔迷離神秘莫測的緊張氛圍，它預示了梧桐市「節能減排」形勢的嚴峻和複雜。主人公呂展正是在這樣的情況下到梧桐市任市委書記的。任何一個官場面對的首先是一個巨大的人事網絡，但值得注意的是，《官員生活》雖然也不免寫到官員之間的矛盾和爭鬥、以及桃色事件、家庭問題、親屬關係等矛盾，但呂展的個人操守、高遠抱負、理想主義精神魅力和從政才華等，使他並沒有受到來自這方面的更大威脅或困難。與他構成主要矛盾的是民營企業家周家富。周家富是天龍集團的老闆，同時還是梧桐市長周三原的叔叔。天龍集團所屬的焦化廠和軋鋼廠都是上了國家環保局黑名單的企業，本來是馬上治理的單位，但由於周家富的「鐵嘴」和當時主管領導的曖昧態度，由「鋼鐵行動」改爲「溫柔行動」，上馬治污設備。正是這一改變埋下了呂展當政的隱患：呂展要治理梧桐市污染環境首先面對的就是周家富。事實上，環保局長丁愛玲之死也與周家富有關。丁愛玲拒絕受賄，周家富卻在丁愛玲的丈夫石新生那裏下了工夫，三次收了周家富五十萬元。這個致命的打擊和丁愛玲本來患有的抑鬱症，使她從高樓一躍而下結束了生命。周家富得知呂展任市委書記時，也曾一次送給呂展三百萬「安家費」，但被呂展堅決拒絕。第一次見面就決定了兩人今後的緊張關係。

應該說，呂展的個人身份、內心嚮往，都與20世紀建構起來的革命話語有關。他作爲一個共產黨的官員，我們不能簡單地認爲他是一個僵硬的保守主義者。事實上，呂展緊抓不放的「治污減排」恰恰是一個最具現代性意義的行爲。他所堅持的信仰和高尚的道德，將個人與公共社會有效地聯繫起來。這種革命話語與市場經濟建立起來的「資本主義現代性」和利益原則，必將構成難以調和的矛盾。但在小說中，周家富根本不能在「個人主義」話語空間中討論，他的身份不僅是一個民營企業家，同時還有黑社會的性質、與權力資本相勾結的性質。他的原始積累就是一個畸形的中國經驗：十三年前，周家富在當時任副市長的周三原的幫助下，以低價購買了梧桐陶瓷廠，轉手倒賣後獲利上億元，然後買了焦化廠並建了軋鋼廠。不正常的交易成就了這個「民營企業家」，利益原則是他最後的原則。在這種關係中，呂展要麼堅持國家整體利益，要麼屈從於「民營資本家」利益。作爲一個國家的高官，呂展的選擇當然沒有錯誤。不僅在「民營資本家」的博弈中呂展堅持了國家利益，即便在對待個人親屬，比如哥哥呂大軍、妹妹呂雲紅的關係中呂展同樣沒有出讓原則。特別是在他與楊丹鳳的關係上，更顯示出了呂展作爲一個新時代官員的高尚情操。在異性關係中，最能夠體現或表達一個人、特別是男人的趣味、修養和操守。在這些方面，呂展應該說是關仁山在這個時代塑造的最有意義的官員形象。

當然，作爲官員的呂展，並不是一定要和民營企業家過不去。事實上，最後呂展還是幫助天龍集團在香港上市。他完成了社會賦予的使命，維護了國家利益也保護了民營企業的利益。這個雙贏當然也是一個理想主義的處理方式。我對小說更感興趣的是，關仁山來自於生活的表達，發現了當下中國現代性新的矛盾，這個矛盾不可能由小說來解決，但這個新的現代性矛盾卻爲文學創作提供了積極的、有效的資源。

原文刊於《小說評論》，2010年第1期

這就是我們的文學生活

——2009年中篇小說現場片段

摘要：2009 年的中篇小說仍然有許多優秀作品。更重要的是有思想和藝術能力的作家爲我們提供了新的文學經驗。但是，就在一些最有光彩的作品中，我們仍看到其間「同質化」的問題。作爲單篇故事它們都很出色，特別是構思，內容奇崛、邏輯嚴密又出人意料。但這些作家結構小說的基礎都是依仗於一個道具，小說就這樣準確地鑲嵌在這些物體上。這種過於小說化或戲劇化的傾向，從一個方面表達了當下作家與生活的關係。它的問題是：這些小說太像小說了。

關鍵詞：中篇小說；傳統與現代；都市布景；歷史；「底層的陷落」

在 2009 年的文學話題中，傳統意義上的文學，其處境似乎到了崩潰的邊緣，在網絡文學和其他因素的衝擊下，文學遭遇了眞正的危機，拯救文學的吶喊也此起彼伏不絕於耳。但事實並非如此。這誇大的危機論只是危言聳聽的一種說法而已，我們的文學生活沒有改變，它一如既往地發展。如果說它有變化，也是沿著作家的努力和我們的希望在變化。這一判斷，在 2009 年的中篇小說中同樣可以獲得證實。

一、傳統、現代與文學之橋

自 80 年代以來，中國當代文學一直沐浴著歐風美雨在前進。我們對 20 世紀以來歐美文學的現代主義、後現代主義等前衛文學耳熟能詳如數家珍。公允地說，80 年代以來的歐風東漸，極大地提高了中國當代文學創作的整體水準，寫作技巧、文學觀念的變化等，使當代中國文學的文學性有了空前的提高。事過境遷，在極大地增強了我們文學信心的同時，也調動了我們勃勃的文學野心。但悖論也來源於此：我們用什麼去征服強勢文學國家的讀者，我們真正有效的文學資源究竟在哪裏？新的困惑就這樣如期而至，新的探索當然也沒有終止。

多年來，惜墨如金的曉航雖然每年只發表一兩部小說，但他游離於團夥或主流的探索卻給我留下了深刻的印象。他的小說幾乎每篇都有想法，都與眾不同。他長於都市場景，但他是穿透都市紅塵書寫那些尚未被發現的隱形都市。這些隱秘的角落一經他揭開我們竟目瞪口呆驚詫不已。因此，曉航是真正的現代之子，他的舉手投足都是都市現代人的架勢。他寫都市小說用京劇的行話來說叫做「當行」，而不是「票友」，更不是「反串」。但這齣《斷橋記》與他以前的作品都大不一樣。這是一部發生在城鄉連接處的小鎮的故事。小鎮在中國是一個獨特的存在：小橋流水、青石小路、淑女雅士、貞節牌坊……都是中國文化的奇觀。既有靜謐的傳統生活，又與都市一箭之遙，文化深厚又不事張揚。文學中的魯鎮、烏鎮、天迴鎮，都是如此。《斷橋記》中落玉川雖然歷史不長，但它的小鎮屬性與悠久歷史的小鎮並沒有區別。但在這裡上演的故事卻意味深長讓人唏噓不已。

在《斷橋記》中，傳統就是詩意。不僅落玉川的自然地貌一山一水，被傳統文化薰陶出來的人亦如此。落玉川的締造者龍秋泉和他的女兒龍姍姍被描繪的形象是：

> 龍秋泉……他在世之時，是一個淳淳君子，他謙遜愛人沈穩堅毅，每天都在踱步、思考與古琴聲中交替生活。人們記得，他最後一次撫琴是在久病之後，那一天他一襲白衣坐在橋的中央，橋欄之上依舊放了一個香爐，他點燃三柱香，待香將將燃盡，他揮動手指，傾盡全身之力撫了一曲自創的《落玉忘機》。
>
> 龍姍姍本身就是一個遺落在凡間的仙女，她與凡人決然不同，她永遠那樣年輕貌美，那種美不會在歲月中駁落，會永恒地照耀在

> 落玉川的每一個角落；她永遠那樣沉默寧靜，那種沉靜超越歷史與時間，完全可以使自然自慚形穢，並停止生長；她永遠那麼善良而又充滿漠然，似乎從不食人間煙火，生活在一個人們不可想像的空間裏。

「現代」文明雖然也文質彬彬溫文爾雅，但這個文明的背後似乎總與陰謀聯繫在一起：集團老闆「林誌峰頭髮花白，他身材高挑瘦削，外面穿了一件灰色的風衣，裏面是筆挺的西裝。他正十分認眞地盯著魚缸，豐綺妍走過去，和他一起並排站著，仔細看著魚缸裏唯一一條金魚。」這條金魚可不是普通的金魚，它後來衍生的故事不僅出人意料而且一劍封喉。「現代」對封閉卻又具有巨大開發價値的落玉川窺視已久。開發這個項目的負責人豐綺妍——

> 在機場轉機停留時，豐綺妍打開了電腦。她準時收到了一個新郵件，郵件是一個與她相熟的公司管理人員發來的，在資料中，他證實，落玉川項目的建立遠在十年之前。根據資料記載，林誌峰曾經秘密派考察隊進入了絲碧川與靜碧川下面的大峽谷，那個考察隊在谷底整整走了兩天，峽谷之中植被茂盛，清泉不斷，兩天後考察隊走出峽谷，發現外面竟然是江南平原。
>
> 豐綺妍看到這兒，感到了興趣，她敏銳地想，未來，如果經過認眞開發，以湖區處爲入口，絲碧川與靜碧川之下完全可以做成一個保有自然生態的大峽谷公園。後面的資料證實了她的判斷，林誌峰也是這種想法，他甚至還想到，等未來把各種商業設施完善後，待峽谷旅遊一搞起來，完全可以把整個風景區包裝上市。

於是，現代與傳統的爭奪在落玉川展開。我更感興趣的是曉航在這個純屬虛構的故事裏，對傳統與現代的態度。無論是落玉川還是龍秋泉、龍姍姍，他們是只可欣賞的，那裏雲霧繚繞的美麗、靜若處子的安靜、氣象萬千的琴聲等，離我們是如此的遙遠，我們只能在想像中與其遭遇。但傳統的先天缺陷——比如龍姍姍的黑白色盲限制了她的視野，她不能、也沒有願望瞭解外部世界和現代的五彩繽紛；現代就是無邊的欲望。按說林老闆和豐綺妍開發落玉川，讓更多的人欣賞這個世外桃源也沒有錯，但現代的精於計算並躲在暗處，總給人一種不那麼磊落之嫌。無論是童童大腦中的芯片，還是金魚色彩對龍姍姍的羞辱，都過於殘酷甚至殘忍。這就是現代。無論傳統多麼美好和令人眷戀，它都無可避免地要成爲過去，都將被消費，這就是現代的邏輯。

在具體寫法上，曉航也別有洞天。這裡有現代小說敘述學，有武俠、有懸疑。琴童大賽高潮迭起、古箏曲譜眼花繚亂，細節作爲小說的推動力量不動聲色，內部結構極其嚴密。這顯然是一部構思久矣的作品。我唯一感到欠缺的是，這應該是一部長篇的結構和內容，因此讀來略感紛繁擁擠。但這仍不能淹沒曉航個人對小說的理解與期許：「我一直以爲文學是一個特別私人的愛好，雖然不至於像情人那樣隱秘，但它至少不應該在世俗生活中常常被提起，更別說去獲取什麼可觀的現實利益。我參與這種『私人』的『星際旅行』的一個主要願望，就是通過非凡的努力，到達那種神的光輝可以照耀我的地方。因爲理想的存在，我越是在現實中沉浸，就越是反對那種庸俗的現實主義。它使雞毛蒜皮無限擴大，並以微笑的面容扼殺了文學應有的想像力。在我的觀念中，文學的任務應該是這樣：它必須創造一個迥異於庸常經驗的嶄新世界，並努力探索形而上層面的解決之道。」〔註 1〕而他看到一個意大利設計師的家居創意，「運用了中國的古典元素，但是不像我們的設計師那般還是用在傢具或者物品上，其運用還是有形的可見的，而意大利設計師的創作則運用了韻味，亮度，色彩，還有一種對於東方文化的感悟，是無形的，所涉及的標的也完全不一樣。總之，我看了，很欣喜，眞的與我心有戚戚焉！」〔註 2〕的感悟，更是價值連城：對這一文學資源發掘的價值和意義巨大無比。也只有這樣，一個「賣金屬」的人才能夠將一張古箏在紙上彈得上下翻飛——只因爲他在文學中搭建了傳統與現代峽谷兩岸的文學之橋。

二、道德、倫理與都市布景

2009 年 11 月 10 日至 13 日，《廣州文藝》在廣東從化召開了「都市文學」研討會。「都市文學」雖然還是一個曖昧不明的概念，但與會者都意識到了當下中國的城市化進程對文學的巨大影響。事實也的確如此。都市文學的數量日益增多，不僅有都市生活經驗的作家寫都市，而且在其他領域展開故事的作家也參與其間。比如寫三晉鄉土的葛水平、寫小鎮「東壩」的魯敏等，在 2009 年都將目光和筆觸轉移到了都市。但今天的都市早已不是歐洲古典的巴黎、維也納或羅馬。我們很難打撈出當代中國的都市文化經驗，它像一隻變幻莫測的萬花筒，光怪陸離難以捉摸。因此，中國當代都市的文化經驗，仍

〔註 1〕曉航：《以跨越現實的名義》《小說選刊》2004 年第 5 期。
〔註 2〕曉航：《斷橋記》中國作家網 2009 年 10 月 16 日。

然是一個不確定的經驗。這種不確定性，我們在不同作家的不同書寫中得到了確證。

陳希我的小說一直被爭論不休，《冒犯書》《抓癢》《遮蔽》等莫不如此。引起爭論的問題當然不止文學觀的問題，它還密切關聯著社會倫理、道德等問題。在這個意義上可以說，陳希我一直是一個不安分的作家，他不鳴則已一鳴驚人。顯然，他期待自己有所作爲，期待自己能夠突破庸常的文學書寫，爲文學積累新的經驗。也因爲如此，他的文學路向多少有些迷亂，不那麼規矩。我們應該尊重作家的選擇和探索：我們焉知他的文學闖蕩結不出正果？

但這篇《母親》似乎略有不同，它講述的是一個風燭殘年的患病母親，在生命的盡頭，是延續她痛苦不堪的生命，還是停止治療結束她的生命？這不是一個人可以決定的事情：母親、子女、醫生以及道德倫理、生命尊嚴、法律等，都扭結在一起。問題的全部複雜性使母親之外的人都處於迷茫、困惑、兩難或逃避、推卸的情境中。我驚異的是陳希我對生命最後狀態和治療過程細微末節的描寫：「心內注射。護士拿出一根穿刺針，比常見的針長得多。母親的衣服被解開了。母親裸露出了她的身體。光亮得扎眼，兩顆乳頭赫然在目。這就是我母親的金貴的身體！我雖然出自這個身體，小時吸過這個乳頭，但是對它的模樣並沒有記憶。我也從來沒有想過要去看母親的身體。對母親的身體，我只是崇拜，覺得它不可看，不可褻瀆，它是我們心中的聖地。」但是，更令人震驚的還在後面，母親的身體裸露出來了：

> 所以感覺難堪，也許還因爲這身體的寒磣。乳房已經軟塌，空布袋似的甩在腋下。整個身體白慘慘的，像一堆死豬肉，簡直醜陋，我原來對母親身體的美好想像整個被破壞了。它的主人要是有知，一定拼死把自己掩蓋起來。可是她現在一點能力也沒有。我們也沒有能力。人到了這份上，身體只是一塊肉，搶救的目的不過是讓這塊肉活起來。

然後一邊是醫生的奮力搶救，一邊是母親奮力的掙扎。當她被捆綁在病床上的時候，「我和二姐分別鎖住她的左手和右手。她就蹬腳，把身體轉過來，折過去。護士壓住她的兩腿。母親的四肢被牢牢摁住，再也動彈不得。我感覺她的手在我的手中顫抖，一如被抓住挨宰的雞的腳，那與其是反抗，不如是無法反抗之下的忍受。」生命彷彿懸在峽谷的上空，搏鬥的雙方有不同的訴求，一邊是人道主義的救死扶傷和兒女的奮力挽留，一邊是爲了尊嚴的盡快結束。這樣的場景即便是局外人也無法做出抉擇。人最終要死去，但這遠不是結束，還有兒女不盡的悲痛和懷念。生死的主題是小說永恒的主題，但陳希我的獨特就在於他直面了這個殘酷的過程，因此令人驚心動魄。

讀過南飛雁的《紅酒》大驚，驚訝這是一篇出於一個80年代出生的青年後生的手筆。他對紅酒文化的瞭解如同曉航對古筝樂曲的瞭解一樣，不僅耳熟能詳信手拈來，而且一招一式恰到好處。但那畢竟是洋玩意，貴族不是僅僅靠紅酒打造出來的。簡方平破碎的生活最終也沒有整合起來，在中國的語境中，紅酒只是一個象徵、一個道具、一個身份的符號。與享用它的人的文化身份沒有任何關係。

《紅酒》寫的是官場生活，處長與廳長的關係，黨校學員之間的關係，個人升遷與省委常委偶然相遇的關係等等。但這些官場生活僅僅是《紅酒》展開敘事的背景。南飛雁敘述的主人公簡方平是一個官場順暢、但生活失意的中年人。他不是「官場小說」中與我們經常相遇的那類腐敗墮落的官員，也不是卑微猥瑣的小職員。他「兵頭將尾」的身份使他介於兩者之間。作爲處級的辦公室主任，他要周全地照顧他的上級，接待無數檢查或調研者。這種「頭等大事」他含糊不得；但在下面具體辦事的人面前，他畢竟是「頭」又有普通辦事員沒有的優越和滿足，何況他又是一個有前景的幹部。但這並不是小說主要的敘事訴求，小說主要講述的是簡方平的個人生活：一個離了婚的老男人的個人生活境遇和女性相處的過程與結果。「紅酒」給簡方平帶來了好運：副廳長喜歡紅酒，簡投其所好因讀法國文學對紅酒一知半解卻深得副廳長青睞。於是一路順風地提了副處、正處辦公室主任。這時簡方平的個人生活發生了奇跡，無數人熱心地爲他介紹各種女性，女性也皆因簡方平的紅酒知識、派頭而芳心意屬。但這個熱衷紅酒的男人在相親的道路上還是一無所獲一事無成。

當然，小說的精彩處還是簡方平與多個女性交往的過程，是對各種女性心理、性格、性情的描繪。功利而庸俗的劉晶莉、簡單幼稚的教授女兒、同性戀者王雅竺、矜持而有潔癖的女博士等，都栩栩如生揮之難去。但寫得最動人的還是與導遊沈依娜的戀情。現在的小說已經讀不到感動、浪漫和誠懇。男女之間的眞情似乎在權力、金錢和利益面前全線崩潰蕩然無存。但在簡方平和沈依娜的「老少配」這裡，我們讀到了久違的眞情。當然，小說的厲害也在這裡。當沈依娜母親出現的時候，小說才眞正到了關節處：沈母不同意他們戀愛結婚，原因很簡單，在這個監獄改造科科長看來：

> 娜娜很傳統，結了婚就過一輩子的。你呢，今天在這兒給我拍拍胸脯，真露了馬腳，你能躲過去不進四監嗎？沈母的目光縫紉機似的，針頭在他臉上來回軋著。恐怕不敢吧？就拿這紅酒說，靠你的工資能買得起？你再看看這大廳裏的人，有幾個是自己掏錢的，有幾個是乾乾淨淨的？你們這些春風得意的人，沒幾個經得起查的。不出事當然好，一旦出事呢？你別怪我說得難聽，我是見得太多了，心裏害怕。說實話，我真不在乎你年紀多大。父母也好，孩子也好，跟娜娜過一輩子的是你。我不圖娜娜榮華富貴，招人眼紅，我只圖她平平安安的，到老了有個老伴在身邊，知冷知熱就行。我清楚得很，就算你進了四監，娜娜也不會離開你，她就是再苦也做不出那種事。可我是她媽，我不能讓她冒險。

幾經周折這對老少配還是不甚了了。讀過小說之後，對簡方平的處境不僅同情起來，他雖然是個衣食無憂的官員，但也終究是個上有老下有小、心地不壞的老男人。他沒有和自己喜歡的女孩子結成連理，原因竟因爲他是一個官員，這個曾被各種女人追逐的對象，居然也是一個被拋棄的對象。眞是成也蕭何敗也蕭何。小說最後流淌的蒼涼韻味，令人百感交集欲說還休。南飛雁在藝術上的少年老成、對世事洞察之深刻，由此可見一斑。

魯敏成名於「東壩」系列的小鎮小說。小鎮在當下中國已經成爲一個傳說，一個只可想像的文化記憶。魯敏完全可以在這個獨闢的領域輕車熟路地行走下去，我相信她還有欲說還休的意猶未盡。但2009年魯敏卻改變了方向，她連續發表的《飢餓的懷抱》《細細紅線》和《羽毛》等都是書寫都市生活的。這當然是一個新的挑戰。這篇《羽毛》講述的是一個與家庭倫理有關的故事，但它與都市紅塵滾滾的外部生活不同，而是在具體的家庭情感生活中展開故事：單身的費老師、16歲的女兒小茵、美術老師郝音及丈夫穆醫生。

表面看這是一個難以構成關係的人物比例設計，但一切就這樣發生了：費老師與郝音表面上是共同喜歡譯製片的經典對白，實則是費老師在共同欣賞藝術的背後暗戀著郝音。16歲的女兒小茵兩三歲時喪母，她沒有關於母親的記憶。用她的話說，她只有遺憾而無悲情。於是，她開始了一個「成全」父親的陰謀構想：她要主動接近或親近穆醫生而造成父親有更多的機會與郝音獨處。在她看來，穆醫生這個「障礙」是配不上郝音的，他委瑣、卑微，根本不像一個男人。這本來是一個孩子自以爲是的想像，但她因皮炎在醫院接觸了穆醫生以後，她居然改變了對穆醫生的認識，這個改變使一個孩子開始陷入一種不可思議的情緒之中。與其說小說以女兒小茵的視角講述了她所看到的父親、郝音和穆醫生的情感關係，毋寧說是小茵講述了個人「疼痛的歷史」。她的皮炎不經意地在小說中成爲一個隱喻：她需要療治，但她病症的神經性質，恰恰是一個關於疼痛的呈現與遮蔽的過程。疼痛是被發現的，一個更嚴重的疼痛可以覆蓋和遮蔽原有的疼痛，那不是原有疼痛的消失。當更嚴重的疼痛消失之後，原有的疼痛還會出現。一個孩子內心的全部隱秘，就與疼痛構成了這樣的關係。

吳君不厭其煩地書寫著她「親愛的深圳」。作爲一個外來的「他者」對一個城市做如此深入而持久的耐心剖析，不能說絕無僅有也可以說是鳳毛麟角。《複方穿心蓮》與「底層寫作」不同，也與我們常見的都市小說不同。嫁給深圳本地人是所有外來女性的夢想，這不僅意味著她們結束了居無定所的漂泊生活，有了穩定的日子，而且還意味著她們外來人身份的變化。但是，值得注意的是，女主人公方立秋自嫁到婆家始，就沒有過上一天開心的日子。婆家就像一箇舊式家族，無論公婆、姑姐甚至保姆，對媳婦這個「外人」都充滿仇怨甚至仇視。於是，在深圳的一角，方立秋就這樣過著暗無天日的生活。小說更有意味的是阿回這個人物。這個同是外地人的 30 歲女性有自己的生存手段，她是特殊職業從業者，與婆家亦有特殊關係。你不能用好或壞來評價她，深圳這個獨特的所在就這樣塑造了這個多面人。這個人物的發現是吳君的一個貢獻。但無論好與壞，方立秋的處境與她有關。在小說的最後，當方立秋祝賀她新婚並懷孕時，她回答說：

> 方立秋，其實我也有個事情對不起你。如果不是我多嘴，他們不會知道你在郵局寄了錢回老家，包括那封信也是我說給他們的，也害得你受了不少苦。這兩件事，一直壓在心裏，現在，說出來，我終於可以好受了。

在這裡，吳君書寫了另一個底層。她們雖然同是外地人，同是女性，但每個人的全部複雜性並不是用「階層」、「階級」以及某個群體所能概括的。他們可能有某些共性，但在道德以及人性的差異性方面，他們是非常不同的。

在當下的小說創作中，李鐵是一個獨特的存在。他對傳統產業工人的生存狀態和精神狀態持久地關注，但他的小說不是「工業題材」。「工業題材」

這個概念是個似是而非的概念，文學沒有能力處理諸如工業、農業、軍事乃至計劃生育的問題，這些問題充其量只是文學創作的背景。文學最終還是人學。那些見到工廠就指認「工業題材」、見到村莊就喊「農村題材」的人，不是愚蠢就是無知。李鐵創作的背景是工廠，但他從來都在寫普通人和他們的日常生活上下工夫。這篇《點燈》寫得蒼涼甚至淒慘：工人趙永春家境貧寒，談了六個對象無一成功。最後「入贅」嫁給了「長在一個胡同裏的」28 歲還沒有嫁出去的王曉霞。「嫁到」女方家裏，趙永春的日子可想而知。但事情並沒有那麼糟糕，當科長的岳父非常熱情，每天晚飯一定要趙永春陪其喝酒，以至於使本來不會喝酒的趙永春酒量陡長。還算平靜的日子被大舅哥因房屋搬遷回到父母家而打破。忍無可忍的趙永春用極端的方法強行入住了不屬於他的房子。好景不長的是，妻子王曉霞患了尿毒癥，在自己母親去世不久也撒手人寰。這時岳父每晚請他喝酒的謎底才揭開：岳父知道女兒身體有病，不想他們房事頻繁。但患難夫妻在窘迫的日子裏卻恩愛有加，病危之際趙永春要回家爲王曉霞取壽衣，這時：

> 王曉霞說，你要回家嗎？他說是，我去取些東西，一會兒就回來。王曉霞說，天快黑了，樓道裏黑，出來時別忘了把門燈點著。趙永春使勁點了點頭。王曉霞已經氣若遊絲，她的聲音只有趙永春一個人能夠聽見。

「點燈」是有故事的。趙永春當初並沒有那麼愛王曉霞，他不得已「入贅」王家。他有自己對女性的標準，比如白麗麗。但後來他發現自己樓上的張女郎更符合他的女性標準。於是，每當張女郎下班將要進樓的時候，趙永春都爲她將燈點亮，爲自己的欲望對象他只能做這麼多。事實上，他最後也沒有越雷池一步。當趙永春回到家裏看到昏黃的門燈，他心頭又閃過了張女郎，但僅僅是一閃而已。

小說還是寫到了苦難，不寫苦難還能夠寫底層什麼呢？但李鐵的不同就在於，在苦難的另一頭，底層人的善良、相互溫暖的情誼，仍然動人無比。在情誼日趨淡漠的當下生活中，李鐵打撈出的恰恰是人性中彌足珍貴的東西。

葛水平的小說大多書寫三晉鄉土，2004 年，她闖進文壇就掀起了一股熱潮。2008 年，葛水平忽然轉向了都市生活的書寫，她的《紙鴿子》對網絡時代出現的新問題做了敏銳的發掘。2009 年發表的這篇《一時之間如夢》則是一個我們難以預料的故事：一個如孩子般追尋夢想熱愛先鋒音樂的青年，毅然離別父親追尋女友去了南方。他偶然地在出了故障的提款機上提出了不屬於他的 20 萬人民幣，這個意外的收穫使他和另一個女孩子既興奮又緊張、既想入非非又不知所措。但突如其來的巨大金錢卻改變了他們的關係：賀曉變得暴躁、易怒、蠻橫，對他鍾愛的女朋友馬小麗任意傷害，甚至用茶杯砸傷了她的頭。用馬小麗的話來說：「我們的生活被它打亂了」：

> 賀曉變得更加任性和自我，……多疑，不穩定，甚至到了對我動手的地步。他的身體病了。……那枚愛情的水鑽我要小心帶著。結果有一天它莫名其妙的丟了，他罰我跪在那堆錢面前，我飽嘗了人性脆弱最無力的煎熬。我們在一起過夜，他傾注了過多的精力，他說他要把我的身體撕裂成巨大的傷疤。我們就看著錢，看著高出來的紙幣，感覺不到它可以給我們換來一切，眞正面對它時，才知道快樂和它的存在是兩碼事，好像是這樣。我們總是在開始醞釀一件想好的事情中，然後，用不到半天時間就開始了否定它。它的直接關係是，我們不能在有陽光的外面生活，放縱的做我們喜愛的事。一切都在屋子裏，把不存在的事情想得似明天的希望就要來臨一樣，接下來，他開始懷疑一切……

金錢沒有給賀曉和馬小麗帶來好運，大墻內外他們天各一方。

小說有先鋒文學的遺風流韻，意識流的結構和跳躍的行文，與都市不規則的生活流向和節奏恰如其分。對同一個事件，兒子賀曉和女朋友馬小麗有兩種不同的敘事：在兒子賀曉的敘事中，是「馬小麗，她害了我，報仇」，「她花掉了那些錢，不要放過她，她該死。」「那個女人就是有毒的」；馬小麗的敘述是：「是他離開了我，那些日子他幾近瘋狂。」「是錢傷害了他。」有了錢的「賀曉對一切都開始了不信任。他說，臭女人馬馬，滾吧，我玩膩你了。……我要殺了你，二十萬足夠償你的命！」

父親賀紅旗是哲學教授，爲了弄清楚兒子事件的眞相他到了這個城市。理性的父親終於把兒子送進了監獄。他發現：在一個突發的事件中，會發現自己與周遭世界固有邏輯之間有了距離。錢讓他們之間把彼此的性情走向了無節制的裸露，無節制的幻想，沒有一個立足之地的平庸安慰！「人總是一往情深地把錢當自己最親密的朋友，看到它總是在臉上浮著獵人似的微笑，其實，眞正的獵人似的微笑是它，它能毀滅一切。」小說雖然也是在道德層面展開故事，但葛水平發現了金錢與現代都市病症的關係，從另一個方面揭示了欲望深淵中的千溝萬壑。因此，小說也猶如一盞「機械文明時代的江湖之燈。」

三、現實、歷史與「底層」的再發現

黃詠梅長於寫普通小人物，並在最尋常的生活中發現不易察覺的隱秘角落和人物心理。《檔案》的故事同樣令人驚心動魄：即便在檔案制度有了很大鬆動甚至不再左右人的命運的時代，檔案對人的威懾仍然沒有成為過去。表哥李振聲為了銷毀不存在的個人不良記錄，幾乎絞盡腦汁。但當堂弟冒著風險為他除掉檔案中的「炸彈」時，他在大學時代偷看女生浴室受到的處分併沒有記錄在檔案中。他簡單的個人簡歷平淡如水。有趣的是作為講述者堂弟的心理活動：

> 基於某種心理，我只是對我堂哥說，搞定啦，裏邊的不良記錄已經被我沖到馬桶裏了，想找都找不回啦，要在記憶裏才能找回啦！他高興得手舞足蹈，連聲說，好兄弟，真是幫我大忙啦！當聽到他這話的時候，我的心裏猛然一鬆。我相信我的高興和輕鬆跟他一樣多。我多次聽人說過，親人之間的感情是有感應的，因為他們流著同一個源頭的血，基因與基因之間是會相互觸碰的。此刻，我完全能體會到我的堂哥那種如釋重負。它們與我對隱瞞真相的不安如釋重負一樣多。我是這樣說服自己的，無論我怎麼說出這件事情，結果都是——解決了。

但故事並沒有就此結束，不明就裏的堂哥並沒有如釋重負。在他那裏，他那不光彩的一頁畢竟被堂弟看到了，於是他還是逃出了堂弟的視野從此消失了。自以為有恩於李振聲的堂弟不禁深感沮喪：

> 有的時候，我會很懊惱。懊惱的時候我做過很歹毒的設想，我想我應該跟那些黑幫電影學一招，我只要告訴李振聲，他那一頁不良記錄我始終沒有銷毀，我還捏在手上。我可以讓它消失也可以讓它出現，就好像我手上捏著他李振聲的卵蛋一樣，我完全可以把李振聲的命運當作人質。

這些心理或細節顯示了黃詠梅對檔案制度的深刻理解，一個沒有權勢但可以掌握別人隱秘的人，也可以潛移默化地形成掌控別人的陰暗心理，血緣關係也不能改變，而且也不是因為仇怨或利益衝突。這種異化在長輩兄弟那裏形成了鮮明的對比，大伯和父親性格迴異，對事物的態度也多有不同。但他們生活在鬆散的鄉土，沒有受到現代都市管理制度的影響，他們自然親近的關係像土地一樣向天空敞開。於是，《檔案》就呈現出了不那麼張揚卻有力量的批判性。

溫亞軍的小說大多寫「底層」，但他寫的「底層」不是流行色的「底層」。他也寫苦難，但不是苦海無邊式的苦難。「底層寫作」實踐已近十年，遭到最大的詬病大概莫過於對外部苦難的無盡書寫，這種寫作沒有或不能走進底層人的內心或精神領域。但這只是事情的一個方面。事實上，這一文學現象一直在發生變化，只要我們進入到具體作品，就會發現這個變化的存在。溫亞軍在一段時間裏持續書寫著他的桑那鎮，這是一個虛構又眞實存在的遙遠所在。就像許多現代文學作家一樣，溫亞軍進入城市後，都市生活照亮了他的文化記憶。桑那鎮是被都市發現的。在這篇《地煙》裏，桑那鎮有一個生了不治之症的姑娘叫小曼，她漂亮、善良、敦厚而得體。只是這個不治之症使提親的媒人都退避三舍。一個名曰朱明明的軍人出現了。小曼貧病交加的父母喜出望外，小曼在一天的時間裏也逐漸接受了朱明明。故事的外殼是一個相親的故事。但事情又沒有這樣簡單。朱明明克制的夸夸其談終於使小曼忍無可忍，她內心裏拒絕了這個虛榮的傢夥。定親日子裏，朱明明提著采禮還有一隻旱獺，這隻旱獺讓小曼說出了自己眞實的病情。朱明明也說明了自己眞實的身份——他入伍五年都是在燒鍋爐，根本就不是和首長「出出進進的人」，而且已經轉業了。但他徹底地愛上了病中的小曼：

> 自從第一眼看見你，我覺得心開始熱了，就怕你看不上我……小曼，我不怕你的病，我有的是力氣，可以去掙錢，給你治病！直到把你的病治好。

故事有敘事原型，它是「英雄救美」或「疾病與文學」的桑那鎮版或當代變奏。但當我將它納入到「底層寫作」的範圍內來談論的時候，我發現了溫亞軍貢獻的新的元素。這就是溫亞軍式的詩意和抒情性，在這個沒有詩意和反抒情的文學時代，他小說中流淌的暖意格外醒目：小曼——

> 把母親攙進自己的西屋。關燈鑽進被窩，如水的月光從窗口淌進來，漫過窗臺、床頭、被子，還有她們母女的臉，也把何婉雲的話洇濕了一般，聽上去軟軟的，柔柔的。

這種多少有些古舊的敘事攜帶的是溫情的力量，所謂的情景交融在這短短的文字中盡得風流。小說的心理描寫和夾帶的議論同樣精彩：

> 小曼還是平靜不下來，她怕再次聽到布帛撕裂的聲音。這個時候，她像屋檐下的冰掛一樣脆弱，沒有外力還能掛在那裏晶瑩剔透的美麗著，稍有碰撞，會碎裂一地。而感情這種事，有可能是溫暖的太陽，一點一點地融化她，也可能是一陣風，把她從屋檐下直接摜到地下。一個完全陌生的男人，就是她前途未知的命運，她實在無法把握。何況還要隱瞞自己有病這個事實，就像一個騰空而起的肥皂泡，分明是瞬間即逝的絢爛，卻要告訴對方那是一隻彩色的氣球，只要沒有銳物，它便可以一直美麗下去。可眞的能一直美麗下去嗎？她不相信，她也曾在美麗的童話裏陶醉和徜徉過，可她知道童話只能是童話。一旦她的病情叫人家知道了，最後的結局不過是再重複一次童話背後的殘酷，到那時，受傷最重的肯定是她顧小曼，而不是那個男人。她還能撐得住嗎？

底層的窘迫和艱難在《地煙》中一覽無餘，但底層閃爍的人性的高貴同樣沒有在苦難中徹底淹沒——他們在用自己的希望建構可能的生活。《地煙》不僅寫得紮實、自然、不著一點人工斧痕，顯示了當代中國作家在鄉土寫作的整體水準和成熟。同時，《地煙》透露出的消息是，「底層寫作」這一文學現象仍有無可限量的前景。

北北的小說一直與當下生活有密切的關係，但這篇《風火墻》與她此前作品的風格和題材大變。她離開了當下將筆觸延伸至民國年間。文字和氣息古樸雅致，一如深山古寺超凡脫俗。表面看它酷似一篇武俠小說，突如其來的婚事，卻隱藏著尋劍救人的秘密。那是一把價值連城的劍，然而一波三折尋得的卻是一把假劍，幾經努力仍沒有劍的蹤影。但尋劍的過程福州俠女新青年吳子琛一諾千斤智勇過人的形象卻躍然紙上。如果讀到這裡，我們會以爲這是一部新武俠或懸疑小說。但事情遠沒有結束。新文化新生活剛剛勃興，吳子琛尋劍是爲救學潮中因救自己而被捕的老師。

小說在隱秘的敘事中進行。李家大院不明就裏，新婚多日李宗林聽墻角也沒聽出動靜，新人神色正常毫無破綻。表面越是平靜李宗林的內心越是波瀾涌起。沒有肌膚之親的百沛與妻子吳子琛卻情意深長心心相印。是什麼力量使兩個青年如此情投意合，李宗林當然不能理解。新文化運動雖然只是背景，但它預示了巨大的感召力量。形成對比的是沒有生氣、氣息奄奄舊生活的即將瓦解。李宗林與太太的關係一生都沒有搞清楚究竟是一種怎樣的感受。在這個意義上說，《風火墻》也是一部女性解放的小說。但這更是一部關於愛情的小說。有趣的是，北北將情愛敘述設定爲一條隱秘的線索，浮在表面的是搖搖欲墜分崩離析的家族關係。父親李宗林秉承家訓，寧賣妻不賣房，但內囊漸盡的光景，使李宗林力不從心勉爲其難，他激流勇退將家業交給了兒子百沛料理。一個日薄西山的家族喜從天降，大戶人家吳仁海願將千金吳子琛下嫁給百沛。但這個婚事卻另有弦外之音。吳子琛處亂不驚運籌帷幄，雖然將李家搜索得天翻地覆，但芳心仍意屬百沛。她心懷叵測但百沛卻毫無怨言「由著人家指東打西」。不入李宗林眼的吳子琛在百沛那裏卻是：

> 我自己沒有遺憾，我自己覺得挺慶幸的，挺值得。子琛本來在北平上學，她就是假期時回福州也很難讓我碰上面。但一把劍將她引來了。這輩子我不可能再遇到第二個這樣的女子，我就要她了，別人就是天仙也入不了我眼。……我可以重申一下的：我這輩子我只跟子琛相依做伴，她是我唯一的妻。

新文化新女性的魅力不著一字卻風光無限。我驚異的是北北的敘事耐心，她不急不躁不厭其煩地描述著李家的外部事物，但內在的緊張一直籠罩全篇。沒有信誓旦旦的海誓山盟，就是這樣的新生活新愛情，連行將就木的李宗林也被感動得「鼻子一酸」。「這一刻，他眞的在羡慕百沛」。精心謀劃的結構和深藏不露的敘事，是《風火墻》提供的新的小說經驗。

徐則臣的《長途》似乎貌不驚人平淡無奇。但讀過之後才會發現，這是一篇用心良苦的小說。最值得談論的是《長途》的人物關係：作爲研究生的侄子陳小多和作爲船老大的陳子歸。這裡不是知識分子民眾的關係，因此也不是啓蒙被啓蒙的關係。陳小多除了是陳子歸的晚輩之外，在這裡他只是一個觀光客，一個回鄉拍攝素材的大學生和故事的傾聽者。《長途》中的眞正主人是陳子歸：他是船老大、他掌控著路途的行程當然也掌控著小說發展的速度和方向、他是故事的講述者。當然，《長途》並不是只因路途漫長或無聊需要故事打發時間。更重要的是作爲講述者的陳子歸有隱秘事件：他是一個逃逸的肇事者：

> 一個哥們的事。其實人挺好，就是關鍵時候犯了迷糊。那傢夥開了多少年車，沒出過事，所以出了點事就格外心慌。那事剛開始不大，可能一點都不大。那天他跑夜車，晚飯後才上路。跑了三個

> 小時，經過一個小城，時間大約晚上十點。城邊上一到晚上就冷清，路燈一路壞過去，路邊又長滿白楊樹，整個道路都是黑的。我那哥們喜歡跑沒人的路面，速度提得很高，接近一百碼。他對那條路很熟，當然知道旁邊有條小路斜插到大道上來，但那天晚上他忽略了，在靠近小路時擺弄了一下錄音機。他在聽劉歡的演唱會磁帶，B面結束了，他要翻到A面繼續聽。小路上突然衝出來一輛自行車，等他反應過來時已經聽見一聲極其短促的尖叫。

這個女孩沒有死。陳小多說「我猜他叫陳子歸。」「那女孩可能叫秦來，路邊小飯店老闆的女兒。」「你聽出來了？」叔叔笑了一聲，「的確是我。那姑娘，誰知道呢。」「叔叔的故事」好像是隨意講述的，但幾個故事有漸進關係，叔叔是一步步逼近自己內心的。講述是一種釋放，是心理要求，但更是倫理要求，道德的壓力使叔叔必須講述出來。如果是這樣，叔叔的講述也隱含了他良心的不安和懺悔。有趣的是秦來這個女孩，她大體知道陳子歸的身份，但她就是「一聲不吭」，只有一張「冷颼颼的臉」。這當然是一張充滿仇恨的臉。但現在「好像變味了，變成什麼味只有我叔叔和她本人明白」。「我可以想像的是，在以後漫長的長途歲月裏，叔叔一次次地在碼頭上接她送她，也許，再堅硬的仇恨和報復都會被時間打磨掉寒光，石頭失去棱角，終成爲暖玉。」最後，這是一篇「劫波渡盡」的故事，是人心未泯、良知猶在的故事。事實上叔叔一直在贖罪。徐則臣對普通人內心的書寫不動聲色波瀾不驚，但卻意味深長餘音繞梁。

多年來，對閻連科創作的評價，似乎一直毀譽參半褒貶不一。閻連科的尖銳犀利一覽無餘，他就這樣處在被爭論的漩渦中。《春醒桃園》依然寫得荒誕而慘烈：幾個朋友的媳婦沒來由地被丈夫們暴打，一個比一個凶狠，都去了醫院。豹子甚至將剪刀扎進了媳婦的肚子裏。小說開篇就是暴力，只不過這暴力是對著親人和弱者的。但這又並不是展現暴力的小說。事實上，它通過幾個具體的場景和事件：打媳婦、嫖妓、離婚、砍樹等事件，再次表現了當代農民的劣根性。打媳婦，一個比一個凶狠，木森沒有打卻因未遂的嫖妓離了婚；木森離了婚，心理不平衡，自然希望大家都和他一樣離婚；打了媳婦遭到媳婦娘家羞辱的豹子，不僅沒有悔過之意反倒生了殺妻之心；木森爲了讓大家和他一起離婚竟出了砍伐桃林的主意。他們不是用斧子而是用電鋸：

> 電鋸的聲音是鐵色，碰了那青白色的桃木後，聲音轟轟嗡鳴成

> 青綠紫鮮了。四個人都脫了上衣去，豹子光著膀，餘皆單穿白褂和布衫，弓著腰，讓鋸子從桃樹最易鋸斷的半腰割過去，利刃收麥般，一轉眼就有一棵桃樹的蓬冠吱吱鬧著從半空倒下來，開盛的花，立馬從那樹上紛嚷嚷地落。又有一棵桃樹倒下來。又有一片桃花的落。轉眼間，桃園就有了一片白亮的樹樁直在半空裏。有了一片桃樹倒在桃園裏。有了一片桃花厚在地面上，如了落下著一夜大紅的雪。桃樹被伐的白色樹汁味，桃花艷紅的香烈味，還有他們揮汗如雨的鹽鹼味，立馬的，就在桃園汪洋了。平南的日光照了那五色的味，一世界便都亮足了味道和艷紅。天下立刻和往日不同了，多了事件與情節。村落、山脈和形勢，都顯得豐饒豐肥了，連春天也立刻從初春醒來向著仲春了。

這個荒誕的場景沒人理解，但它卻將「底層的陷落」淋漓盡致地表達出來，荒誕卻本質地表達了仍然沒有發生革命性變化的民族劣根性。閻連科的尖銳總是一針見血，令人震撼如驚雷滾地。

2009 年的中篇小說仍然是這個時代最有成就的文體。它流光溢彩地開放在重要的文學期刊中。但是，就在一些最有光彩的作品中，我們仍看到其間「同質化」的問題。作爲單篇故事它們都很出色，特別是構思，內容奇崛、邏輯嚴密又出人意料。但這些作家結構小說的基礎都是依仗於一個道具，比如一張古筝、一瓶紅酒、一片 CD 等，小說就這樣準確地鑲嵌在這些物體上。這種過於小說化或戲劇化的傾向，從一個方面表達了當下作家與生活的關係。我們很久不再談論文學與生活的關係了，過去對這個理論的理解和強調有機械唯物論的傾向，它要求小說必須與現時構成同構關係，這種理解和強調不同程度地限制了作家的虛構和想像能力，文學飛升的空間不大，造成了千篇一律的寫實傾向。但當這個理論被忘卻了以後，也形成了虛構與想像的沒有邊界，與生活難以構成關係的傾向——我要批評的是：這些小說太像小說了。

原文刊於《當代文壇》，2010 年第 1 期

在不確定性中的堅持與尋找

——2010 年長篇小說現場片段

2010 年，長篇小說最大的事件莫過於張煒《你在高原》的出版。對這部宏篇巨著我們還沒有做好評論的準備。但可以肯定的是，在接觸它的瞬間掠過心頭的就是震驚。在當下這個浮躁、焦慮和沒有方向感的時代，張煒能夠潛心二十年去完成它，這本身就是一個巨大的挑戰和奇跡。這個選擇原本也是一種拒絕，它與艷俗的世界劃開了一條界限。450 萬字這個長度非常重要：與其說這是張煒的耐心，毋寧說這是張煒堅韌的文學精神。因此這個長度從某種意義上也是一種高度。許多年以來，張煒一直堅持理想主義的文學精神，在毀譽參半褒貶不一中安之若素。不然我們就不能看到《你在高原》中張煒疾步而從容的腳步。對張煒而言，這既是一個夙願也是一種文學實踐。

用二十年的時間去完成一個夙願或文學實踐，幾乎是一種「賭博」，他要同許多方面博弈，包括他自己。如果沒有一股「狠勁」，這個博弈是難以完成的。這部長卷有強烈的抒情性和詩意，它給人以飛翔的衝動，我們時常讀到類似的句子：

「我抬頭遙望北方，平原的方向，小茅屋的方向。」

「你千里迢迢爲誰而來？

爲你而來。

你歷盡艱辛尋找什麼？

尋找你這樣的人。」

它具體而抽象，形上又形象。一切彷彿都只在冥冥之中，在召喚與祈禱之中。許多人都擔心讀者是否有足夠的耐心讀完。我想那倒大可不必。古往今來，「高山流水覓知音」者大有人在。張煒大概也沒有指望讓《你在高原》一頭扎在紅塵滾滾的人群中。通過《你在高原》，我覺得張煒的文化信念和精神譜系特別值得我們注意：張煒的文化信念是理想主義。他的理想主義與傳統有關又有區別。他堅信一些東西，同時也批判一些東西。他堅持和肯定的是理想、詩意和批判性。這些概念是這個時代很少提及的概念。我們不能因此理解張煒與這個時代隔膜，事實上，正是他對這個時代生活的洞若觀火，才使得他堅持或選擇了那些被拋棄的文化精神。這一點張煒值得我們學習。張煒的精神譜系和他的情感方式就是與生活在一起，特別是對底層生活的關注。他的足跡遍布《你在高原》的每個角落。他可以不這樣做也能夠寫出小說。他堅持這樣做的道理，是使他的寫作更自信，更有內容。張煒堅持的道路是我們尊敬的道路，他的選擇爲當下文學提供了一種重要的參照。那些已經成爲遺產的文化精神，在今天該怎樣對待，這似乎是一個老生常談的問題，但也是一個沒有很好解決的問題。過去並沒有死去，我們只有認真對待和識別過去，才能走好現在和未來的道路。在這個意義上張煒對過去的堅持和修正，同樣值得我們珍惜和尊重。

在我們有限的閱讀範圍內，2010 年長篇小說在鄉土文學、知識分子題材和重建文學政治方面，給人留下深刻印象。這些作品掠過生活浮塵走向深處，在那裏打撈出的人與事畢竟不同。

一、變還是不變：鄉土中國的兩種敘事

小說是虛構的藝術，在這個虛構的領域，作家在客觀地描繪生活的同時，也在作品中注入了鮮明的個人的情感和立場。多年來，鄉土中國的變遷是當代中國變化的某種表徵。極端的比如華西村等，已經從傳統的農業社會一步邁進了現代工業社會。那些期盼早日富起來的落後地區，前赴後繼地走向華西村，希望有一天也成爲那樣的「鄉村社會」。但是，激進的鄉村變革顯然也帶來了美學的質疑：鄉土的詩意正在消失，緩慢的生活秩序正在解體。那麼，鄉村到底應該向何處去？這當然是美學的回答而不是社會歷史的回答。

《麥河》是作家關仁山繼《天高地厚》《白紙門》等長篇小說後，又一部表現當下中國鄉村生活的長篇小說。無論對關仁山的創作做出怎樣的評價都另當別論，有一點必須肯定的是，關仁山是一位長久關注當代鄉村生活變遷

的作家，是一位努力與當下生活建立關係的作家，是一位關懷當下中國鄉村命運的作家。當下生活和與當下生活相關的文學創作，最大的特點就是它的不確定性，不確定性也意味著某種不安全性。如果是這樣的話，這種創作就充滿了風險和挑戰。但也恰恰因爲這種不確定性和不安全性，這種創作才充滿了魅力。關仁山的創作幾乎都與當下生活有關。我欣賞敢於和堅持書寫當下生活的作家作品。

《麥河》是表現當下鄉村中國正在實行的土地流轉政策，以及面對這個政策麥河兩岸的鸚鵡村發生的人與事。實行土地流轉是小說的核心事件，圍繞這個事件，小說描繪了北中國鄉村的風情畫或浮世繪。傳統的鄉村雖然在現代性的裹挾下已經風雨飄搖，但鄉村的風俗、倫理、價值觀以及具體的生活場景，並沒有發生革命性的變化，這就是我曾經強調過的鄉村中國的「超穩定文化結構」。但是，鄉村中國又不是一部自然發展史，現代性對鄉村的改變又幾乎是難以抗拒的。因此，鄉村就處在傳統／現代的夾縫中——面對過去，鄉村流連忘返充滿懷戀；面對未來，鄉村躍躍欲試又四顧茫然。這種情形，我們在《麥河》的閱讀中又一次經驗。有趣的是，《麥河》的敘述者是由一個「瞎子」承擔的。三哥白立國是個唱大鼓的民間藝人，雖然眼睛瞎了，但他對麥河和鸚鵡村的人與事洞若觀火了如指掌。他是鸚鵡村的當事人、參與者和見證者。三哥雖然是個瞎子，但他心地善良，處事達觀，與人爲善和寬容積極的人生態度，給人留下了深刻的印象。在某種意義上他是鸚鵡村的精神象徵。但作爲一個殘疾人，他的行動能力和處理外部事務的局限，決定了他難以主宰鸚鵡村的命運。他唯一的本事就是唱樂亭大鼓。但是這個極受當地農民歡迎的地方曲藝，能夠改變鸚鵡村貧困的現實和未來的命運嗎？因此，小說中重要的人物是曹雙羊。這是一個我們經常見到的鄉村「能人」，他見多識廣、能說會道，曾經和黑道的人用眞刀眞槍震懾過黑石溝的地痞丁漢，也曾經爲了合股開礦出讓了自己的情人桃兒。這是一個不安分、性格極其複雜的人物，也是我們常見的鄉村內心有「狠勁」的人物。他是當上「麥河集團」的老總以後重新回到鸚鵡村土地上的。他希望村民通過土地流轉加入「麥河集團」，實現鸚鵡村的集體致富。

土地對農民是太重要了。歷朝歷代只有處理好土地問題，鄉村中國才有太平光景。對於農民來說，土地分下來容易合起來難。但土地流轉不是合作化運動，它是充分自由的，可以流轉也可以不參加流轉。對鄉村中國來說這當然是又一種新的探索。就鸚鵡村而言，由於雙羊的集中管理和多種經營，鸚鵡村已經呈現出了新的氣象，農民的生活和精神面貌發生了顯著的變化。當然，小說是寫人物命運的。圍繞麥河兩岸土地流轉這個「事件」，《麥河》在描繪冀北平原風俗風情的同時，主要書寫了鸚鵡村民在這個時代的命運和精神狀態。曹雙羊是一個「能人」，但也誠如桃兒所說，這是一個患了「現代病」的人，他被金錢宰制，現代人所有的問題他幾乎都具備。但他最終還是回到了土地，對土地的敬畏才最終成就了這個能人。瞎子三哥的眼睛最後得以復明，這當然不是他說的「因果論」。但這個「大團圓」式的結局還是符合大眾閱讀趣味的。這個人物是《麥河》塑造得最成功的人物，他是樂亭大鼓的傳人，是一個民眾喜聞樂見的人物。在他身上我們才得以感受典型的冀北風情風物。應該說，就這個樂亭大鼓將《麥河》攪動得上下翻飛風情萬種。可以肯定的是，關仁山對三哥這類民間人物和樂亭大鼓相當熟悉。他身邊的蒼鷹是個「隱喻」，這個鳥中之王，因爲飛得高才看得遠。三哥與蒼鷹「虎子」是相互的對象，用時髦的話說，他們有「互文」關係。

《麥河》中桃兒這個人物我們在《九月還鄉》中似乎接觸過；她是一個來自鄉村的賣淫女，但做過這類營生的人並非都是壞人。桃兒自從回到鸚鵡村，自從和瞎子三哥「好上」以後，我們再看到的桃兒和我們尋常見到的好姑娘並沒有不同。她性情剛烈，但多情重義。她不僅愛三哥，而且最終治好了三哥的眼疾使他重見光明。這裡當然有一個觀念的問題。自從莫泊桑的《羊脂球》之後，妓女的形象大變。這當然不是作家的「從善如流」或庸俗的「跟進」。事實上妓女也是人，只是「妓女」的命名使她們必須進入「另冊」，她們在本質上與我們有什麼區別嗎？未必。桃兒的形象應該說比九月豐滿豐富得多。如果說九月是一個從妓女到聖母的形象，那麼桃兒就是一個冀北普通的鄉村女性。這個變化可以說，關仁山在塑造鄉村女性形象方面有了很大的超越。

中國的改革開放本身是一個「試錯」的過程，探索的過程。中國社會及其發展道路的全部複雜性不掌控在任何人的手中，它需要全民的參與和實踐。事實證明，在過去那條曾被譽爲「金光大道」的路上，鄉村中國和廣大農民並沒有找到他們希望找到的東西。但麥河兩岸正在探索和實踐的道路卻透露出了某種微茫的曙光。但這一切仍然具有不確定性，雙羊、三哥、桃兒們能找到他們的道路嗎？我們拭目以待。

文學和敘事的力量，緣於一種執著的熱愛和情感，緣於敘事者對講述對象深處的瞭解和想像。《鑿空》就是作者這樣講述出的一部小說。《鑿空》不是我們慣常理解的小說。它沒有可以梳理和概括的故事和情節，沒有關於人物命運陞降沉浮的書寫，也沒有刻意經營的結構。因此與其說這是一部小說，毋寧說這是劉亮程對沙灣、黃沙梁——阿不旦村莊在變動時代心靈深處感受的講述。在劉亮程的講述中，更多呈現的是場景，人物則是鑲嵌在場景中的。與我們只見過浮光掠影的黃沙梁——阿不旦村不同的是，劉亮程是走進這個邊地深處的作家。見過邊地外部的人，或是對奇異景觀的好奇，或是對落後面貌的拒之千里，都不能理解或解釋被表面遮蔽的豐富的過去，無論是能力還是願望。但是，就是這貌不驚人的邊地，以其地方性的知識和經驗，表達了另一種生活和存在。阿不旦在劉亮程的講述中是如此的漫長、悠遠。它的物理時間與世界沒有區別，但它的文化時間一經作家的敘述竟是如此的緩慢：以不變應萬變的邊遠鄉村的文化時間確實是緩慢的，但作家的敘述使這一緩慢更加悠長。一頭驢、一個鐵匠鋪、一隻狗的叫聲、一把坎土曼，這些再平凡不過的事物，在劉亮程那裏津津樂道樂此不疲。雖然西部大開發聲勢浩大，阿不旦的周邊機器轟鳴，但作家的目光依然從容不迫地關注那些古舊事物。這道深情的目光裏隱含了劉亮程的某種拒絕或迷戀：現代生活就要改變阿不旦的時間和節奏了。它將像其他進入「現代」生活的發達地區一樣：人人都將被按下了「快進鍵」：「把耽誤的時間搶回來」變成了全民族的心聲。到了當下，環境更加複雜，現代、後現代的語境交織，工業化、電子化、網絡化的社會成形，資源緊缺引發爭奪，分配不平衡帶來傾軋，速度帶來煩躁，便利加重煩躁，時代的心態就是再也不願意等。什麼時候我們喪失了慢的能力？中國人的時間觀，自近代以降歷經三次提速，已經停不下來了。我們需要的是時刻看著鐘錶，計劃自己的人生：一步到位、名利雙收、嫁入豪門、一夜暴富、35 歲退休……」沒有時間感的中國人變成了最著急最不耐煩的地球人，「一萬年太久，只爭朝夕」（2010 年 7 月 15 日《新週刊》）這是對「現代」人浮躁心態和煩躁情緒的絕妙描述。但阿不旦不是這樣。阿不旦是隨意和愜意的：「鐵匠鋪是村裏最熱火的地方，人有事沒事喜歡聚到鐵匠鋪。驢和狗也喜歡往鐵匠鋪前湊，雞也湊。都愛湊人的熱鬧。人在哪扎堆，它們在哪結群，離不開人。狗和狗纏在一起，咬著玩，不時看看主人，主人也不時看看狗，人聊人的，狗玩狗的，驢叫驢的，雞低頭在人腿驢腿間覓食。」這是阿不旦的生活圖景，劉亮程不時呈現的大多是這樣的圖景。它是如此平凡，但它就要被遠處開發的轟鳴聲吞噬了。因此，巨大的感傷是《鑿空》中的「坎兒井」，它流淌在這些平凡事物的深處。

阿不旦的變遷已無可避免。於是，一個「兩難」的命題再次出現了。《鑿空》不能簡單地理解爲懷舊，事實上自現代中國開始，對鄉村中國的想像就一直沒有終止。無論是魯迅、沈從文還是所有的鄉土文學作家，他們一直存在一個不能解釋的悖論：他們懷念鄉村，他們是在城市懷念鄉村，是城市的「現代」照亮了鄉村傳統的價值，是城市的喧囂照亮了鄉村「緩慢」的價值。一方面他們享受著城市的現代生活，一方面他們又要建構一個鄉村烏托邦。就像現在的劉亮程一樣，他生活在烏魯木齊，但懷念的卻是黃沙梁——阿不旦。在他們那裏，鄉村是一個只能想像卻不能再經驗的所在。其背後隱含的卻是一個沒有言說的邏輯——現代性沒有歸途，儘管它不那麼好。如果是這樣，《鑿空》就是又一曲對鄉土中國遠送的輓歌。這也是《鑿空》對「緩慢」如此迷戀的最後理由。

二、知識階層的「老面孔」與「新形象」

自 90 年代初《廢都》出版後，或者說自莊之蝶出走之後，長篇小說中知識分子的「背叛」或出走的現象前仆後繼蔚爲大觀，他們成了新的「零餘者」或「多餘人」。這一現象我們在閻眞的《滄浪之水》、張煒的《能不憶蜀葵》、張抗抗的《作女》、莫懷戚的《經典關係》、張者的《桃李》、王家達的《所謂作家》、董立勃的《米香》、閻連科的《風雅頌》等大量作品中都可以看到。一個値得思考的問題是：在現代中國，魯郭茅巴老曹以及郁達夫、葉聖陶、丁玲、柔石、路翎等都寫過知識分子題材。但他們筆下的知識分子都充滿了痛苦、迷惘和選擇的矛盾，他們內心的巨大衝突給人留下了難以磨滅的印象。在那個時代，作家對這個階層內心的拷問是嚴厲不留情面的，那是有疼痛感的文學，他們的作品眞實地反映或表達了知識分子階層的眞問題。至今我們想起子君、涓生、蕭澗秋、高覺新、祁瑞軒、方達生、蔣純祖等形象，仍能想見他們在變動時代的無爲、無助和無奈。他們有良知，也有激情甚至理想抱負或拯民眾於水火，但一個階層一事無成的整體形象就這樣被現代文學的經典作品塑造出來。

但是，90 年代以來的知識分子形象的塑造，既沒有現代文學揭示這個階層內心的矛盾衝突，也沒有《青春之歌》式的表達知識分子的思想改造和身份轉換。這個時代知識分子的文學形象，不僅卑微委瑣心無大志，更重要的是，這是一個沒有疼痛感、沒有恥辱心，甚至沒有道德底線的群體。過去所說的民族的靈魂、民族脊梁等與這個群體再也沒有關係了。現在，我們讀到的這本《猶大開花》，是又一個「編輯部的故事」。不同的是，90 年代的電視連續劇《編輯部的故事》是一個文化空場時代的娛樂劇，是一個無關宏旨的滑稽小品。但集中在《黃河論壇》的「知識分子」卻大不一樣。他們在編輯部裏的表面生活與我們常見的文化人沒有區別，但他們對社會生活介入之深是我們難以想見的。這個介入，不是知識分子階層領導輿論、批評時政、是社會良知監護人的介入，而是千方百計矇騙社會、欺詐朋友，爲了利益無孔不入的介入。不同的是，因爲他們是文化人，他們自以爲有智慧，有謀略以及滔滔不絕言不由衷的空洞話語。但他們的這些「智慧」「謀略」只不過是小聰明小機靈而已。因此，小說生動地刻畫和嘲諷了這個群體的眾生相，深刻地批判了這個群體在變革時代庸俗無比的靈魂和蒼白的內心的世界。

小說緣起於有人要搞「黃帝巨塑」，《黃河論壇》要爲此出一期「巨塑特刊」。但編輯部沒有人眞爲這件事情操心，他們眞正關心的是男女之間的事情：祝賀與春秋難以如願的婚外情、萬主任對秦之婭的想入非非等，編輯部裏文化人的內心生活是可以想像的。更有趣的是，當祝賀和春秋因送醉酒的老田有機會行苟且之事時，祝賀又沒有能力；萬主任也只能在編輯部偷看秦之婭的照片或淺嘗輒止地話語試探。這些細節構成的反諷是，作爲文化人的祝賀們實在是百無一用。而對外面發生的社會變革，這些文化人並不眞正關心，但他們也並非不瞭解自己扮演的角色。

范例是一個典型人物。這個人幾乎無所不能，他每天招搖過市出入樓堂館所風光無比，他還經常帶祝賀出入這種場合。但是：

> 人們請范例吃喝，無非找他幫忙辦事，作爲謀略家，范例依據人們辦事的性質和難度，不停地變更祝賀的身份。在祝賀本人完全不知曉的情況下，他先後在不同場合當過一位副市長的「女婿」，公安局長和銀行行長的「內弟」，當過教育局長的「好朋友」。祝賀成了范例向那些求他辦事的人提條件的幌子。魔術箱裏的大變活人。這些人會把重禮和現金交給范例由他代轉給祝賀，祝賀當然什麼都沒得到，他所得到的是下一個酒店的海吃山喝，以及再一次榮任某

某要人的「外甥」。范例有玩任何人於股掌之上的膽略，品嘗由此帶來的智術上不著一字盡得風流的快感。

與范例這種無恥行徑殊途同歸的是吾穎達。這個貌似「文化鬥士」，痛斥黃帝故里虛假考證學術腐敗的「學者」，當發現利益的機會時，卻走得更遠。他要搞一個比「黃帝巨塑」更高的「伏羲巨塑」。在這些人眼裏，「不怕做不到只有想不到」。祝賀也參與到了文化造假的活動中，而且他振振有詞：「朋友們，請翻翻身邊的報刊吧。你會吃驚地看到，中國男妓幾乎成了一個產業！事實上，遠不是那麼一回事。這我比誰都清楚。僅我的一稿十五投就百發百中。中國是個喜歡起哄的國家，我的成功給許多像我這樣的人樹立了榜樣，他們紛紛傚仿，步我之後塵，一抄十十抄百，偉大的九月份就這麼成了男妓月。可以負責任地說，中國的男妓現象完全是我一手製造出來的。我沒有絲毫提倡男妓和同性戀的意思，我既不是出於信仰更不是因爲生理上的奇怪的衝動，沒有。我只是爲了掙點稿費。報刊也想擴大發行。大家都是爲了掙錢，這有什麼不好的呢？」這就是祝賀的理論。

學者也是文化人，國教授一派高深和斯文。但內心不僅利益薰心而且欲望無邊，國教授看上了名曰「高蛋白」的女人：「看上了女人高蛋白的飽滿鼓漲的肉體有種野性的力量。他打算實施計劃好的誘騙，他是知識分子，所以方式完全是知識分子式的。以往，當他闡述自己的溫度計效應，總是以腐敗舉例——距離決定態度。當你在報上看到腐敗，你會憤怒；當腐敗者是你的朋友，你會驚訝；當你的兄弟因腐敗繩之以法，你會遺憾或同情；當你本人收受賄賂，你則會高興和慶幸。」這是國教授的理論。

小說塑造的當然不止這些人物，這裡還有急功近利一求以逞的官員、有紅塵滾滾的妖冶女郎、有文化人中的各種范本和范例，但就是沒有知識分子。小說有《圍城》之風，寫得幽默而不失油滑，但小說更有大悲憤、大憂憤和大悲傷。作家杜撰不僅看到了這些文化人身上的醜陋和庸俗，更重要的是他發現了這個群體的精神疾患；這是一個沒有恥辱心沒有疼痛感的群體，是一個沒有擔當鼠目寸光的群體，是一個見利忘義淺薄無聊的群體。看到他們你會對這個群體深感窒息乃至絕望。猶大曾爲了三十塊錢出賣了榮耀的主而意屬撒旦，作品中的這個文化群體是這個時代的猶大，是開花的猶大樹、文化的甫志高。作家在本質上對這個群體眾生相的揭示，令人觸目驚心，這是因爲：我們距離這些人並不遙遠。

「青春是浮夢」是青年作家劉汀的長篇小說《中文系》的基本主題。這個「浮夢」與80年代文學作爲整體主人公的「青年」恍若隔世。那個時代的「青年」無論是躁動還是張狂，他們都有方向感和主體性。而這個時代中文系的才子們在燈紅酒綠強作歡顏貌似輕鬆的背後，隱含的卻是方向感和主體性的喪失：感傷和無望的青春就這樣洞穿了世相的浮華與艷俗——這是劉汀的發現。在《中文系》中劉汀生動地塑造了歐陽紫荊、黃淑英、蘇簾兒等新一代年輕的大學生形象。當然也有「新教授」的形象，那個被命名爲隋然的老師曾「拿起複印件仔細看了看兩本刊物的名字，忽然間恍然大悟般地一拍額頭：完了，一稿多投了。我忘了自己曾經給《當代文壇》投了稿子，又把稿子給老婆拿去找人發。謝謝你，這事得趕緊處理，他媽的，晚節不保，晚節不保啊。」這個時代的教授形象就是如此的隨意和沒有羞恥心。

如果說《猶大花開》和《中文系》寫的是社會和大學才子們的生活的話，那麼，「80後」的徐藝嘉的《橫格豎格》寫的則是她的中學生活。「80後」是無奈的批評界杜撰出的一個臨時性概念。這個概念不可能概括出這代作家的總體性，因爲這代作家壓根就沒有一個總體性的存在。不僅大紅大紫的一線作家各行其是，就是先後冒出來的各路寫手也五花八門，你永遠不知道下一個年輕人還會說出什麼來。多年來這代人流行的是玄幻、懸疑、盜墓、穿越等寫作題材，但2008年以後發生了變化，一批現實題材作品浮出水面，比如《交易》《手腕》《七年之癢》《親人愛人》《紙婚年》等等。徐藝嘉的《橫格豎格》不期而遇的是這一寫作風潮。當然，不是徐藝嘉要趕這一撥的潮流，她是「不期而遇」。

不同的是，徐藝嘉寫的是自己的經歷，是自己有切膚之痛的切實體驗，因此也可以將這部作品看做是徐藝嘉中學時代的自敘傳。在這部自敘傳中，徐藝嘉將這個時代的中學生活、特別是中心城市重點中學的生活，眞實而生動呈現出來。她讓我們有機會看到了這一代花季少年是如何度過他們的中學時代的。「同達中學」是名躁京城的重點中學。不僅校長在張榜公示時如沐春風地向來賓們介紹「文、理科狀元、榜眼、探花、單科滿分獲得者和幾百名北大、清華新生」，而且「那些考功超強的考生們一朝同達校服加身，有事沒事便總愛在人前人後走兩步，一個個將頭揚得一覽眾山小，威風八面如皇家子弟，享受著人們在背後一片羨煞的眼波。」但是表面的風光不能替代他們即將經歷的「苦難的歷程」。

小說集中揭示了中學的「核心價值觀」——分數對師生的支配和宰制。數學老師賁老師信奉的就是「分數才是硬道理」，他「逼迫學生像面對自己的命一樣面對分數，集中精力投入到大量做題和改錯中去。如果有人不認眞改錯，他便會使出殺手鐧，鏡片後一雙小鷹眼死盯住其人良久，陰森森地說：『你的分……我可都記著吶』令聽者後脊梁彷彿趴著一條正在『嘶嘶』吐芯的蛇」。分數用蛇的意象表達，可見這個核心價值觀的威懾力和恐怖性。教師用分數統治學生，分數自然成爲學生的隱憂和敏感部位。那個被稱爲「文化課的絕緣體」的小號，期中考試後居然寫了一首《沁園春・考試》：「判分如此嚴厲，引無數英雄競哭泣。惜理科先鋒，略輸邏輯；文科大將，稍遜細膩。一代考生，心有餘悸，只怕顏面再掃地。」結尾處還有一行小字：「問君能有幾多愁，恰似一堆紅叉卷上流」。師生對分數的態度，是應試教育的必然產物。

因此，這是一部批判當下中學教育現狀的小說，也是一部充滿了青春憂患的小說。在作品中，我們很難看到這些孩子對分數之外事物的關心，很少看到他們心靈、精神世界更豐富和健康的東西。包括中學教育在內的中國教育問題，已經引起全社會的關注。改革開放三十年來，中國教育的失敗國人有目共睹、青年深受其害。《橫格豎格》以文學的方式再現了那些場景，讀後令人震動並深感憂慮。

當然，《橫格豎格》首先是一部小說。在作品中，作家塑造了如錦喬、季月、賁老師、君子、蘇鐵、白蘭、菖蒲、木槿、淩霄、銀杏、石榴、臘梅、竺老師、百合、麥冬等諸多生動的人物形象。特別是她對同代人性格和生活場景的描寫，給人留下了難忘的印象。這是一代沒有歷史記憶的孩子，他們擁有的只是自己可憐又單薄的青春經歷。這個青春遠不美好，那個揮之難去的「分數神話」遠不值得懷念。但是，除此之外，他們還擁有什麼呢？我慨歎的是，徐藝嘉也是「80後」，但她沒有追風逐潮試圖在文學市場上一展身手，而是遵循個人的生命體驗，寫出了她的「花季焦慮」和校園病。作品雖然還平面化，但她能做到和已經做到的，足可以獲得嘉許了。

三、隱秘的人性與靜穆的美學

多年來，須一瓜一直在中短篇小說領域展開她的文學人生，她的作品在批評界曾被反覆談論，她是這個時代重要的作家之一。《太陽黑子》應該是須一瓜的第一部長篇小說，依照她的經驗和積累，對這部長篇處女作我們深懷期待。這是一部險象環生的小說，是一部關於人性的善與惡、罪與罰、精神絕境與自我救贖的小說，是一部對人性深處堅韌探詢執著追問的小說。在人性迷蒙、混沌和失去方向感的時代，須一瓜借助一個既撲朔迷離又一目瞭然的案件，表達了她對與人性有關的常識和終極問題的關懷。

一樁滅門的驚天大案，罪犯在民間蟄伏十四年之久。但須一瓜的興趣不是停留在對案件的偵破上，不是用極端化的方式沒有限制地誇大這個題材的大眾文學元素，而是深入到罪犯犯案之後的心理以及在心理支配下的救贖生活。逃亡隱匿的過程，也是他們力圖洗滌罪惡心靈自我拯救的過程、是他們悔不當初竭盡全力補償罪過的過程。他們分別做了協警、的哥和魚排工，並收養了一個在犯案同一天出生的棄嬰「尾巴」。十四年的時間，他們不曾婚娶、形同一人，他們做了許多好事，爲了醫治「尾巴」的心臟病共同竭盡了努力。對罪犯這種心理分析和表達的視角，顯示了須一瓜的與眾不同。她從事「政法記者」多年，積累了深厚的我們不曾瞭解的這一領域的獨特經驗。但是，重要的不是她對一個充滿了奇觀和隱秘角落的展露與揭示，不是爲了滿足我們的好奇心。她涉足這個領域除了文學的考慮之外，更著眼於當下的精神狀況或世道人心。

文學是觀念的領域，但文學首先是文學。《太陽黑子》作爲小說，須一瓜的一直貼在邊界上行走。它的敘述極爲特殊：三個犯有彌天大罪的人，就這樣每天在眾目睽睽下生活，每天與警察、警察的妹妹以及芸芸眾生打交道，近在咫尺的邊界隨時有穿越的可能，我們就像觀看一部電影，沒有秘密可言。但這個邊界在規定的時間內又固若金湯：兩個人群表面上就這樣相安無事又洞若觀火地平行前進。這個設置一方面爲逃亡者隱秘的靈魂和人性的展現提供了充分的時空；一方面，表面的平靜下掩蓋著激烈的對決，它的路向不斷在變化。在伊谷夏看來「太奇怪了，這三個人非常要好，好得超出外人想像。我是說，那種彼此的眼神，比親兄弟還貼心。其實，那個魚排那個，骨子裏也很有教養，雖然沒有老頭通透，但也絕不像房東說的那麼冷酷可怕。對我來說，他們實在都太聰明、太引人入勝了；辛小豐你最清楚了，眼神很乾淨。他們對尾巴的愛護，看了我都想哭，那是男人內心最美好的眞情。你看，走馬燈一樣，我見了那麼多謀婚的對象，還有五湖四海的客戶，我還是覺得，他們三個人最特別。你看這大街上，隨眼看去，這些都是什麼男人啊，自私自利、猥瑣、無趣、自以爲是、貪婪自大，眼神不是像木頭就是像大糞。這些人啊，開著名車，你立刻不想要那名車了；他渾身是錢，你立刻覺得原來錢多也沒意思；這些人成了名流賢達，你立刻覺得名望原來都是垃圾箱啊；這些人……」；但在哥哥伊谷春看來：「他們這種關係，也許是共同經歷了一件事，那件事可能生死難忘，非常美好或者非常慘烈，所以他們才會形同一人。你等著看吧，謎底會揭開的。」這兩種不同的判斷都是眞實的。在伊谷夏那裏，她經驗和看到的「的哥」楊自道因高尙而迷人，她居然熱戀上了他，甚至不惜冒著風險爲他篡改了一幅重要證據的照片日期。特別是在楊自道臨刑時兩人的訣別，更是感天撼地。一個花季的青年女性如醉如痴地愛上一個罪犯，表明的恰恰是她對生活中某些方面的拒絕；作爲警察的哥哥憑著職業的敏感，一直在秘密偵察，特別是對他的助手辛小豐。但在具體處理上，伊谷春、伊谷夏和三個逃亡者的情感關係極端複雜，他們既在邊界兩側，又不是水火難容。人性的複雜性在那裏的糾葛或糾纏，在須一瓜的筆下得到了充分展現。這不是對分寸的拿捏，它是須一瓜對當下人性和世道人心一眼望穿的自信，以及在表達上以求一逞的自我期待。這一點她是實現了。

在結構上，《太陽黑子》是開放性的，就像一部電影，一切都在眼前沒有秘密，與其說我們在「窺視」，不如說我們在等待，等待一個我們不知所終的時刻；但在敘述上它又是極爲嚴密的，卓生發的告發以及警察哥哥的縝密偵察，在交匯處水到渠成。於是，小說就這樣將懸疑、神秘、窺視、有驚無險等諸多元素融會在一起。使我們閱讀心理起伏跌宕欲罷不能。多年來，大眾文學一直在向嚴肅文學學習，包括技巧也包括價值觀。但嚴肅文學多年來對大眾文學不置一詞不屑一顧，這是不對的。事實上，大眾文學可讀性元素只會增強嚴肅文學的可讀性，而不會傷害嚴肅文學對意義和價值的探尋。《太陽黑子》對大眾文學元素的借助，也使這部小說在形式上具有了探索性。

多年來，書寫藏地的小說是我們時代的時尙之一。西藏的風情風物、天高雲淡或隱秘的歷史風起雲涌不絕於耳。每個人看到的是不同的西藏。但可以肯定的是：那個神秘的所在一定沒有窮盡。不然就不會有寧肯的這部《天・藏》。

不同的是寧肯的《天・藏》確實是一部特殊的小說：這不是一部講述西藏神秘故事或往事的小說，不是因有了西藏經驗就身置其間的代言者，不是取悅讀者獵奇奇觀的膚淺之作。事實上，隨著青藏線的開通、越來越多的人踏上西藏的土地，西藏正逐漸被越來越多的人所認識，它的眞正價值早已不是神秘和奇觀。因此，寧肯的這部作品是一部因發現藏地而發現自己的小說，是自己被西藏照亮發現「疾病」的小說。如果是這樣，這部小說與其說是一本書寫藏地的書，毋寧說這是一本書寫寧肯自己的書。發現西藏，是因了那裏的高潔和寧靜，靜謐的西藏才有可能形上靜思；發現自己，是因了有了西藏的寧淨才發現了自己的荒誕、扭曲、變態和受虐。那些大膽的裸露當然是隱喻，它意在表達的是作家認識到人的多面性和不可知性、無奈感和人對自己的難以把握。有了這些，《天・藏》就是一部不同尋常的小說。

藏地是靜穆或沉默的美學。多年來它一直在被言說。但沒有誰說出了它的全部。言說者只是感受了它的某些部分，而藏地卻如主體成了觀賞者。寧肯看到的部分也是寧靜：

> 「那你——每天都幹什麼？
>
> ——沒事，就是待著，王摩詰說。
>
> 許多次，我與馬丁格的對話使我們的散步有時不知不覺在鼓聲中延伸到整個寺院，我覺得整個寺院不再外在於我，以至，有段時間我也曾試圖靜觀，試圖什麼也不想。我甚至差不多做到了靜觀；
>
> 寂靜的原野是可以聆聽的，唯其寂靜才可聆聽。
>
> 蒼古寺坐落在八角街眾多的小巷之中，很僻靜……這個女性化的寺院長年好像只安靜地承受著一小片陽光，非常內向……
>
> 維格的母親——世界上最平靜的女人。那種平靜，不是寺院的平靜，也不同於八角街清晨的平靜。它難以形容，如果任何一種光澤下的水都是簡單的，平靜的，那麼可以多少想像一下維格拉姆的樣子。
>
> 正午。陽光。眼光直射。陰影全部消失了，總是布滿陰影的寺院迷宮深處也變得異常明亮、透徹，白色墻體不但沐浴著絢麗的陽光，也絢麗地反射著陽光。寺院之透徹正如天空。

從王摩詰的無所事事地「待著」，到他作爲敘述人看到的與安靜有關的事物，這是寧肯對藏地目光所及的正常反應，但也並不值得誇耀：那裏的確如此。但寧肯的不同就在於他對藏地正常反應的同時發現了另一種不正常：作爲大學教師的王摩詰是一個哲學教師，是一個耽於形上思維、崇尚維特根斯坦、對終極事務有興趣的學者，卻原來也是一個受虐者，是一個病人。他穿丁子褲、酷愛鞭刑、吻女靴、學犬吠。「身體」或疾病在王摩詰這裡是一個揮之難去的隱痛或隱喻。至於王摩詰與維格、於祐燕兩個女性的關係在小說中並不重要。重要的恰恰是王摩詰「身體的隱痛」。蘇姍・桑塔格在《疾病的隱喻》中說「疾病是生命的陰面，是一重更麻煩的公民身份。每個降臨世間的人都擁有雙重公民身份，其一屬於健康王國，另一則屬於疾病王國。儘管我們都只樂於使用健康王國的護照，但我們或遲或早，至少會有那麼一段時間，我們每個人都被迫承認我們也是另一王國的公民。……疾病並非隱喻，而看待疾病的最眞誠的方式——同時也是患者對待疾病的最健康的方式——是盡可能消除或抵制隱喻性思考。然而，要居住在陰森恐怖的隱喻構成道道風景的疾病王國而不蒙受隱喻之偏見，幾乎是不可能的。」因此，在藏地發現了「自己」，就是寧肯最大的發現。

《天・藏》有先鋒文學洗禮的深重痕跡，比如對語言的考究：

> 我的朋友王摩詰看到馬丁格的時候，雪已飄過那個午後。那時漫山皆白，視野乾淨，空無一物。在高原，我的朋友王摩詰說，你不知道一場雪的面積究竟有多大，也許整個拉薩河都在雪中，也許還包括了部分的雅魯藏布江，但不會再大了。一場雪覆蓋不了整個高原，我的朋友王摩詰說，就算陽光也做不到這點，馬丁格那會兒或許正看著遠方或山後更遠的陽光呢。事實好像的確如此。馬丁格的紅氆氌儘管那會兒已爲大雪覆蓋，儘管褶皺深處也覆滿了雪，可看上去他並不在雪中。

這樣的文字使我想起余華的《在細雨中呼喊》。我在評論余華的這部作品時說：「《在細雨中呼喊》可以看作是作家的精神自傳。它表達的是從 1960 年代到 1980 年代二十多年的生活，也就是從文革到改革開放初期的生活。這二十多年中國物質生活的貧窮和精神生活的壓抑幾乎是空前的。關於貧困我們在許多作品中讀過，那是我們曾經經歷的過去；但精神上的壓抑，我們在《在細雨中呼喊》才更眞切地感受到。小說人物的粗暴行爲如孫廣才，正是精神壓抑的另一種表達。在一個精神壓抑的社會體制裏，人們只能以性格的粗暴來表達自己人性的呼喊。『細雨』是一個意象，灰濛濛的景象總是給人以壓抑的感受，呼喊是生命反抗壓抑的表達，是人在精神領域對壓抑的暴動。語言的優美是這部作品的另一個成就，它的語言像空中飛行的鳥群，帶著鴿哨飛翔在大地與天空之間。」如果是這樣的話，《天・藏》也可以看作是寧肯的精神自傳。王摩詰雖然已經沒有孫廣才式的精神壓抑，但孫廣才作爲他的「前史」並沒有成爲過去。無論對人對己，無論施虐或受虐，它都是一種精神病史的反映。因此，這是一部懷疑和批判的作品，是一部反對和質疑現實與自我的作品。正如阿爾貝·加繆早在 1957 年的一篇演講中發出的那聲感歎：「多麼多的教堂，怎樣的孤獨啊！」這與王摩詰面對的雪域高原有什麼區別嗎？小說的力量來源於此。

2010 年的長篇小說鮮有驚濤駭浪，但是，這就是今天的文學。如果要瞭解它，我們只能慢慢地打量它的身影，只因爲這是成熟了的文學：它年復一年只能如此。

原文刊於《小說評論》2011 年第 1 期

這個文體還是讓人如此著迷
——2010 年中篇小說現場片段

摘要：中篇小說是百年來成就最高的文體形式。特別是近三十年來，這個文體在大型刊物和穩定的作家隊伍的支持下，一直在迅猛發展。在市場經濟和消費主義意識形態無處不在的時代，中篇小說和它的作家隊伍並未受到干擾或影響，一直保持在較高的藝術水準上。2010 年的中篇小說就是在這樣的背景下有聲有色威武雄壯地書寫了新的篇章。在日常生活中打撈起熟悉而陌生的人與事、對人類基本價值的守護、發掘生活深處新的事物和人物，是 2010 年中篇小說最值得論述的話題。

關鍵詞：人性的潰敗；人類的價值；生活深處；精神世界

一、在不被注意的地方打撈起的人與事

余一鳴的《不二》在風格上有詼諧、戲謔的元素，因此非常好看。但這只是外部的修辭裝飾，它內部更爲堂皇的是思想和藝術力量。現在有力量的作品不多，特別是能夠切開生活光鮮的表皮，將生活深處的病象打撈出來的作品更是鳳毛麟角。在這個意義上說，《不二》是一部我們期待已久的小說。作家余一鳴不鳴則已一鳴驚人。

小說從五年前紅衛的「二嫂」孫霞的生日寫起。那個場景是世俗生活中常見的場景，在這個場景中，小說的人物紅衛、東牛、當歸、秋生、紅霞等粉墨登場，集聚一堂。這是一個常見的俗艷聚會。但這個聚會卻爲後來發生的所有事情埋下了伏筆。特別是東牛與紅霞那種說不清道不明的關係。聚會的談話有三個關鍵詞：一個是「二嫂」、一個是「研究生」、一個是「師兄」。「二嫂」就是「二奶」，但「這詞不中聽，不如二嫂的稱呼來得親切而私密」；「研究生」就是不斷變換的「二奶」，就像研究生、老生畢業、新生入學一樣；「師兄」是東牛弟兄們按年齡排的序。這種既私密又公開的世俗生活非常高雅地「知識分子化」了。按說也有道理，他們的生活方式和趣味理應出自一個「師門」，這個「師門」就是「官場」、「商場」和「情場」共同塑造的社會風氣和趣味。但那時的東牛事出有因確實沒有「二嫂」。也正是因爲東牛沒有才成全了後來他與孫霞的一段情緣。當時東牛發現這個孫霞並不年輕，起碼三十歲了。但他同時還發現：

> ……這個叫孫霞的女人如果是固城人，一定不是莊稼地裏長大的女人。看她那雙拿筷子的手，嬌小細緻，骨節緊湊玲瓏，指尖捏著筷子夾菜時，那握成的拳頭似乎是一隻精靈的小獸，骨節如峰，肉窩似泊，青筋若脈，一張一弛如奔跑的獵豹律動。倘若發育時節在地裏抓過鋤頭杆鐵鍬柄，這手定然是要茁壯長開的，比如老六秋生帶的那個女子，儘管看上去是花苞一般的年紀，打扮得也新潮前衛，但只要看她那雙小蒲扇一樣的大手，你就知道這女子小時候是苦大仇深的柴火妞。

這就是余一鳴的厲害。這個細節一方面傳達了小說人物東牛目光聚集在了什麼地方，而且如此細緻入微，東牛的內心世界就被捅了一個窟窿；一方面作家繼承又改寫了明清白話小說專注女人三寸金蓮的俗套。小說在諸多細節上都有精彩之處。

但《不二》並非是一部「炫技」之作。作家是要通過這些人揭示社會深處和人性深處難以醫治的病象。但我們發現，這些人雖然在情場上頻頻得手，但他們內心的焦慮並沒有得到緩解。小說中有這樣一些句子：

> 像紅衛一樣，秋生這五六年身邊不乏研究生，秋生卻沒有找到他要的愛情；
>
> 當東牛的姐夫都在欺騙他的時候，「東牛對著屋頂問，老天啊，

這世界我還能相信誰？」

紅衛到歡場尋刺激時只要姓孫的，第一次沒有人姓孫，第二次有多人姓孫。紅衛也明白了：「她們只姓一個『錢』字」；他們在人性深處的潰敗，也導致了內心和精神的潰敗。唯一給人以些許希望的是大師兄東牛。作家幾乎要將我們導向閱讀的歧途，我們一直以爲這是一個絕處逢生的人物，是一個絕望處閃爍著光的人物。按說東牛確實沒那麼壞，他和大他三歲的妻子生活成那個樣子，但並沒有在外招「研究生」。他和孫霞的情感也不能說沒有感人之處。孫霞曾評價東牛說：「有的男人只知道給女人脫衣服，可有的男人懂得給女人穿衣服。」「哥，我沒看錯人，你人在花花世界，心眼兒沒壞。」就是這樣一些情節將我們導向了歧途，但緊要處東牛露出了「不二」的嘴臉。

孫霞是小說中非常重要的人物。男人的世界她一眼望穿，她也曾利用自己對男人的瞭解利用男人。但她內心深處仍有一個飄渺的烏托邦，有一個幻想的「桃花源」。雖然所指不明，但也畢竟給人以微茫的光。這是一個明事理知情義的女人，似乎是一個現代的杜十娘或柳如是者流。她與東牛恰好構成了對比關係：最初給人的印象是，東牛有來自鄉土的正派，無論對「師弟」還是對女性，既俠義又自重；孫霞初出頭角時則是一個風月場上的老手，見過世面，遊刃有餘。但孫霞在內心深處應該比所有的男人都乾淨得多。爲了東牛她不惜委身於銀行行長。孫霞和行長上樓後又下來取包時：

> 孫霞說，你現在決定還來得及，我還上不上樓？
>
> 東牛說，上。
>
> 孫霞甩手一耳光打上他的臉，東牛並不躲讓，說，打夠了上去不遲。孫霞一字一句說，東牛，想不到我在你眼中還是一個賤貨，你終於還是把我賣了。

這個情節最後將東牛和孫霞隔爲兩個世界，人性在關節時分高下立判。因此，如果釋義《不二》的話，這個「不二」是男人世界的「不二」，東牛不是「堅貞不二」，而是沒有區別，都一樣的不二。這時我們才看到余一鳴洞穿世事的目光和沒有遲疑的決絕。有直面生活的勇氣和誠懇，面對人性深處的潰敗、社會精神和道德底線的洞穿，余一鳴「不二」的批判或棒喝，如驚雷裂天響遏行雲。

肖建國小說的敘述一直都是行雲流水流暢自然。《中鋒寶》的敘述有鮮明的「肖氏風格」：文字質樸、從容不迫，節奏掌控得恰到好處。小說是寫一個人的命運——從「文革」到改革開放。這既是一種歷史敘述，也是個人命運的變遷史。在「小敘事」中隱含著「大敘事」。通過一個人的命運的「沉浮」，表達了世道人心、人情冷暖。我感到值得注意的是肖建國的敘述態度——這是一個意味深長的故事，但肖建國極其平靜、而不是一驚一乍地講述了一個人的命運史。

我們注意到雷日寶的「幸福」。他的幸福是在「文革」期間，是在工人階級眞正當家做主的時代。這個人高馬大的青年，只因籃球打得好，不僅下鄉一年就招了工，而且工種隨便挑，他當了電工，挎著「三大件」非常風光。籃球場上他如魚得水，平常工作也非常愉快，青年女工目光迷離、中年女工也躍躍欲試。應該說那是雷日寶最爲愜意的時光。我們看雷日寶的性格，他是一個標準的好人：沒有城府、待人誠懇。這與他的家庭環境有關。父母是手藝人，在市井上有人緣，不惹是生非，以尋常百姓的心態待人接物。雷日寶繼承了父母的處世哲學。說是善良，也是迂腐——周順昌連籃球隊都進不去，只能當個裁判，卻頂替他進了縣體委；本來是讓李文德看著於丹萍不要和別人接觸，結果李文德替代了雷日寶娶了於丹萍。按世俗的理解，雷日寶眞夠「窩囊」的了。但這些都沒有構成對雷日寶的打擊，他當然也不快，但他既沒有報復也沒有惡語相向。所以雷日寶是個好人。

但好人不見得有好報。他突然得了急性肝炎，待到出院工廠已經解散了，雷日寶的好日子就到頭了。小說從這時起了變化：雷日寶這個昔日的英雄，這個光榮的「工人階級」成了「無業遊民」。他辦了個「電器修理」鋪。這個時候雷日寶才算眞正進入社會。但進入這個社會還不是他自己領悟的，是他的母親教他的，母親對工商稅務的應對場景，就是今天百姓要面對的日常生活。無論你喜歡與否你必須面對。但「半弔子」電工的雷日寶，要想將電器修理搞成大事幾乎是不可能的。於是他搞裝修。搞裝修接續了他的歷史——那個當年打不了球但當了裁判的周順昌，如今已是體委主任了。第一樁生意是周順昌給的。周順昌給了生意不是念舊，不是友情。迂腐的雷日寶不明就裏，是當年「撬」了自己戀人的李文德提醒了雷日寶——那「人情」是要償還的。最終雷日寶還是付出了代價，他無償地爲周順昌裝修了別墅。有趣的是，就在別墅裝修竣工的時候，他發現了周順昌一個巨大的秘密：原來周順昌和李文德、於丹萍的女兒鬼混。這是世道的變化，但也不全是，這是周順昌必然演繹出現的結果。只是苦了當年的戀人於丹萍了。小說的結尾是一個極端化的書寫：人的墮落我們在其他小說中司空見慣，但這樣的墮落給人的感覺就是絕望了。所以，在小說中，雷日寶既是當事人，又是見證者。但他能做的只有「不說」、「就是不說」。這兩個心裏的「不說」意味深長。

我們注意到，當雷日寶成爲「無業遊民」的時候，他父母、妻子所說的話。特別是他父親的話：「人生在世，什麼事情都可能撞上。你時運不好，恰好撞上工廠停業，停業就停業，有什麼大不了的。老輩子說過，福來接福，禍來接禍。事情來了，我右手接住，左手丟出去，我不會把它背在身上。只要世道好，政策好，還怕賺不到錢吃不飽飯？你六尺長的後生，站起比別個高，坐著比別個橫，還怕做別個不贏？你看看你老子我，這一世也沒有在哪個單位做過，就靠自己的手藝，生活過得不比別人差吧？六一、六二年過苦日子的時候，就連那些當科局長的人家裏，都吃紅薯稀飯，我們家裏沒有吧？一天三餐乾飯，扯常還有肉吃——一句話，靠自己！」這是什麼，這是《國際歌》的思想，是尋常百姓在生活中悟出的硬道理。這個道理，日後的雷日寶也必須懂得。

《中鋒寶》的經驗很重要，它寫了「底層人」的生活，寫了一個工人的苦難史，但它超越了淚水漣漣苦難無邊的「底層寫作」，將批判的視野投向了「底層的陷落」——普通人身份轉變之後的墮落並不比權貴遜色，他們幾乎沒有底線。這是《中鋒寶》的一大貢獻。我對小說稍有不滿的、也是當下小說普遍存在的問題，就是小說寫得太實了，沒有天空與大地之間的東西。《中鋒寶》在這一點上也有問題。

二、守護人類的普遍價值

現在的葉舟不同凡響。他不僅是個詩人，同時是一個出色的小說家。這些年來，他先後寫過《目擊》《羊群入城》以及皇皇兩大卷的《葉舟小說》。葉舟的小說是心在雲端筆在人間的小說，是麗日經天驚雷滾地的小說；他的小說有詩意但更有關懷，他的關懷不止是人性、人物命運或技巧技法，更重要的是他在追問、質疑、批判中有終極關懷。這個終極關懷，就是對人類普遍價值的守護。《姓黃的河流》就是這樣一部小說。

《姓黃的河流》在結構上層巒疊嶂迷霧重重。它有兩條線索：一條是敘述者艾吹明與妻子遲牧雲的婚姻危機；一條是德國人托馬斯・曼——李敦白撲朔迷離的家世和命運。國人的婚姻危機是輔線，德國人的家世是主線；國人的婚姻危機虛僞而混亂；德國人的家世深沉而苦難。當然，這不是妄自菲薄長他人志氣滅自己威風。葉舟在這裡無非是講述兩個故事，在比較中表達人性中最珍貴、高貴的情感和情懷，並藉此傳達他對人類普遍價值的理解和守護。衣衫襤褸的李敦白一出現是在黃河邊上，他要自己修一隻獨木舟，然後順著黃河一直漂下去。他要用黃河水洗去姐姐的罪惡。姐姐因一個夢魘誣陷了舅舅沃森強姦了她，舅舅沃森爲此進了監獄；姐姐良心發現，與母親到警察局做了供述，洗清了沃森的不實之罪。母親請求沃森原諒當初一個孩子的錯誤。這時的舅舅沒有因這個奇恥大辱怨恨姐姐米蘭達：「沃森吻了一下米蘭達的面頰，居然趁米蘭達不注意時，一把抱起了米蘭達，扛在肩上，雄赳赳地回了家。任憑米蘭達怎麼哀告，沃森不肯丟手，唱著歌，將米蘭達扛進了家裏。」當然，故事遠沒這麼簡單。事實上，沃森舅舅正是他們的父親。在納粹「驅猶」的日子裏，沃森的父親、母親被攆進了克拉克夫集中營。年幼的沃森被納粹巡邏隊帶進了「兒童戒護所」。在「兒童戒護所」他認識了比他大兩歲的女孩克拉拉，他一直叫她姐姐終生未改。姐姐是「純種」的德國人，只因做大學教授的父母叛變了納粹被槍殺並做成了「標本」。爲了保護沃森，姐姐主動委身於一個五十多歲的戒護所長受盡屈辱和苦難。戰後，沃森和姐姐克拉拉分別了十年，他一直在尋找。但是，當他找到姐姐的時候，克拉拉居然有了丈夫，這個丈夫就是那個「日耳曼」所長癱瘓的兒子，是作爲「人質」留給克拉拉的。克拉拉：「說這小夥子人不錯，樂觀，陽光，積極。……和我成了無話不談的朋友。」三年後，那個老納粹沒有找到克拉拉要的東西，從城裏返回的路上被昔日戒護所同僚發現，爲賞金被報官抓進了監獄。緩慢的審查三年未果，老納粹自知惡貫滿盈，等待他的只有死在獄中或槍決。於是他越獄了。當克拉拉問他回來的理由時他說：「我是來給你和你的詩歌謝罪的」，半夜時分他在黑森林用一根繩子弔死了自己。這時的克拉拉可以離開黑森林去尋找沃森了，但老納粹的病兒子怎麼辦？她去了教堂，表示願意照顧他，並用了婚誓的誓言。於是，克拉拉就這樣成了這個老納粹兒子徒有虛名的「妻子」。沃森與姐姐相聚，老納粹的兒子修改了遺囑，願意將克拉拉「純潔無瑕」地還給沃森，並將這裡的一切歸於克拉拉和沃森。當然，此後就有了米蘭達和托馬斯・曼……

這個故事不僅千回百轉九曲迴腸，重要的是葉舟借用這個故事表達了人類應該恪守的基本價值。無論是沃森還是克拉拉，他們都飽受苦難和屈辱，但他們不是以惡報惡以怨報怨，而是以高貴的無疆大愛處理了那些難以逾越的萬重關口：他一次次地化解了仇怨，一次次地築起了愛意無限的高原。與艾吹明與妻子遲牧雲虛僞的婚姻相比較，那就是天上人間。這當然是葉舟對異國文化和文明的一種想像，但在我看來，這個故事無論發生在哪裏並不重要，重要的是葉舟發現了在紅塵滾滾心無皈依的時代，還有這樣的故事和講述的可能。因此，在當下的小說創作中，《姓黃的河流》是一個奇跡，儘管它難以改變我們面對的一切。但是，無論哪個時代，只要有高貴和詩意的聲音在隱約飄蕩，我們就有勇氣朝向那個方向——讓我們一起祝福李敦白吧，祝他早日抵達他的彼岸……

魯敏的《惹塵埃》，是一篇書寫都市生活的小說。年輕的婦人肖黎患上了「不信任症」:「對目下現行的一套社交話語、是非標準、價值體系等等的高度質疑、高度不合作，不論何事、何人，她都會敏感地聯想到欺騙、圈套、背叛之類，統統投以不信任票。」肖黎並不是一個先天的「懷疑論者」，她的不信任緣於丈夫的意外死亡。丈夫兩年半前死在了城鄉交界處的「一個快要完工、但突然塌陷的高架橋下」，他是大橋垮塌事件唯一的遇難者。就是這樣一個意外事件，改變了肖黎的「世界觀」：施工方在排查了施工單位和周邊學校、住戶後，沒有發現有人員傷亡並通過電臺對外做了「零死亡」的報導。但是死亡的丈夫終於還是被發現，這對發佈「零死亡」的人來說遇到了麻煩。於是他們用丈夫的電話給肖黎打過來，先是表示撫慰，然後解釋時間：「這事情得層層上報，現場是要封鎖的，不能隨便動的，但那些記者們又一直催著，要統一口徑、要通稿，我們一直是確認沒有傷亡的」；接著是地點，「您的丈夫『不該』死在這個地方，當然，他不該死在任何地方，他還這麼年輕，請節哀順變……我們的意思是，他的死跟這個橋不該有關係、不能有關係」；然後是「建議」:「你丈夫已經去了，這是悲哀的、也不可更改了，但我們可以把事情盡可能往好的方向去發展……可不可以進行另一種假設？如果您丈夫的死亡跟這座高架橋無關，那麼，他會因爲其他的什麼原因死在其他的什麼地點嗎？比如，因爲工作需要、他外出調查某單位的稅務情況、途中不幸發病身亡？我們想與你溝通一下，他是否可能患有心臟病、腦血栓、眩暈症、癲癇病……不管哪一條，這都是因公死亡……」接著還有「承諾」和巧妙的施壓。這當然都是陰謀，是彌天大謊。處在極度悲痛中的肖黎，又被這驚人的冷酷撕裂了心肺。

但是，事情到這裡遠沒有結束——肖黎要求將丈夫的隨身物品還給她，鑰匙、手機、包等。當肖黎拿到丈夫的手機後，她發現了一條信息和幾個未接的同一個電話。那條信息的署名是「午間之馬」。「肖黎被『午間之馬』擊中了，滿面是血，疼得不敢當眞。這僞造的名字涵蓋並揭示了一切可能性的鬼魅與欺騙。」正是這來自於社會和丈夫的兩方面欺騙，使肖黎患上了「不信任症」。不信任感和沒有安全感，是當下人們普遍的心理症候，而這一症候又反過來詮釋了這個時代的病症。如果對一般人來說這只是一種感受的話，那麼對肖黎來說就是切膚之痛了。於是，「不信任症」眞的就成了一種病症，它不只是心理的，重要的是它要訴諸生活實踐。那個年過七十的徐醫生徐老太太，應該是肖黎的忘年交，她總是試圖幫助肖黎開始「新生活」，肖黎的拒絕也在意料和情理之中。落魄青年韋榮以賣給老年人保健品爲生，在肖黎看來這當然也是一個欺騙的行當。當肖黎勉爲其難地同意韋榮住進她的地下室後，韋榮的日子可想而知。他屢受肖黎的刁難、質問甚至侮辱性的奚落。但韋榮只是爲了生活從事了這一職業，他並不是一個壞人或騙子。倒是徐老太太和韋榮達觀的生活態度，最後改變了肖黎。當徐老太太已經死去、韋榮已經遠去後，小說結尾有這樣一段議論：

> 也許，懷念徐醫生、感謝韋榮是假，作別自己才是眞——對傷逝的糾纏，對眞實與道德的信仰，對人情世故的偏見，皆就此別過了，她將會就此踏入那虛實相間、富有彈性的灰色地帶，與虛僞合作，與他人友愛，與世界交好，並欣然承認謊言的不可或缺，它是建立家國天下的野心，它是構成宿命的要素，它鼓勵世人對永恒佔有的假想，它維護男兒女子的嬌痴貪，它是生命中永難拂去的塵埃，又或許，它竟不是塵埃，而是菌團活躍、養分豐沛的大地，是萬物生長之必須，正是這謊言的大地，孕育出辛酸而熱鬧的古往今來。

「惹塵埃」就是自尋煩惱和自己過不去嗎？如果是這樣，這篇小說就是一部勸誡小說，告誡人們不要「惹塵埃」；那麼，小說是要人們渾渾噩噩得過且過嗎？當然也不是。《惹塵埃》寫出了當下生活的複雜以及巨大的慣性力量。有誰能夠改變它呢？流淌在小說中的是一種欲說還休的無奈感。而小說深深打動我們的，還是韋榮對肖黎那有節制的溫情。

三、時代的生活深處有什麼

南飛雁的《燈泡》寫了一個「黑嘴」，「黑嘴」穆山北這個人物似乎在哪見過——或許就是我們自己。大學一畢業就覺得天降大任了，遇事總要較真，特別是對那些約定俗成或「潛規則」的事務。因爲年輕，總是用理想主義的方式對待所有的事情。在那些昏暗的事務之間，年輕人非常容易成「燈泡」照亮世間的隱秘。穆山北就是這樣一個燈泡。穆山北與2001年人民文學出版社出版的閻真的《滄浪之水》中的池大爲是一個譜系中的人物。池大爲畢業後堅持做一個「清流」，但多年穩定在科員的位置上得不到提拔。世俗世界有巨大的耐心和改造的力量。池大爲最終妥協了，也終於被提拔爲「局長」。池大爲是穆山北的前輩，他們的青春經歷也大體相似。不同的是池大爲只是不合作，而穆山北則變本加厲，是一個人見人怕的「黑嘴」。他們相同的是沒有領取進入社會的「通行證」或「准入證」。在黑格爾那裏，對社會意識形態的認同程度，決定了你在多大程度上進入社會。同理，如果你對社會意識形態置之不理、置若罔聞或明目張膽地抵制，那就意味著你永遠進入不了這個社會。在查爾斯・泰勒那裏就是「承認的政治」。你認同了社會的意識形態，就意味著遲早被「承認」，反之亦然。

穆山北終於有了出頭之日，終於有了讓岳父、妻子和自己都有盼頭的好消息——四十歲的他就要當科長了。但是這個消息總給人一種悲愴或悲涼的感覺。雖然在穆山北看來「兒子挺爭氣，老婆有本事，自己呢，總算也提拔了。如果晚上老婆能再爆個腰花，老丈人能開瓶二鍋頭，那他的日子就更好過了。」當年那個生機勃勃充滿理想和正氣的「黑嘴」年輕人不見了，世俗社會就這樣又多了一個過日子的人。大概從王蒙先生的《組織部來了個年輕人》中的林震開始，我們經常與這樣的「公務員」相遇。他們如出一轍又各有千秋。南飛雁是個青年，去年的《紅酒》一出令人大驚。這個「燈泡」同樣老辣得含而不露不緊不慢。正面地書寫當代生活是一個作家參與公共事務的方式，也表達著作家與這個時代的關係。南飛雁不鳴則已一鳴驚人，他的前景無可限量。

吳君一直在書寫她的深圳。我們不知道這個輝煌又駁雜的城市到底還有多少不爲人知的故事，我們知道的是吳君一直在深處打撈她的故事和人物，並深情款款興致盎然，《菊花香》中的主人公仍是一個外來的打工者，王菊花就要三十歲了還是單身一人。這時王菊花的焦慮和苦痛主要集中在了情感和婚姻上。工廠裏不斷涌入 80 後或 90 後新的打工妹，這些更年輕的面孔加劇了王菊花的危機或焦慮。這時的王菊花開始夢想有間屬於自己的宿舍，有一個屬於自己的獨立的空間。王菊花不是城裏的有女性意識的「主義者」，也不會讀過伍爾芙。因此她要的「自己的一間屋」不是象徵或隱喻，她是爲了用以戀愛並最後解決自己的「終身大事」。爲此她主動提出到公司的飯堂只有一個女工的地方上班，這樣她便可以有間單人房間了。儘管是曾經的倉庫，被王菊花粉刷一新後，仍然讓她感到溫馨滿意。「第一個晚上，因爲興奮，王菊花躺在床上睡不著，終於迷糊了過去，就聽見有人輕輕轉動門鎖的聲音，嚇得坐起來，細聽了，又不是。雨下了整整一夜，聽著雨滴在廢舊鐵皮上發出的嗒嗒聲，王菊花徹底失眠了。她在腦子裏爲這個地方重新做了布置：一個淺粉的窗簾，書桌上是一本日記。有時放在桌上，有時藏於枕下。封面一定要粉色或藍色那種。寫什麼，她一時還想不出。上學的時候，她不喜歡讀書，所以連初中都沒讀完。好多字現在也記不起了。寫不寫字無所謂，有了那樣一個地方，自己的心就有地方放了。」就是這樣簡單的空間，讓一個身處異鄉的女孩如此滿足。讀到這裡我彷彿感到讀《萬卡》時的某種情感在心裏流淌。

這個完全屬於王菊花個人的空間，不斷有人過來打擾或是利用，甚至女工的偶像——年輕的老闆也要利用這個簡陋的地方進行特殊的體驗。值得注意的是，人們只對房間感興趣，而對單身女工王菊花視而不見。但王菊花對個人情感和婚姻有自己的看法。她最值得驕傲的是「我還是個黃花閨女呢」。她儘管「嘴上不說，可在心裏她看不起那些隨便就跟男人過夜的女工。過了夜如果還沒結果，有什麼意思呢。她有自己的算盤。別的優勢沒有，卻有個清白的身體。作爲女人，這是最重要的東西。也就是說，她擁有的是無價之寶。有了這個，談戀愛，結婚，什麼程序都不少。」但是，可憐的王菊花就是找不到如意郎君，儘管老傅他們都說「誰也沒你好」，這又怎樣呢？寂寞而無奈的王菊花就這樣身不由己地與老王走進了房間：

> 不知過了多久，老王一張臉色變得慘白，酒也醒了，因爲他見到了床單上那片細弱的血印。他拖著哭腔：「我不是過來給花淋水嗎，怎麼跑到這種地方了，天啊，這都什麼年代了，你留個身子做什麼呢，我看你是成心要害我啊！他叫喊著滾下了床，跪在地下磕頭，求王菊花饒過他，不要說出去，不然，明天一早，老闆就會叫

人把他趕出工廠大門。

面對王菊花曾經的處女之身，守更人老王居然表達了莫名的厭惡。這個時代到底發生了什麼呢。

《菊花香》已經超越了我們談論許久的「底層寫作」。她寫的是底層，是普通人，但關注的視角發生了根本性的變化。過去的這一題材大多注重生存困境而難以走進這一群體的精神世界。《菊花香》對女工情感世界的關注，使這一作品在文學品格上煥然一新。

原文刊於《名作欣賞》，2011年第1期

2011：長篇小說現場片段

摘要：2011 年度的中國文壇，仍然是一幅百舸爭流的繁忙景象，僅以長篇小說創作狀況而論，就有不少給人們留下了較為深刻的印象，譬如葛水平的《裸地》、賈平凹的《古爐》、張之路的《千雯之舞》、祝勇的《血朝廷》、石一楓的「青春三部曲」等。本文試圖通過對這些長篇小說文本建構意義的分析，藉以探究中國當代文學自新世紀以來在長篇小說創作領域的發展及變化。

關鍵詞：2011 年度；長篇小說；現場片段；文本分析

一、太行深處的民間秘史——葛水平的《裸地》

鄉土文學的歷史演變，本質上說是農村題材的介入和最終的被否定。鄉土文學又回到了它的起點而放棄了農村題材兩個階級對立的內在結構。但是《裸地》與此前的鄉土文學和農村題材都大不相同——沈從文的鄉土是詩性的，那是被都市文明發現和照亮的鄉土，抑或說，那是鄉村作家進城之後感受到挫敗感重新想像鄉土的結果，因此，沒有城市文明就沒有那個時代的鄉土文學；1942 年之後的鄉土文學被改造為農村題材，在這個意識形態支配下的文學，鄉土文學中的詩性被徹底剿滅，留下的是無盡的血腥和暴力。《太陽照在桑乾河上》《暴風驟雨》等作品在兩個階級的衝突和決鬥中為鄉村中國找到了方向。這個方向就是後來梁生寶、蕭長春、高大泉堅持的方向。但是，廣大農民後來發現，在這條道路上，他們沒有找到自己希望找到的東西。他們不僅在物質世界一貧如洗，即便在精神世界，也依然沒有改變華老栓、祥林嫂的狀況。改革開放初期，我們在周克芹的《許茂和他的女兒們》、古華的《爬滿青藤的木屋》等作品中看到了中國農民的精神狀況。從那個時代起，中國文學從農村題材又回到了鄉土文學的道路上。

《裸地》顯然是一部鄉土小說。但是，它與過去的鄉土文學和農村題材大不相同。《裸地》是隱藏在太行深處的民間秘史，它是沒有被處理過的原生態的生活，它平靜地密封在太行山的皺褶裏，是葛水平第一次打開了太行山的皺褶，發現了蓋運昌懵懂混亂和沒有章法的一生。他不是柳青、浩然筆下的人物，蓋運昌沒有方向，他甚至也不是陳忠實《白鹿原》筆下的白嘉軒，白嘉軒深受儒家文化和家族宗法制度的影響，他是中國傳統文化的產物和繼承者。蓋運昌雖然是暴店鎮的大戶人家，娶過四房太太，並且承典女女爲妻。他妻妾成群只爲能生一個繼承香火和家業的兒子。蓋運昌糾結一生似乎只爲這一件事。你也不能說他與詩書禮儀全然沒有關係，在迎神賽會大殿外，他對花祭上的對聯和大殿外對聯的評價，足見其修養和見識。更重要的是他世事洞明人情練達，在暴店內外，他處理各種事物包括統治四房家眷，都得心應手揮灑自如。而暴店雖然偏遠卻並非蠻荒之地，廟會、藥材大會、迎神賽會以及各種民間文化活動顯示著它的生機和自給自足的生產關係。民國初年，暴店與外界已經有了文化聯繫，比如傳教士米丘來到了暴店，和暴店人有了廣泛的接觸。但是，這些都不能改變蓋運昌的性格和眼界，他深受自然的農耕經濟哺育，不孝有三無後爲大，接續香火傳宗接代，就是他一生念念不忘唯此爲大的事情。但是，人願難遂，蓋運昌最終也沒有實現自己的心願，最終也沒有一個健康的兒子站在他面前。如上所述，蓋運昌不是梁生寶或蕭長春，這些社會主義新人有明確的方向，儘管這個方向後來證明是錯誤的。蓋運昌的時代沒有方向，太行深處原生狀態在葛水平那裏就是這樣存在的。於是蓋運昌的意義就大不相同了，他是我們鄉土文學中不曾出現的人物，他土生土長、他自以爲是、他狂狷不羈。他的性格決定了他悲劇的命運，他像暴店的許多事物一樣消失了。1945 年光復以後，新社會新政權新婚姻法，六月紅帶著兩個女兒改嫁，蓋運昌一命嗚呼：這就是「土地裸露著，日子過去了」。

克羅齊說一切歷史都是當代史。如果是這樣的話，那麼《裸地》所表達的精神狀況，構成了當下生活完整的隱喻。這也是一個沒有方向的時代，就像蓋運昌一樣，在懵懂中得過且過沒有章法，我們不知道要奔向哪裏，未來對我們來說早已成爲一個迷失的所在；另一方面，蓋家女性的命運從另一個側面喻示了我們的生活狀態。我們也像蓋家的四房太太和女女一樣，在無奈無助中只能「迎接」被安排的命運和生活。特別是女女的命運，從一個棄兒到出典的妻子，自己的命運她從來無從把握，生活對她而言就是「迎接」。當下的小說創作，最大的問題可能就是對這個時代精神狀況的漠視或迴避。應該說，我們的精神狀況正處在一個非常危機的時代，但是，很多重要的作家不再處理這樣的問題，他們對這個時代的精神事務失去了處理的能力甚至願望。《裸地》雖然不是正面面對這個時代的焦慮或不安，但是，它通過歷史所表達的這一切，無不是對當下而言的。因此，太行深處的民間秘史，正是今天精神狀況的眞實寫照。

二、政治文化與鄉村倫理——賈平凹的《古爐》

鄉村中國存在一個超穩定的文化結構，但這並不意味著鄉村中國就是一部自然發展史。事實上，任何一次社會變革或變動，不僅表層地改變了鄉村中國的生活方式，同時也在內部程度不同地改變著這個「超穩定」的文化結構。不同的是，歷史是由歷史學家敘述出來的，因歷史觀的差異便有了不同講述的歷史。對文學家來說也一樣：歷史觀決定了他們在文學中如何講述歷史。「文革」結束後，關於這一段歷史的文學敘述時斷時續若隱若現。略顯清楚的是「知識分子」的命運，是被流放的幹部和知青在「文革」中的遭遇，「不幸」，是這些作品共同的主題。但是，作爲那一時代中國主體的鄉村是怎樣的狀況，文學的表達並不清晰。如果是這樣的話，關於「文革」的歷史講述是有欠缺的，這個欠缺遮蔽的問題，除了歷史之外，當然包括作家的歷史觀。

賈平凹的《古爐》講述的是古爐村的「文革」。小說中燒製瓷器的叫古爐村，以朱姓和夜姓人家爲主，原本山水清明、民風淳樸。支書經常給人講起古爐村先人的故事：那時有風水先生想要弄明白古爐村爲何如此興旺，他去墳地看風水的時候，先人說等一會再去吧，因爲墳旁邊他家的蘿蔔地裏，幾個孩子正偷拔蘿蔔吃，怕大人突然去了，嚇著了孩子。風水先生立刻明白了古爐村興旺的原因。這則先人的故事，就是中國鄉村倫理的一個方面。鄉村倫理是鄉村中國的「生活政治」，是支配、規約鄉村生活的文化信條，它彌漫在生活的空氣中並世代相傳。當然，這也可以理解爲是對鄉村中國一種「歷史性」的充滿溫情和詩意懷想或傳說。但無論如何，它都溫暖人心，讓人想像東方古風與傳統的魅力。現實的鄉村卻面目皆非：1960 年代古爐村村民雖擅長技工，生活卻極度貧窮——以至於村裏人的名字大多跟吃相關。「貧窮容易使人使強用狠，顯得凶殘」：村子裏人人都有偷拿瓜果蔬菜、在生產隊弄虛作假的經歷，不過這些小狡黠和小利己卻還不至於影響人們的和睦相處，至少夜不閉戶是沒有問題的。但持續的運動帶來深刻的變化「人人病病懨懨，使強用狠，驚驚恐恐，爭吵不休。在公社體制下，像鳥護巢一樣守著老婆娃娃熱炕頭，卻老婆不賢，兒女不孝。他們相互依賴，又相互攻訐……他們一方面極其的自私，一方面不惜生命。」（《古爐》後記）

「歷來被運動著，也有了運動的慣性」的村民，熟悉各種政治口號和運動形式，在「階級覺悟」上卻並不合格：他們感興趣的是把學習會上念完的報紙據爲己有，評論著水皮念報紙文件的兩片嘴，然後昏昏欲睡。1965 年拉開序幕的「文化大革命」對他們而言自然更加陌生：這一詞彙首次進入古爐人視野是狗尿苔跟隨霸槽去洛鎮賣瓷貨，他們在街上目睹了學生遊行，霸槽看到「文化大革命萬歲」的標語，他疑問道：「這文化我知道，革命我也知道，但文化和革命加在一起是怎麼回事？」霸槽的「革命」知識從公路上來來往往搞串聯的學生那裏逐漸豐富起來，通過不斷地與更高一級組織接觸，他掌握了「革命」行動的法則，但村民們卻始終未能對「文化大革命」有清晰的認識，他們在最表淺的層面理解眼前發生的一切：「文化大革命」就是砸屋脊上的磚刻泥塑，鏟窯神廟裏的對聯壁畫，收繳銷毀舊書古董，開學習會批判會，發傳單貼大字報，封窯查賬分瓷貨分存糧……沒有人反對「破四舊」這種新的「革命」形式：「道理似乎明擺著：如果霸槽是偷偷摸摸幹，那是他個人行爲，在破壞，但霸槽明火執仗地砸燒東西，沒有來頭他能這樣嗎？既然有來頭，依照以往的經驗，這是另一個運動又來了，凡是運動一來，你就要眼兒亮著，順著走，否則就得倒楣了，這如同大風來了所有的草木都匍匐，冬天了你能不穿棉衣嗎？」這是人們在運動中總結出的明哲保身的生存哲學，更是對長期流於形式的運動產生疲勞厭倦的表徵。

夜霸槽組織的「紅色榔頭戰鬥隊」忙於革命，無暇農業生產，其有針對性的打砸行爲引發朱姓人家的不滿，他們針鋒相對地成立了「紅大刀隊」與之抗衡，其最初用意也不過是想在農業勞動中求得公平。「古爐村有了兩派，都說是革命的，造反的，是毛主席的紅衛兵，又都在較勁，互相攻擊，像兩個手腕子在扳。」而在日常的摩擦之中，兩派之間以至整個村子裏人們關係漸趨緊張，冷漠、敵對、防備甚至仇恨的情緒滋長起來。「破四舊」本意是要「擁有人類最優秀的文化」，但人們的破壞欲望被煽動起來之後，這一理想主義訴求卻演變成了幫派和姓氏之間你死我活、魚死網破的較量。發展到極致，便是由圍繞窯場而展開的傷亡慘重的激烈武鬥。

如果說「文化大革命」是毛澤東在政黨國家化的條件下，試圖重新進行社會動員，在黨國之外激活政治領域和政治價值，形成大眾參與性民主的話，這一構想最終被證明在當時的鄉村社會難以實現。至少不識字的農民無法理解其中豐富的政治意涵，甚至夜霸槽的「革命導師」黃生生都無法解釋為什麼「北京會有兩個司令部」。他說：「黨中央的事我說不清楚，……你也用不著清楚，你記住，毛主席是我們偉大領袖和統帥，毛主席讓我們進行文化大革命，我們就進行文化大革命，你不喜歡運動？」霸槽說：「我就喜歡運動！」對偉大領袖的個人崇拜心理和急欲昇華的力比多驅力成為「革命」的原動力。在古爐村，激進的政治實踐最終被還原為日常生活中的利益再分配，而非理性的狂熱情緒則使整個鄉土世界變成了上演暴力和荒誕劇目的大舞臺。小說逐層推進的繁密細節剝繭抽絲般地展示了人性「惡」的萌芽、生長與爆發的全過程：作品中令人印象深刻地寫到霸槽和黃生生幾個人在洛鎮參加三四萬人的慶祝集會，宏大的場面和熱烈的氣氛使他們受到感染，激動不已「跟著人群，不停地吶喊，不停地蹦躂，張狂得放不下」；古爐村人也終於按捺不住了：在黃生生等「造反派」的帶動下批鬥公社書記張德章，人們從沉默到呼口號再到朝人臉上唾唾沫；更荒誕的是榔頭隊與紅大刀競賽呼口號的場景，以荒誕的方式展現了深陷集體無意識的群體狂歡的黑色幽默；而榔頭隊、紅大刀、金箍棒、麻子黑等幾路人馬在村子裏的混戰，將荒誕的鬧劇推向了極致。當六升老婆抱著六升的牌位憤怒地喊出「文化大革命我日你媽，你這樣害擾人？」時，「中國社會的最底層怎樣使『文革』之火一點就著」的答案一目了然。這樣的情節，生動地表達了政治文化怎樣改變或破壞了中國的鄉村倫理——那個「禮義廉恥」的鄉村不在了。

古爐村農民的日常生活的呈現並不是為了給批判「國民性」提供佐證或理由——在這樣的事件中任何對農民劣根性的指責都沒有力量。當然《古爐》

也不同於「傷痕文學」、「反思文學」通過展露創傷來表達對「加害者」的控訴——它意在將完好皮膚上傷口從出現到潰爛的過程展現出來。一個小村莊折射出了整個中國底層社會的「革命」圖景。賈平凹選擇的是直面歷史，他用豐富的細節完成了對那一時代民族—國家的政治構想的形象處理。

一面是「古爐」中「革命」烈焰熊熊，一面是賈平凹以平靜的心態審視著中國民眾這段心靈的歷史，並以客觀的態度探索了極端環境下人性善與惡的邊界，他的人物因此在遵循現實主義創作原則的同時，也具備了寓言的性質。作品中，作家視點聚焦於名叫狗尿苔的少年。這個被蠶婆收養的矮小、醜陋的小孩，一方面因爲不好的「出身」備受歧視和作踐，另一方面又因年紀小、個頭小躲過了眞正的政治批判。他有敏銳的「嗅覺」，每當大事發生之前，總能提前感知；他能與動物植物交流，與他們爲伴，所以他善待每一個生命，這與吃蛇、吃麻雀的黃生生不同，與炸死竈火、砍倒百年古松的馬部長不同，作者借狗尿苔表達了對宇宙萬物的敬畏心情；他的心底極爲善良，村民們要對付霸槽時是他通風報信，竈火秘密救磨子時也是他鼎力相助；他既有天眞可愛之處，也有與年齡不相稱的早熟的心智，「狗尿苔」這種不中看不中用的蘑菇正是他形象的寫照「兩指來高，白胖胖的，似乎嫩得一碰能流水兒，但用手去摸，卻像橡皮做的，又柔又頑。」他的可貴之處在於具備心靈變質的條件，卻保有一份純眞和美好。他承受苦難最終化解了苦難。

另一個重要人物是霸槽。他上過學，資質聰穎；受到過不公正對待，因此成爲一個憤世嫉俗、不服管教的浪蕩子，他在小木屋主持糧食黑市交易，爲了招來補鞋補胎的生意，在公路上砸玻璃酒瓶；他狂妄傲世，常常怨恨自己的才能得不到舒展；他志向遠大，甚至願意將戀愛作爲革命前途的籌碼；組織榔頭隊又充分顯示了他的領導才能和「革命」創意。他養了一個太歲，賣太歲水。太歲無疑是霸槽的鏡像。狗尿苔和他一正一邪、一醜一美構成了古爐村的善惡兩界。他是一個複雜的人物，生逢其時，可稱雄稱霸，生不逢時，則爲禍作亂。也許正是他的這種精神氣質，才總是吸引狗尿苔向他靠近。像他這樣志向得不到伸張、激情無處釋放、而性情之中又充滿暴戾氣息的人，成爲「文革」中「破」的主力軍，1967 年的春天，他終於被押赴刑場。古爐村的「文化大革命」故事在從冬到春的季節輪迴中告了一個段落。

激進的社會政治實踐在鄉村以一種扭曲變形的方式完成了，當人性之惡被空前地刺激起來，鄉村中國精神與物質都遭受「革命」洗禮、幾乎化爲灰燼之時，靈魂如何安放、鄉村中國靠什麼重生？不是傳統——以善人爲代表的傳統倫理道德和五色雜陳的民間宗教信仰已然追隨山頂那顆標誌性的白皮松仙去；不是智慧——蠶婆也許是生活智慧的化身，然而她全然地聾了，又如此地衰老。鄉村中國的詩意敘事由《古爐》徹底終結了。賈平凹說：人活成精了，偉大了，都說的是人生哲言，又都是家常話。他用一種質樸地道的鄉村土語，展現了鄉村生活的原生態風貌，在無比豐富細膩的細節呈現之中，他的清麗、優美抑或詭異統統淡出視野，「我是偏愛我後來的東西，……因爲早起的東西都是讀別人的書受啓發而寫的，而後來的雖沒那麼多起承轉合的技巧了，寫得複雜，似乎沒了章法，但都是我從生活中、從生命中自己悟出來的東西，文章的質感不一樣了。」在《古爐》之前，賈平凹從未停止形式上的實驗和探索，寫《秦腔》的時候，瘋人引生的第一人稱限制性敘事總是令人想起《喧嘩與騷動》，而文本裏的曲譜則有些後現代小說文本嬉戲的味道。到了《高興》，其行文歸於簡淡，而以《古爐》這樣廣闊的歷史視野和厚重的文化思考，又能將現代意識圓融於散點透視的敘事方式之中，也許我們可以說是「古爐」把他的文字錘鍊到如此爐火純青的地步。大道至簡，《古爐》的出現，從一個方面彌補了中國鄉村「文革」歷史的書寫。

賈平凹一直密切關注當代中國的現實，他的每部作品都與中國現實有關。即便是這部書寫「文革」的作品，也密切聯繫著他對待歷史的現實立場。可以說，只有書寫「現實」才構成了對作家的眞正挑戰。現實的不確定性也意味著某種不安全性，但是，也正是這種不確定性和不安全性才使得「當代」文學充滿了魅力。賈平凹的眞正價値也許更在這裡。（本節與劉虹利合寫）

三、本土文化資源的現代之光——張之路的《千雯之舞》

當下的文學創作，讓作家最感困擾的可能還是創作資源的問題。經驗固然重要，但經驗怎樣轉化爲文學，讓經驗依附在一個可靠的文學形象上，更多的作品並沒有得到解決。張之路的長篇小說《千雯之舞》，是借助本土文化資源進行小說創作的一次有效的嘗試。這個嘗試在兩個方面取得了重要的突破和成就。雖然小說也借助了當下流行的穿越、荒誕或魔幻等方法，但小說的內在結構和基本構思，還是在本土傳統的文化資源中展開。

文學語言的問題，至今我們仍在談論，但語言的基礎是文字。漢語文字的魅力和獨特性，在中外語言學家、文字學家和文學家那裏都得到廣泛的認同。張之路的《千雯之舞》的別開生面就在於，他賦予了漢字以鮮活的生命，讓漢字在小說中躍動起來。他選擇了與小說總體構思有關的漢字，並將其作爲具體的「人物」，比如「雯」、「颯」、「朵」、「爽」、「謀」、「義」、「失」等，不僅生動地闡釋了每一個具體漢字的形與意，在視覺和審美的意義上，使漢字與我們的理解與感覺構成了只可意會難以言傳的對應關係，重要的是這些字「人物」在小說中的「命運」與漢字本身的意義，構成了絕妙的可以意會的意味。因此，這是一部向本土偉大傳統致敬的小說，是對中國漢字深表敬畏和無限熱愛的小說，是一部有非凡想像力和創造力的小說。在最古老和最有代表性的本土文化中找到了新的文學資源，它奇異的想像力，將從一個方面點燃中國作家新的靈感。

另一方面，是《千雯之舞》在情感方式上的堅守。我們知道「純情」小說是一個時期以來流行的類型文學，比如《山楂樹之戀》《那一曲軍校戀歌》《1980 的情人》，特別是《山楂樹之戀》被張藝謀搬上銀幕之後，純情文學在坊間燃起了空前的閱讀熱情。這些作品不能不說有感人的局部，那些被回放或重新結構的場景或人物，是我們曾經的文化或情感記憶。但是我們也不能不指出，這些作品還是在淺表的大眾文化層面表達的，就像 90 年代初期長篇電視連續劇《渴望》一樣，它的市場訴求溢於言表。《千雯之舞》的不同在於，小說以最古老的本土文化作爲資源，但貫穿於小說的畢竟是人，穿越也好，幻想也好，荒誕也好，眞正感人的還是楊天颯和莫千雯的愛情。這裡的愛情不是誇張渲染的「純情」，不是「一場風花雪月的事」，那是刻骨銘心的愛情絕唱。這裡的愛情與傳統的中國文化息息相關一脈相承，那是「兩情若是久長時，此恨綿綿無絕期」的愛情，是「何時共剪西窗燭，卻話巴山夜雨時」的愛情。出身名門的莫千雯對救自己於險境的楊天颯一見鍾情，不料他們雙雙變成了「漢字」被囚禁於一個房間：

> 一個漢字從隊伍中走出來。走到莫千雯跟前手舞足蹈，並發出纖細的聲音。莫千雯用手輕輕將這個字拿起，原來是個「颯」字。那個字說「你趕快離開!」「你是誰？怎麼會說話？」「我是楊天颯，我變成了字。」莫千雯靠著項鏈玉石的微光仔細觀看，「颯」字變成一個寸許的小人，莫天雯奮力營救，把楊天颯從門縫裏塞了出去。不料自己卻被變成了一個字。

楊天颯得救了，他在門口大聲說：「姑娘，你等著，我一定救你出去。今生不成，來世也要救你!」莫千雯答到：「我等你！今生，來世。」

小說就此展開，演繹了一場驚天動地的愛情故事。在穿越和魔幻的表達中，亦眞亦幻眞假難辨。讀完這個千古絕唱般的愛情故事後，既爲他們夢中相會感到欣然，也爲他們在現實中難以結合而惆悵感傷不已。如果是這樣，《千雯之舞》就大獲成功。許多年以來，我們很少在文學中被感動，很少讀到自然、水到渠成的情感故事。因爲如此，《千雯之舞》才格外爲我們重視，它超越了兒童文學與成人文學的界限，它純正的文學品格如高山雪冠，古老的文化資源因《千雯之舞》放射出了現代之光，它爲這個時代的文學帶來了新的希望和靈感。

四、帝國的覆滅與「越軌的筆致」——祝勇的《血朝廷》

沒有任何一個歷史時期比近十多年讓國人更充分地瞭解了中國歷史。原因是電視的普及以及與歷史有關的電視連續劇的猖獗生產。從春秋戰國一直到大清帝國，歷史幾乎被電視劇翻檢得七零八落、體無完膚。其中大清帝國首當其衝，從正史到戲說，從帝王到後宮，一如潘家園的古玩市場，眞假難辨魚龍混雜是這個領域最大的特徵。在這個領域，如何書寫歷史是無需討論的，「消費歷史」才是最大的意識形態。一個不可一世然後走向徹底覆滅的帝國，就這樣變成了當代利益列強的角鬥場或交易黑市。

但是，大清帝國二百餘年的歷史，不止是滿足窺視者窺探心理的所謂「秘史」，也不止是一個皇后或幾個帝王的歷史。它的興衰沉浮以及刀光劍影，隱含著遠爲宏大和悠長的秘密：誰是歷史的締造者，誰掌控了歷史發展的秘訣，在這個血光飛濺的「朝廷」，還上演了怎樣與人性有關的驚天立地的大戲。這是祝勇的《血朝廷》要講述的故事。關於小說中的主角——光緒、皇后、慈禧、珍妃、李鴻章等，我們已耳熟能詳——那最爲切近的古代歷史，加之電視劇的推波助瀾。但是，讓我感興趣的，是祝勇講述了另外一種歷史——那是與歷史有關、但更與文學有關的虛構與想像。祝勇在史料的基礎上，動用了他擁有的文學權力——他常常以「我」爲敘事視角展開講述，我們當然知道他不是那些人物甚至性別；他寫了崇禎與光緒的對話、寫了光緒大婚之夜的紫禁城的大火、寫了光緒的逃跑、珍妃的自殺以及李鴻章暗通革命黨等等。使這部小說亦眞亦幻在虛實之間，這些「越軌的筆致」甚至帶有魔幻和超現實主義的鮮明色彩。正因爲如此，成就了《血朝廷》是一部有價值的文學作品而非歷史著作。中國小說的「史傳傳統」由來已久，只因小說「四部不列」士人不恥，與歷史建構關係大有「攀高結貴」之嫌。但文學的力量眞是難以抵禦，一部《三國演義》任憑信馬由韁，卻生生讓信史《三國志》黯然失色。《血朝廷》渲染的那些人與事是否眞實已不重要，重要的是它讓一個帝國的誕生與滅亡，就這樣在歷史的風雲際會和那些核心人物陞降沉浮的命運中淋漓盡致地呈現出來。我在歎爲觀止的同時深爲感佩祝勇的才華。

小說極盡了朝廷的血與火的慘烈書寫：從「前卷」的大明王朝的最後一刻，崇禎皇帝的頭顱即將伸向白綾的瞬間，他「看到了他的浴血宮殿。……被眼前的一切驚呆了，大火映紅了他吃驚的表情。那是他從未目睹過的景象，那座被無數詩人和鋪張、奢靡的句子描繪過的神秘宮殿，正在大火中戰栗和掙扎。空氣在晃動，大火灼傷了空氣，使它不停地抽搐，眼前的景物也跟隨者它晃動，像水裏的倒影，虛幻，縹渺，但它又那麼近，那麼眞實，他感覺到了火的溫度，也聽得到宮殿在火中的呻吟，他的皮膚和內心，都感到灼痛。」大清帝國也按照這個模樣走到了它的最後。我驚異於祝勇身臨其境般的感受和描繪，尤其是帝國氣數將盡大廈即傾的前夜，那種人人自危朝不保夕魂不守舍的驚恐、掙脫或逃離的心理描繪得令人驚心動魄。帝國終於滅亡了——「所有神秘的故事，都隨李鴻章的死灰飛煙滅了。他沒有時間了，整個帝國都沒有時間了。時間留給了孫文。他用了十年的時間，徹底摧毀了這個不可一世的帝國。或者說，這個帝國並不是孫文那一小股革命黨摧毀的，而是它自己摧毀的。它早已成爲一座外表華麗威武、內部的廊柱早已腐爛的大廈，只要輕輕的撞擊，就會轟然倒下。所謂的九州清晏，不過是這個王朝自欺欺人的一個謊言而已，這個王朝的所有努力，都不過是強化這一謊言，直到它自己也信以爲眞。整個王朝都迷沉於謊言中而忘記了自身的脆弱。」

李鴻章是小說中最值得談論的人物形象。他適逢大清帝國最黑暗動蕩的歲月，歷史爲他提供的舞臺和機會，無不在帝國危急存亡之際。大清國要他承擔的無不是「人情所最難堪」之事。國人對他的痛罵，也確實因他的「放棄國民之責任」。但這位大清國舉足輕重的重臣究竟該如何評價？我看到了祝勇對這一人物的同情乃至重塑。他爲大清國滿朝文武頂了「賣國賊」的「雷」，但他「三百年來傷國步，八千里外弔民殘」的最後情懷，仍然令人黯然神傷唏噓不已。梁啓超在《李鴻章傳》中稱「敬李鴻章之才』，「惜李鴻章之識』，「悲李鴻章之遇」，感佩之情溢於言表。李鴻章的命運不是個人的英雄末路，那是大清國命運在一個人身上的縮影和寫照。

2011年，是辛亥革命一百週年，也是中國最後一個封建帝國滅亡的百年。在這個時刻，《血朝廷》用文學的方式表達了這個宏大的主題。它再現或虛構的歷史場景、人物、講述方式乃至議論，都是我希望看到的。我驚異祝勇的用功發力，多年來，他的寫作一直在同「重大事物打交道」。於是他「越軌的筆致」和與眾不同，就這樣在《血朝廷》中刀戈畢現。

五、狂歡的語言和「多餘的人」——石一楓的「青春三部曲」

對當下文學的評價，80年代的文學是一個重要的參照。80年代的文學之所以被懷念，在我看來，其中一個重要的原因就是80年代的文學整體上有一個「青年」形象，高加林、白音寶立格、孫少平以及知青形象、右派形象、現代派文學中的反抗者、叛逆者形象等，一起構成了80年代文學綿延不絕的青春形象序列。這些青春形象同那個時代的港臺音樂、校園歌曲以及崔健的搖滾、第五代導演的電影等，共同構建了80年代激越的文化氛圍和撲面而來的、充滿激情的青春氣息。任何一個時代的文化心理、氛圍和具有領導意義的潮流，都是由青年擔當的。因此，沒有青春文化和沒有青春形象的文學，對任何時代都是不能想像的。

新世紀以後，雖然有很多青春文學，但是文學中的青春形象逐漸模糊起來，我們很難在這樣的文學中識別當下的青春形象。依稀可辨的，是吳玄、李師江、劉汀、馬小予等塑造的校園和社會青年形象。這些青年形象已不再是80年代「偶像」式的人物。比如路遙《平凡的世界》中的孫少平等。當然也不是風行一時的叛逆的、個人英雄式的形象。這個時代的青春形象，特別酷似法國的「局外人」、英國的「漂泊者」、俄國的「當代英雄」、「床上的廢物」、日本的「逃遁者」、中國現代的「零餘者」、美國的「遁世少年」等，他們都在這個青年家族譜系中。「多餘人」或「零餘者」是一個世界性的文學現象。但是我不認爲這只是一個文學形象譜系的承繼問題，而是一個與當下中國現實以及當代作家對現實的感知有關。這些形象，與沒有方向感和皈依感的時代密切相關。在這一文學背景下，我們讀到了石一楓的「青春三部曲」。這三部作品分別是《紅旗下的果兒兒》、《節節只愛聲光電》和《戀戀北京》。三部作品沒有情節故事的連續關係，他們各自成篇，但是，它們的內在情緒、外在姿態和所表達的與現實的關係上有內在的同一性。因此我將其稱爲「青春三部曲」。

三部作品都與成長有關，與 80 後的精神狀況有關。《紅旗下的果兒》寫了四個青年的成長，他們的成長不是「50 後」、「60 後」的成長，這幾個年代的青年都有「導師」，除了家長還有老師，除了老師還有流行的時代英雄偶像。因此，這幾個時代的青春大多是循規蹈矩亦步亦趨的。80 後這代青春的不同，在於他們生長在價值完全失範的時代，精神生活幾乎完全潰敗的時代。他們幾乎是生活在一個價值眞空中。生活留給陳星們的更多的是孤獨、無聊和無所事事，因此，他們內心迷茫走向頹廢是另一種「別無選擇」。《節節最愛聲光電》是寫出生在元旦和春節之間的「節節」的成長史。這個有著天使般模樣的北京小妞，成長史卻遠要坎坷，父母失和家庭破碎，父親外遇母親重病。節節是一個十足的普通女孩，一個普通孩子在這個時代的經歷才是這個時代眞實的感覺；《戀戀北京》雖然也是話語的狂歡，但隱匿其間的故事還是清晰的。趙小提的父母希望他成爲一個小提琴家，他還是讓父母徹底失望成爲一個「一輩子都幹不成什麼事」混日子的人。與妻子茉莉的離異，與北漂女孩姚睫的邂逅，與姚睫的誤會和三年後的重逢，是小說的基本線索。這個大致情節並無特別之處，但在石一楓若即若離不經意的講述中，便成了一個浪漫感傷並非常感人的情愛故事。看似漫不經心的趙小提，心中畢竟還有江山。他對人世間眞情的眷顧，使這部小說有了鮮明的浪漫主義文學色彩。因此，石一楓的「青春三部曲」不止讓我們有機會看到了 80 後內心涌動的另一種情懷和情感方式，同時也讓我們看到了這代青年作家對浪漫主義文學資源的發掘和發展。浪漫主義文學在本質上是感傷的文學，從青年德意志到法國浪漫派，從司湯達到喬治桑，詩意的感傷是浪漫主義文學的核心美學。石一楓小說中感傷的青春，從一個方面顯示了他從生活中提煉美學的能力，顯示了他的歷史感和文學史修養。這是一個多變的時代，無論是流行的時尚還是社會風貌，「變」是這個時代的神話，它的另一個表述是「創新」。但我還是希望我們能夠經常看到有一些不變的存在，比如對人類基本價值的維護。有些時候，堅持一些觀念更需要勇氣和遠見卓識。「青春三部曲」的主人公對愛情的一往情深，就是不變的和敢于堅持的表徵，當然也是小說感人至深最後的原因。

石一楓不是王朔，也不是朱文和韓東。應該說，這三位作家對石一楓都有一些影響，但這些影響都是外在的，是姿態性的，比如語言。但文學氣質和價值觀上，石一楓遠沒有上述三位作家決絕。應該說石一楓在這一層面上要寬厚得多，當然也軟弱得多，這是石一楓的性格使然。他沒有刻意解構什麼，也不執意反對什麼。他只是講述了他所感知的現實生活。在他狂歡的語言世界裏，那彌漫四方燦爛逼人的調侃，只是玩笑而已，只是「八旗後裔」的磨嘴皮抖機靈，並無微言大義。因此，我們看到的也只是難以融入這個時代的「零餘者」。如果是這樣的話，石一楓的小說可以在吳玄、李師江這個流脈中展開討論。當然，將石一楓歸屬到「哪門哪派」並不重要，重要的是，石一楓在小說中重新「組織」了他所感知的生活，而他「組織」起來的生活竟然比我們身處的生活更「眞實」，更有穿透性。他讓我們看到，生活遠不那麼光鮮，但也不至於讓人徹底絕望。他的人物是這個時代「多餘的人」，但是恰恰是這些「多餘的人」的眼光，爲我們提供了理解或認識這個時代最犀利的視角。他們感到或看到的生活，也生活的一部分。而且是重要的一部分。因此，石一楓的小說對我們來說，也是「關己」的，在這個時代我們依然困惑，這使他的小說表達的問題超越了年齡界限。當然，石一楓的小說有鮮明的小資產階級情調，好處是有溫情，壞處是它遮蔽了生活中更值得揭示和批判的東西。因此，要超越小資產階級情感，對石一楓來說可能還有很長的路要走。

原文刊於《綿陽師範學院學報》，2012 年第 1 期

2011：長篇小說的青春書寫

對青春的書寫，是九十年代以來文學的薄弱環節。恰恰是這個不大引人注意的缺失，使文學失去了大量讀者。我們知道，八十年代的文學受到讀者普遍歡迎，除了意識形態方面的因素之外，青午的形象在文學中一直存在——從《班主任》到《人生》、從鐵凝到張承志、從傷痕文學到知青文學，青年一直被反覆書寫。從某種意義上說，關注了青年就是關注了時代，發現了青年就是發現了時代。青年從來就是任何一個時代的風向標或晴雨錶。無論是價值觀還是愛情觀，無論是社會問題還是心理問題。八十年代的文學不僅創造了像高加林、白音寶力格、孫少平以及知青形象、右派形象、現代派文學中的反抗者、叛逆者形象等，一起構成了 80 年代文學綿延不絕的青春形象序列。這些青春形象同那個時代的港臺音樂、校園歌曲以及崔健的搖滾、第五代導演的電影等，共同構建了 80 年代激越的文化氛圍和撲面而來的、充滿激情的青春氣息。任何一個時代的文化心理、氛圍和具有領導意義的潮流，都是由青年擔當的。因此，沒有青春文化和沒有青春形象的文學，對任何時代都是不能想像的。更重要的是，那個時代總體上有一種蓬勃的青春氣息和精神。正是這種氣息和精神，給我們留下了不能磨滅的印象並使我們深深懷念。九十年代之後，文學中的青年形象和青春氣息逐漸黯淡甚至消失了，一種中年的、甚至暮氣的味道開始彌漫，我們很難在文學中看到青春的身影。新世紀以來，青春形象基本上是在網絡寫作中完成的，但網絡中的青春形象大多比較模糊，還沒有一個被普遍認同的青春形象或群體的誕生。這與網絡文學作者大都年輕，缺乏歷史記憶有關。有趣的是，2011 年的傳統文學領域，「青春寫作」再度風行，這個現象同時出現在 60 後、70 後、80 後不同代際的作家創作中，因此值得關注和討論。

一、60後：集體的與個人的精神傳記

「代際」在當下的文學批評中似乎是一個重要概念，如「70後」、「80後」。「60後」好像還僅僅隱約出現而沒有大行其道。原因是「60後」是有迷離的歷史和文化記憶的一代，他們與那兩個年代的人還是有區別的。如果有這個說法的話，那麼這也是一個不大靠譜的說法：似乎有歷史記憶對於文學創作而言就有了某種優越感，沒有歷史和文化記憶就應該是一種先天缺陷。事情肯定不會是這樣。無論出生於哪個年代，寫出好的作品都不是一件容易的事，特別是寫出他們那代人獨特體會的作品。在這個意義上，「右派」那代作家有他們的代表作，「知青」一代有他們的代表作。如果是這樣的話，那麼，孫涌智的《卡瓦》就可以認爲是這代人生活和精神傳記的一部分。這是一部熱情噴發激情四溢的小說，是一部哀婉憂傷憑弔青春的輓歌，是一部發自內心直抒胸臆的抒情詩篇。

小說的主要人物孫浩然以及1968年出生的那一代人——楊步升、落雪以及高潮，從上個世紀90年代初期大學畢業一直到當下，經歷20年歲月的磨練洗禮，本身就是一個精彩絕倫的故事。他們這代人，正趕上了一個高度物質化的時代，青春期的轉折與社會的大調整帶來的價值觀念的混亂，使這代人一直處於沒有文化地圖的茫然中，人生的探索雖然帶給了他們新的生命故事，帶來了空前張揚的生命體驗和實驗場域，但代價如影隨形。孫浩然這代青年畢竟不同於他的前輩「高加林」，高加林遭遇了「現代」受挫之後，他還有一個退路——他可以回到鄉村，回到那個被認爲是「根」的地方。但是，到了孫浩然的時代，一切都發生了變化，社會轉型早已超越了思想精神和文化層面，而是實實在在的經濟體制的巨大變化。這就是我們所說的「現代性」。孫浩然這個倜儻風流的校園才子，這個寫出過「現實如山，而我浪漫如雲」的校園詩人，曾輕易地獲取了校花落雪的芳心。他們終於如願以償結爲連理。但是。他們遭遇的這個時代出了問題，不僅孫浩然有了外遇背叛了愛情，就是落雪也難免與楊步升有了欲說還休的關係。這種關係已經預示了男女主人公愛情的後果，儘管它「那樣撕心裂肺」！這代人無「根」可尋，他們迅速成了時代的浪兒。

當然，《卡瓦》不只是講述了「那場風花雪月的事」。1990年代進入社會的青年，首先面臨的是「安身立命」的問題。當孫浩然和落雪一起爲房子奮鬥的時候，我們會感到那就是那個時代青年夫婦的生活，雖然艱難，但也隱

含著某種微茫的希望和幸福。但這一切很快就被滾滾紅塵的市聲所替代。無論成功還是失敗，他們都在情感的泥淖裏沉迷的太深太久。孫浩然、楊步升和高潮，猶如十八世紀法國浪漫主義文學中的主人公，他們與各種女性周旋、敷衍，你不能說那裏沒有眞情，但也不能說那是海誓山盟的生死戀。90 年代那個特殊的歷史環境，使這代人既像浪漫的騎士又像多情的騙子。這是一個有鮮明文人氣質的群體。應該說，《卡瓦》通過 1968 年代人的敘述，使這部小說具有了強烈的浪漫主義文學的氣質：這當然不止是男女關係，更重要的是他們對理想精神的堅持。你浪漫如雲，但現實如山。我們都知道，所有理想和浪漫的事物幻化爲現實都是痛苦的，比如林黛玉，作爲文學人物絕對可愛，但如果娶她爲夫人過日子，那情形是只可想像而不能經驗的；比如醉酒，「今宵酒醒何處？楊柳岸曉風殘月」，何等詩意，但醉酒時多麼難過相信許多人有體驗；再比如貧困、寒冷、孤獨等，在詩文中都浪漫無比，但在現實中都痛苦無比。如果是這樣的話，孫浩然這代人的理想遭遇現實之後，怎會不如山！因此，《卡瓦》就是在這樣一個悖論中，書寫出了 1968 年代人在這個時代的成與敗、喜與憂、困惑與迷茫的精神歷程。在我的閱讀經驗中，關於「60 後」的書寫，如此的誠懇和快意，尙未見其超越者。

如果說孫涌智記述的是一代人的精神履歷，那麼，津子圍的《童年書》講述的就是個人的精神傳記。與津子圍以往的創作比較，《童年書》的變化非常大。過去津子圍的小說涉世很深，他是一個入世的作家，他喜歡濃墨重彩大開大闔，而對超拔脫俗婉約靜穆一路興趣不大。這當然與作家風格的選擇有關。但在不同的風格中，我們大體可以瞭解一個作家內在的追求和趣味。讀《童年書》會聯想到林海音的《城南舊事》，《城南舊事》是一部自傳體的小說集。小說以童年小英子的視角，講述了二十年代北京南城的人與事，成人世界的喜怒哀樂悲歡離合，在一個稚嫩孩子的眼中折射出來。其間溫婉的記憶在淡淡的感傷中彌漫四方：「讓實際的童年過去，心靈的童年永存下來。」林海音實現了自己的創作期許，她感動了一代又一代的讀者。

津子圍的《童年書》當然也是自傳體的小說。《城南舊事》是林海音七歲到十三歲時的生活記憶，津子圍書中講述的生活應該也是這個年紀。這個年紀的記憶眞實可靠。因此，津子圍《童年書》中的故事，記載和隱含的社會密碼與文化記憶是我感興趣的。敘述主人公講述的故事發生在「一個叫八面通的小鎭」上的「窄街」。「它處在黑龍江的東南部，離中蘇邊境不足一百公里，過了馬橋河林場，就要檢查邊防通行證了。中國這麼大，沒多少人知道那個地方。不過我們那個地方的人都知道北京，知道外面的世界。」它的時代是「中蘇關係正緊張，『深挖洞，廣積糧』、『返修防修』的條幅到處都是……我家也和很多家庭一樣，在窗玻璃上貼『米』字的紙條，以防玻璃被震碎了傷到人；在自己家的院子裏挖了地窖，以防空襲。預防空襲的警報經常在大修廠的灰樓上響起來。這時，大家就把準備好的乾糧和炒麵背上，跟著前呼後擁的人群，向鐵道旁的防空洞跑去。」這是一個及其簡單和蒼白的時代，那個時代留給我們的記憶幾乎是相同的。物質生活極度貧困，精神生活極度貧乏。小說中曾講述了這樣一個細節：定量供應的糧食使每個家庭經常斷糧。一次家裏斷糧時，母親給了他錢和糧票，讓他到飯店買饅頭，陪他去的有幾個夥伴，買的二十個饅頭讓他和夥伴們吃掉了。「回家已經是傍晚了，母親看到我兩手空空，問我饅頭呢，我撒謊說錢丟了。母親的眼淚立即涌出來。事後我才知道，母親和妹妹都沒有吃中午飯，而且，那些糧票是那個月最後的指標。多年後，我一直無法回憶那件事，每當想起，我的心都在流血。」沒有那種生活經歷的人，很難想像幾個饅頭對母親意味著什麼。作者不是「無法」回憶，而是不能回憶或不敢回憶。物質生活的貧困，在這樣一個細節上被揭示得一覽無餘。

物質生活的極度貧困，使無知的少年走上了一條犯罪的道路。他們開始是撿廢品，換錢買簡單的零食；後來逐漸地發展到去工廠偷生產物資，甚至毀壞變電器。這些情節都是眞實的。另一方面，那又是一個極度道德化的時代。無論成人還是孩子，都對兩性關係諱莫如深又興致盎然。比如大人和孩子對「姜破鞋」的議論、好奇、窺視和通姦；孩子對鴨子性交的審判，這種道德的兩面性只能發生在那個年代。它也從另一方面反映了那個時代精神生活的貧乏狀態。因此，《童年書》隱含著豐富的社會信息和密碼。對這些信息和密碼的破譯與識別，是我們進一步認識那個時代的重要方式。另一方面，是《童年書》中記載的文化記憶。一般的意義上，作家的所有創作，都是對童年記憶的反覆書寫，童年記憶會影響作家的一生。對津子圍而言，《童年書》中最重要的記憶是「戰爭文化記憶」。一方面，這與敘述者講述話語的年代有關。那個時代中蘇關繫緊張，戰爭敘事不斷強化。這種戰爭文化一旦進入童年記憶，會激化成一種幻覺。比如敘事主人公希望原子戰爭眞的打起來，爲的是檢驗自己防原子彈臥倒的姿勢正確與否。同時他堅定地認爲：原子彈沒什麼可怕的，不過是紙老虎罷了。戰爭文化塑造了男孩子虛幻的「英雄主義精神」，並且滲透到了日常生活中。比如，窄街的夥伴們都被封了軍隊的職務，從「司令」開始，一直到偵查員通訊兵。這種軍事文化符號使童年生活有了滿足感，但他們並不滿足於口腔的快感，他們還要訴諸於行動。比如他們經常打群架，經常有「血染的風采」。為了逃避家長懲罰，他們還有進山「打游擊」的壯舉，儘管是場鬧劇。

戰爭文化是二十世紀最重要的文化，它深刻地影響了二十世紀中國的思想和社會發展歷程。我們經常使用的「戰線」、「堡壘」、「摧毀」等話語都是來自戰爭文化，甚至至今沒有終結。這種文化使人的思想板結僵化，作為一種硬性文化，它成為一種進入、理解人的情感的障礙或屏障。這一點在《童年書》中有極為生動的表達。比如「我」對女孩子的情感是相當複雜的，女孩子既有強烈的吸引力，又要表達出「男子漢」的不屑和輕蔑。「叢丹的口琴」中有一段講述「我」看女孩子跳皮筋的情節，作者記述的極為詳盡。女孩子並不理睬他，他暗中和暗戀的叢丹在較勁。他沉浸在叢丹美麗的躍動中，情不自禁地大喊一聲「跳的不錯呀！」女孩子表面上也對「我」表示了不屑，讓他遠一點別礙事。但是「我能聽她們的嗎？自然不能，我還磐石一般立在那兒。」這種不經意流露的對立情感，是戰爭文化的直接影響。這種影響以至於使敘事主人公失去了一次刻骨銘心的愛情，也就是叢丹在農曆七夕對他的約會。這是小說中最為動人的段落，但這個動人的童年記憶就這樣被戰爭文化毀壞了。當然這構不成悲劇，但少年的愛情我們還會再經歷嗎？

《童年書》是津子圍至今為止最重要的作品之一。他的重要可以和《口袋裏的美國》相提並論。《口袋裏的美國》重建了文學的政治，終結了留學生的悲情書寫；《童年書》則表達了津子圍的另一種才能，即小說的散文化筆墨溫婉柔美的風格。

二、70後：流浪漢與話語狂歡

張學東在四十歲之前完成了他的第四部長篇小說——《人脈》。《人脈》講述的是一個叫「丹」的時代棄兒獨闖生活的故事，它是一部中國式的「流浪漢小說」：許多年以前，被命名為「丹」的孩子無意中發現了母親在箱子底下深藏著一張黑白相片，那是一個軍官模樣的男人，軍衣、馬褲、戰靴，腰帶上還別著漂亮的手槍和戰刀。他將照片帶到了學校，並給同學傳看，他說那是他的舅舅。直到災難降臨他才明白，照片上的人是他的外公：一個已故的國民黨高級軍官。照片引起了軒然大波，可怕的災禍火焰般地在父母身上燃燒。丹從此失去了兩個最親的親人，他一夜間淪落爲無家可歸的流浪兒。故事的緣起並不令人意外，那是那個時代經常講述的故事；它的講述方法也司空見慣，一個流行多年的「馬爾克斯語法」。但是，作爲小說，它開啓了講述人物命運的另一種形式，即中國的「流浪漢小說」。

在當代中國，具有「流浪漢」性質的文學作品並不鮮見。比如余華的《十八歲出門遠行》，講述的是青春的成長；張煒的小說「流浪漢」的形象一再出現：《遠行之囑》中的「我」，要告別姐姐遠行，要去流浪；《秋天的思索》中的李芒，從家鄉流浪到南山到東北；《遠河遠山》中的「我」也是一個流浪漢，爲了尋找「文學老師」，一個人走出家門；《你在高原》和《懷念與追憶》中的寧伽、老莊，都「是眞正的流浪漢」，他們「面對的不僅僅是一個熟知的世界，還有一個完全陌生的世界」；張承志的《黑駿馬》《北方的河》以及《放浪與幻路》等，或是主動的自我放逐，或是獨行獨語。那裏有明確的作家主體意識的存在，背後都隱含了那個時代精神解放的表達和意志。那不是元意義上「流浪漢小說」。流浪漢小說又稱「飢餓史詩」或「消極抗議文學」，是16 世紀中葉西班牙文壇上流行的一種獨特的小說。它的主人公出身貧寒，或是孤兒，或是私生子。童年生活不幸、少年顚簸流離。當他們一旦脫離家庭走向社會，便開始了靈與肉的流浪，也開始了靈與肉的成長。作品憑藉主人公的見聞，抨擊時政和流弊，讓讀者通過人物一起慨歎世道的不平和人生的艱辛。其代表性的作品是《小賴子》。「流浪漢小說」對西方浪漫主義文學和成長小說有巨大影響。

如果這樣理解「流浪漢小說」的話，那麼，《人脈》就是一部中國式的「流浪漢小說」。主人公「丹」失去雙親之後，四處流浪乞討爲生時，有個名叫喬萬金的流浪漢來到了他身邊，把他領到了一個叫五尺鋪的小鎭上，「丹」做了喬萬金的乾兒子，並更名改姓爲喬雷。在五尺鋪這個陌生的環境中，喬雷開始了他未知的生活。「人脈」就是人際關係，喬雷面對的人際關係不僅有喬萬金一家的三個女兒——喬雲、喬雨、喬虹，而且有生活在五尺鋪的各色人等如二流子曹大海、寡婦丁麗英和失戀的女人上官蓮等。在同這些人的交往相處中，小說展示了那個時代民間社會的世風世相。那是一個「禮崩樂壞」百廢待興的時代，一面是生機勃勃，一面是混亂還沒有成爲過去。於是，在「義」、

「禮」、「情」、「仁」、「信」的提示下，我們和喬雷一起既看到了沒有完全泯滅的人性與良知，看到了青春和溫情，也看到了暴力、血腥和扭曲的社會萬象。在社會的最底層，喬雷目光所及萬象紛呈。一個偶然的因由成爲流浪兒的喬雷，就這樣經歷了社會和個人的複雜多變。與我們所瞭解的具有「流浪漢」性質的文學不同的是，喬雷的流浪不是社會歷史提供了條件後的主體選擇，也不是因獨立思想驅使的「放浪」於「幻路」。而是身不由己的無辜和無奈。如果是這樣的話，那麼，張學東的《人脈》便無意間寫出了具有中國本土意義的「流浪漢」小說。這是對新世紀小說多樣性發展的一個重要貢獻。

新世紀以後，雖然有很多青春文學，但是文學中的青春形象逐漸模糊起來，我們很難在這樣的文學中識別當下的青春形象。依稀可辨的，是吳玄、李師江、劉汀、馬小予等塑造的校園和社會青年形象。這些青年形象已不再是 80 年代「偶像」式的人物，當然也不是風行一時的叛逆的、個人英雄式的形象。這個時代的青春形象，特別酷似法國的「局外人」、英國的「漂泊者」、俄國的「當代英雄」、「床上的廢物」、日本的「逃遁者」、中國現代的「零餘者」、美國的「遁世少年」等，他們都在這個青年家族譜系中。「多餘人」或「零餘者」是一個世界性的文學現象。但是我們不認爲這只是一個文學形象譜系的承繼問題，而是一個與當下中國現實以及當代作家對現實的感知有關。這些形象，與沒有方向感和皈依感的時代密切相關。在這一文學背景下，我們讀到了石一楓的「青春三部曲」。這三部作品分別是《紅旗下的果兒》《節節最愛聲光電》和《戀戀北京》。三部作品沒有情節故事的連續關係，他們各自成篇。但是，它們的內在情緒、外在姿態和所表達的與現實的關係上有內在的同一性。因此我將其稱爲「青春三部曲」。

三部作品都與成長有關，與這一代的精神狀況有關。石一楓出生於 1979 年，將其納入「70 後」有些勉爲其難，他講述的故事和人物事實上也是 80 後一代。但爲了文章結構的需要，還是將其在「70 後」裏分析。《紅旗下的果兒》寫了四個青年的成長，他們的成長不是「50 後」、「60 後」的成長，這幾個年代的青年都有「導師」，除了家長還有老師，除了老師還有流行的時代英雄偶像。因此，這幾個時代的青春大多是循規蹈矩亦步亦趨的。80 後這代青春的不同，在於他們生長在價值完全失範的時代，精神生活幾乎完全潰敗的時代。他們幾乎是生活在一個價值眞空中。生活留給陳星們的更多的是孤獨、無聊和無所事事，因此，他們內心迷茫走向頹廢是另一種「別無選擇」；《節節最愛聲光電》是寫出生在元旦和春節之間的「節節」的成長史。這個有著天使般模樣的北京小妞，成長史卻遠要坎坷，父母失和家庭破碎，父親外遇母親重病。節節是一個十足的普通女孩。一個普通孩子在這個時代的經歷才是這個時代眞實的感覺；《戀戀北京》雖然也是話語的狂歡，但隱匿其間的故事還是清晰的。趙小提的父母希望他成爲一個小提琴家，他還是讓父母徹底失望成爲一個「一輩子都幹不成什麼事」混日子的人。與妻子茉莉的離異，與北漂女孩姚睫的邂逅，與姚睫的誤會和三年後的重逢，是小說的基本線索。這個大致情節並無特別之處，但在石一楓若即若離不經意的講述中，便成了一個浪漫感傷並非常感人的情愛故事。看似漫不經心的趙小提，心中畢竟還有江山。他對人世間眞情的眷顧，使這部小說有了鮮明的浪漫主義文學色彩。因此，石一楓的「青春三部曲」不止讓我們有機會看到了 80 後內心涌動的另一種情懷和情感方式，同時也讓我們看到了這代青年作家對浪漫主義文學資源的發掘和發展。浪漫主義文學在本質上是感傷的文學，從青年德意志到法國浪漫派，從司湯達到喬治桑，詩意的感傷是浪漫主義文學的核心美學。石一楓小說中感傷的青春，從一個方面顯示了他從生活中提煉美學的能力，顯示了他的歷史感和文學史修養。這是一個多變的時代，無論是流行的時尚還是社會風貌，「變」是這個時代的神話，它的另一個表述是「創新」。但我還是希望我們能夠經常看到有一些不變的存在，比如對人類基本價值的維護。有些時候，堅持一些觀念更需要勇氣和遠見卓識。「青春三部曲」的主人公對愛情的一往情深，就是不變的和敢于堅持的表徵，當然也是小說感人至深最後的原因。

石一楓不是王朔，也不是朱文和韓東。應該說，這三位作家對石一楓都有一些影響，但這些影響都是外在的，是姿態性的，比如語言。但文學氣質和價值觀上，石一楓遠沒有上述三位作家決絕。應該說石一楓在這一層面上要寬厚得多，當然也軟弱得多，這是石一楓的性格使然。他沒有刻意解構什麼，也不執意反對什麼。他只是講述了他所感知的現實生活。在他狂歡的語言世界裏，那彌漫四方燦爛逼人的調侃，只是玩笑而已，只是「八旗後裔」的磨嘴皮抖機靈，並無微言大義。因此，我們看到的也只是難以融入這個時代的「零餘者」。如果是這樣的話，石一楓的小說可以在吳玄、李師江這個流脈中展開討論。當然，將石一楓歸屬到「哪門哪派」並不重要，重要的是，石一楓在小說中重新「組織」了他所感知的生活，而他「組織」起來的生活竟然比我們身處的生活更「眞實」，更有穿透性。他讓我們看到，生活遠不那麼光鮮，但也不至於讓人徹底絕望。他的人物是這個時代「多餘的人」，但是恰恰是這些「多餘的人」的眼光，爲我們提供了理解或認識這個時代最犀利的視角。他們感到或看到的生活，也是生活的一部分。而且是重要的一部分。因此，石一楓的小說對我們來說，也是「關己」的，在這個時代我們依然困惑，這使他的小說表達的問題超越了年齡界限。當然，石一楓的小說有鮮明的小資產階級情調，好處是有溫情，壞處是它遮蔽了生活中更值得揭示和批判的東西。因此，要超越小資產階級情感，對石一楓來說可能還有很長的路要走。

三、80 後：現實焦慮與時尚寫作

80 後一代面臨的現實問題不僅是我們不曾經歷的，而且也是用我們的經驗難以解決的。馬小予通過她的《女記者》，從一個方面表達了她的焦慮或茫然。小說的書名有極大的想像空間：《女記者》——可以情愛、可以緋聞、可以惹是生非也可以蜚短流長。但讀過之後這些都不是。這是一部寫小城市、小女子、小報記者楊小文的小日子的小說，庸常生活的無聊感貫穿小說始終，各種新聞、事件的報導穿插其間，但並不重要，那些社會百態我們早已耳熟能詳。這些文字只不過是題材所需，不得不借用的背景。小說眞正的用意，還是馬小予借題發揮對生活的態度、感受的表達。當然，與其說是寫楊小文過的生活，毋寧說是她看到的生活更準確，她目光所及——父母、同學、同事、工作、以及生活中的各種場景，並且她要投身其間，生活的瑣屑、庸俗大都不堪入目。但是，這就是小城小報小記者的日常生活，這就是比眞實的生活還要眞實的對生活的感受，這裡有一眼望穿的透徹。讀這部小說，我會想到張愛玲，張愛玲在日常生活中敏感地發現了女性病痛的心理學，她給人以徹骨的冰冷和寒意，那裏有致命的乖戾和絕望；馬小予的《女記者》跳動的文字或戲謔的筆法貌似神采飛揚，但文字內外透出的卻是見怪不怪的「不過如此」的慨歎。

但是，這就是今天大多數人的生活，久而久之，楊小文便也放下身段，經常投入地進入了角色，比如林琳和姜黎明的「公園婚禮」，其場景一如情景鬧劇：

> 這天的公園成張牙舞爪的動物園。公園空氣清新了，風卻大得很。熱菜從邊上的酒店端進便冷了，像人民大會堂宴席上擺的觀賞

> 菜，來來回回人擠人，又跟人民大澡堂似的。請來的服務員成了運輸工。沒人站身後遞熱毛巾換碟子。公園的垃圾箱不夠使，平常被伺候慣的，將蟹殼魚刺潑入花壇。灌木上沾著黏稠的湯水，凍了油的泥土亮晶晶，糟蹋得不成樣子。又發現沒地方洗手。廁所在公園後門，得走七八分鐘……

楊小文作爲「伴娘」，「林琳到哪，她到哪」，怎麼會想到一個熱愛小羅和卡卡的女記者，會出現在如此不堪的場景中。但生活就是這樣。楊小文作爲「小報記者」，她不是「國際政治採訪之母」的意大利著名女記者法拉奇，沒有採訪過基辛格或鄧小平的輝煌經歷，沒有讓基辛格在回憶錄中追悔莫及地說「一生中最愚蠢的事就是接受法拉奇的採訪」；當然，楊小文也不是鳳凰衛視大名鼎鼎的閭丘露薇，這個颯爽英姿的女子的身影曾飄飛在阿富汗和伊拉克前線。楊小文沒有這般幸運，她只能在社會新聞部「一天到晚火急火燎，哪兒火災水災死個人啥的便往哪跑。」寫千篇一律的平庸新聞，「如同雜草，長在幽暗處」。

女性寫小說，寫來寫去終是繞不過愛情。這愛情角度不同便有了不同的意味：在楊小文眼裏，姜黎明和林琳的愛情味同嚼蠟乏善可陳；但輪到自己——因爲「關己」，雖然沒有風生水起，卻也一波三折，自然少不了懷春、傷懷、含沙射影的話語機鋒然後投懷送抱。楊小文最終與大喬結爲連理，但在講述者看來，無論婚姻還是人生不過如此：「在報社，她是合同工，再過十年二十年，報紙眞是要跟網絡競爭失利，她便失業。每年，新聞專業畢業的，比想下來落窩的飛禽多。十年後，楊小文剛好三十四。這年紀，沒法子和正當年的大學生競爭短平快的新聞。失業了，她比錢若男（楊小文的母親）閒得早。」一個二十多歲的記者，如花似玉卻滿目蒼涼，讀到這裡，不得不感慨楊小文對世事的感悟來得有些早。當然，一個小報記者的命運還能怎樣呢！《女記者》不是對一個小報女記者身份的萬般感慨，馬小予是要通過小報記者楊小文涉世未深的經歷，表達她對當下生活某些方面的認識或揭示——無論我們如何描述這個時代，普通人過得還是尋常生活，它無論多麼無聊，我們必須身置其間。因此，《女記者》與其說是一部多麼深刻的小說，毋寧說它是對人生的一聲悠長或無奈的歎謂。

浙江是中國最富庶的地方，那裏曾堪比天堂。但有趣的是，那裏的文學卻多有冷眼旁觀或無聊的感歎。此前有吳玄的《陌生人》，對生活的無聊感寫到了極致。馬小予雖然未曾吳玄般的決絕——她還寫出了女性對生活某些暖意的感受，特別是無意間對小日子的眷意。但她骨子裏仍有「不平之氣」——那庸常無聊的生活，只不過是流光碎影而已。

縱觀「80後」的寫作，那裏也有青春，那裏也隱含著他們對青春的理解，他們的趣味、風尚以及價值觀等。但是，我們還沒有看到他們塑造的屬於他們這一代的、有代表性的青春形象。因此，要通過文學來認識、瞭解這一代青年是有問題的。劉辰希的長篇小說《終極游離》很難界定它的題材，但可以肯定的是，這是一部與青春有關的小說。小說的主人公洪申、米奇，應該和作者屬於同一代人。但是他們又不是普通的、在日常生活中我們常見的青年。他們的經歷和背景決定了他們的特殊性，因此，他們是處於「邊緣」地帶的群體，特別是洪申，他生活的範圍處於正常與非正常的邊界之間，但出版社說是「黑道少年」肯定是不準確的。如果說洪申的「前史」——爲月滴報仇殺了黑幫周敬有「黑道少年」嫌疑的話，那麼，重新出現在小說中的洪申只是置身於與黑道相關的環境中，並沒有參與黑道的行爲，恰恰相反，他最終站在了黑道的對面，成爲一個正面的青年形象。劉辰希的這一選擇和設計，使這部險象環生遊走於邊界的小說終於絕處逢生。

《終極游離》的內容十分龐雜，它的背景顯然與重慶「打黑」有關，其間隱約透露的一些細節證實了這一點。在這個背景中，腐敗的幹部，猖獗的黑幫，醜惡的勾結和各種交易逐一被呈現。如果從這個角度解讀《終極游離》，它有批判現實主義的特徵，這也從一個方面表達了劉辰希對文學傳統的繼承或敬意。這一點是特別需要我們注意和肯定的。另一方面，小說的內容和題材，決定了這是一部有鮮明的大眾文學性質的小說。需要說明的是，大眾文學是一個類型概念而不是一個等級概念。大眾文學最重要的元素是暴力與色情。《終極游離》中有暴力但幾乎沒有色情，色情被純情置換了。但純情路線同樣是大眾文學常見的策略。洪申與米奇的愛情是小說最基本的故事情節。純情文學晚近的接受傳統，是80年代後期瓊瑤小說培育的，當然好萊塢的電影一直在推波助瀾。《終極游離》的純情元素又有中國的敘事原型，這個原型是才子佳人模式，洪申是少年英雄，米奇是富家小姐。這些元素綜合在一起，就使《終極游離》成爲一部非常好看的小說。劉辰希對大眾文學和經典文學的嫁接，爲我們帶來了新的文學經驗。他的經驗告訴我們，文學未來的發展還有無限的可能性，文學不會、也不可能終結。

當然，《終極游離》還存在一些需要討論的問題。在我看來，在這部作品中，劉辰希過於專注故事情節的發展和講述，不注意節奏感，這是大眾文學普遍的問題。像「尾聲」開頭中對景物的描寫幾乎是絕無僅有。這樣，小說就顯得沒有變化，好像作家急於完成故事的講述；第二點是有的人物性格發展突兀，根據不足，比如小九，遭遇不幸後即可墮落，甚至連基本的過渡和交代都沒有。有些重要的情節游離故事太遠，比如米奇的獄中生活。將其刪掉對小說也沒有影響。這是典型的暢銷小說的寫作方式。如果《終極游離》在暢銷小說基礎上再深入一些就更好了。

2011 年長篇小說創作當然不止是青春寫作。這一年還有許多重要的長篇小說比如賈平凹的《古爐》、格非的《春盡江南》、王安憶的《天香》、葛水平的《裸地》、方方的《武昌城》、祝勇的《血朝廷》、裘山山的《我的愛情綻放如雪》等。這是需要另行撰文評論的。

2011 年 11 月於瀋陽——北京

原載《小說評論》2012 年 1 期